U0070630

錦繡芳華 4

文創風 124

粉筆琴 著

目錄

第五十三章　脅……005
第五十四章　以退為進……019
第五十五章　算……039
第五十六章　刺頭……067
第五十七章　血淚枷鎖……085
第五十八章　看不見的手……101
第五十九章　郎心似鐵……123
第六十章　手段……149
第六十一章　康正隆的討價……171
第六十二章　成人……189
第六十三章　帳前花開……203
第六十四章　年關驚變……221
第六十五章　一招封喉……251
第六十六章　危機殺到……273
第六十七章　有喜……287

第五十三章 脅

翌日寅時初刻，林熙便自發的醒了，揉眼轉頭看向身邊，才見空枕。抬手觸及被窩，還有餘溫，她立時伸手撥了帳子，就看到書桌前，謝慎嚴套著夾襖、散著髮，就著昏暗的一盞燈在那裡看書。

不自覺的，林熙坐起身來，動手套上了襖子，下床為他再點了一盞燈，在燈光透亮時，謝慎嚴才轉頭看到了她，立時一笑。「吵著妳了？」

林熙搖頭。「不是，我自己醒了。」

謝慎嚴點點頭。「鑽回去躺著吧，別涼著。」說完又轉頭看書去了，此一時的感覺倒和往日差不多，全然沒了昨夜那中邪的樣子。

對於他的關心，林熙心中雖暖卻涼，無端端的她覺得謝慎嚴離她遠了些，默默地縮身回到床上裹著被子暖著，腦海裡卻冒出了葉嬤嬤的話語——「妳得讓茶壺自己不要茶杯。」

她轉頭看著他，只覺得這對自己來說，是一條艱難的路，因為此刻她清醒的大腦裡冒出的是謝慎嚴的那兩句話——

「我待妳以真，妳也得待我以真。」

「一朝捧心尋熱度，對面卻立般比干。」

他在責怪自己的無心，他在抱怨自己沒有真心以待，可是，她那心底的秘密敢與誰言？除此之外，她就不真了嗎？難道，她就這樣錯失了一次機會？

林熙盯著謝慎嚴的側顏瞧看，慢慢地她留意到謝慎嚴的目光所及之處，並未變化，登時心中一蕩，抬手掀開了被子，撈起一旁的披風走到他的身後，抬手為他披上。「夫君昨夜曾作詩一首，如今這會子，我卻也有興湊趣一首，只是我才疏學淺，未免貽笑，還請夫君指點一二可成？」

謝慎嚴手裡的書翻過了一頁。「夫人有興便只管道來。」

林熙立在謝慎嚴的身邊，口中輕道：「遠觀國色花鬥豔，近瞧無香墨滿卷，君怨美景負我情，何不執筆把心添。」

謝慎嚴眨眨眼睛。「夫人才學不淺，不愧是書香門第出來的，此詩沒什麼可改的，只是畫中美景再美，也不過是假的，就算我把心意添進去，它依然是假的。」

「可是你能身臨其境，便不負你的情意與傾心。」林熙聞言是脫口而出，說完這話卻又覺得臉紅，畢竟如此一來，她算是表心表意又表情了。

謝慎嚴此時放下了手裡的書，轉頭看她，林熙見他瞧看自己，捏了捏拳頭，挺直了身板，不懼他的眼神，只為強調自己的真心真意。

謝慎嚴打量了她一番後，起了身，抬手將她一拉入懷，繼而便擁著她輕道：「妳知我傾心？」

林熙咬了唇。「是你說的一朝捧心尋熱度來著……我、我不知猜得對不對，但是……縱然我讓你失望，是那泡水的枝條，可濕柴也總有乾的一日不是。」

謝慎嚴的嘴角上勾，伸手摸了摸她的髮。「好，我知道了，我等著妳變乾柴的那天。」

林熙的身子一僵，整個人都縮了起來。

謝慎嚴察覺，臉上的笑容更盛。「天寒著呢，妳穿得太少，快回被窩裡暖著吧。」他說著擁著她去了床邊，一把抱了她放去了床上，而後他的臉頰就停在距她的面容一指之寬處，靜靜地看著她。

林熙腦海裡驀然閃過了謝慎嚴說過的話，當即就把眼閉上了。

謝慎嚴臉上的笑容放大，唇在她的唇上輕輕一蹭，而後去了她的耳邊輕語：「孺子可教。」說完便抬手扯了被子給她搭在身上，繼而轉了身去了書桌邊坐下，再次捧起了書冊。

林熙伸手摸了摸自己的唇，眼掃著他的側影，嘴角漾起一抹笑意來。

我應該算是哄回他了吧？

謝慎嚴在那裡看書，林熙便這樣半躺在被窩裡瞧他，見他初時第一頁上費了些時間，之後卻流暢起來，便知他已收心凝神，便也不想吵他，自己輕手輕腳的起身穿套好了襖子，再拿出箱籠裡的繡繃子接著出嫁前尚未完工的活兒，繼續繡。

按照道理，出嫁的女兒要在候嫁的日子裡，繡製出一套女紅來，往貼身了說比如肚兜、小衣；往鋪擺上說比如被面、褂裙；再往私件上去，便是荷包、鞋墊之類有些深意的物件。

成親時穿戴鋪擺，一來顯出自己的心靈手巧來，二來也是要成親後送於夫婿討個情誼。只是她這成親來得太快太突然，家裡又忙著給她抓緊時間做最後的教導指點，她能有多少時間刺繡？是以到了這會兒，該一早秀出來拿來撐意頭的荷包也才繡了一半，不過好在林熙不急，她總覺得與其急匆匆趕出個湊活的，還不如慢慢地繡個滿意的來，反正謝家迎娶得也急，誰也不能賴她不去置辦。

她坐在床邊上繡她的，幾針下去之後，忽而覺得光亮了許多，抬頭瞧看，便見燈盞已經朝自己挪了些，便知是謝慎嚴為她移燈。她看了看他，起身往桌前湊了些，抬手把燈挪回了原處，人就在桌几前繡起了荷包，夫妻兩個便近著燭火，誰也不必關照著誰，一道同享了。

書頁看過幾頁，繡圖也出了一片花瓣，外間傳來叫起聲，已是要近卯時了。

過年間，都是休假的日子，又不用上朝早起，早起問安也不必太早去，所以這會兒各院落才出聲叫起，林熙便收了繡繃子，謝慎嚴也放了書本，叫著丫頭們進來伺候梳洗。

今日裡是要回謝家的，穿戴也是有講究的，是以丫鬟們魚貫而入，捧取了衣服伺候林熙更換，謝慎嚴就在一邊拿著帕子擦抹臉的同時，掃眼瞧看。但見林熙雙手伸展安然更換，一件件繁瑣衣裳上身，既不奇也不怪，甚至她在梳髮時的眉目安然，讓他生出一種錯覺來，恍若看見了大姊謝蘭在府中時的模樣，那時他尚小，二伯家的大姑娘因著二伯征戰沙場，便宿在他們的附院裡，由著母親照顧，倒也讓他見多了她的那份安然。

此刻的林熙眉目間流轉的那份恬靜，讓他心頭一顫，眉微微上挑——奇怪，她又不似大姊經歷許多，怎生如此安然？這可不似一個十一歲女孩該有的。

謝慎嚴心中疑惑，自會多看林熙幾眼，林熙察覺到他的目光，便轉頭過來，瞧見他望著自己，自是莞爾一笑，登時那粉面笑顏透著少女的秀色，讓謝慎嚴一頓，隨即還以微笑，便轉頭由著丫頭伺候著更衣梳髮了。

收拾妥當，又用了一點點心，兩人這才去了福壽居。

今日於午間前就得歸於夫家，是以這問安之後便是離去，少不得會在祖母和母親的院落裡各自耗些時間的。

兩人去往福壽居，花嬤嬤便張羅著丫頭們收拾打開的箱籠，叫著人把東西都收好抬上車，正忙活間，葉嬤嬤卻走出了房間立在遠處瞧望著她。花嬤嬤一愣，笑著湊了上去，原想著打個招呼而已，畢竟她從章嬤嬤的口中得知，今兒個葉嬤嬤就會回莊子上去，豈料她一湊過去，葉嬤嬤對她開了口。「妳過來得正好，有些話，我得和妳說說，去我屋裡喝杯茶吧！」說著便進了屋，花嬤嬤見狀只好跟著也進了屋。

「坐！」葉嬤嬤說著，抬手抓了茶壺給杯子裡倒了一杯子茶，推到了花嬤嬤跟前，當頭便是一句話。「妳是指著七姑娘日後做個一品夫人呢？還是指著她和林家太太一樣？」

花嬤嬤手才碰到茶杯，就聽得這麼一句，自是挑了眉。「葉嬤嬤您這話問的，誰人不想著高處的？我一心忠著七姑娘自是望著她好，做個一品的誥命呢！」

「妳若真望著，就聽我一句勸可成？」

「什麼？」

葉嬤嬤看著她，一臉認真的言語。「妳少攛掇著七姑娘和那些不成氣候的女人們鬥心眼。」

花嬤嬤聞言臉上立時就難看了。「嬤嬤喲，您這話什麼意思，我怎麼就攛掇了？」

「妳攛掇沒，自己想想。」葉嬤嬤一點沒客氣的盯著她。「七姑娘還小，入了侯府少不得左右扒拉，心裡正沒底，這個時候，最是要靜心求穩的，不能讓一些不入眼的事亂她的心，占著她的手。」

「葉嬤嬤，您這話我聽著可彆扭，什麼叫不入眼的事？」花嬤嬤瞪了眼。「那可是兩個通房啊，其中一個還是老侯爺跟前的，這要是由著她們坐大，那還不欺了咱們姑娘？」

「欺？妳當謝府是林府嗎？這府中的老爺糊塗，分不清輕重，妳當謝家也會？不過是個通房罷了，一句話就能打發的人，需要姑娘當真事的想著念著嗎？花嬤嬤，妳是姑娘身邊的，妳若擔心，那妳就睜著眼幫她盯緊了也就是了，有什麼該處置的就處置，不是大事，就閉上嘴巴別去擾七姑娘。七姑娘嫁過去，那是做正房太太，要相夫教子，要日後做個當家主母的，妳當她是去謝家做妾不成？盯著兩個丫頭，這得多小家子氣？她若成天和兩個通房較勁，妳覺得她婆母瞧見會如何想？侯府宅院的女人，有幾個會那麼不上檯面？」

花嬤嬤聞言臉有惱色想要回嘴，卻又覺得葉嬤嬤這話有些道理，一時糾結在那裡不知說什麼好。

葉嬤嬤忽而抬手拉住了她的手。「花嬤嬤，妳不是個笨人，論精明妳也算老人精的，只是這些年，妳看著太太被妾侍欺負，心裡著惱，總是惡著妾侍，以至於到了這會兒，妳防賊一般的防著，卻沒好生思量七姑娘的夫家底蘊，才會一葉障目。我今日站出來，不客氣的與妳說這些，也是和妳一樣，巴望著七姑娘好。妳日後就是姑娘的左右手，得細細的替她看護著，待到姑娘誥命加身之日，妳也自有榮耀的啊！」

花嬤嬤望著葉嬤嬤，半晌後，鄭重地點頭。「我明白了，放心吧，我不會讓咱們姑娘被人家笑話的。」

葉嬤嬤點點頭，衝著花嬤嬤淡笑。

花嬤嬤則由衷地說了一句。「妳真是熱心腸，怕是除了林家府上人，就數妳最疼著咱們姑娘了。」

葉嬤嬤聞言一頓，笑了。「花嬤嬤這話錯了，我原也是林府上的人呢，七姑娘是老太爺的後人，就算是出閣的姑娘，也依舊是姓林的，我既然應承了，自然盡責的。」

花嬤嬤臉有尷尬，可葉嬤嬤卻又似不在意了。「今兒個我就走了，也不知以後還有沒有機會再到林府上來，更不知和七姑娘還有機會見否，總之，花嬤嬤，七姑娘日後的提點，就落在妳這裡了。」

花嬤嬤使勁的點點頭，說了幾句表心意的話，聽著外面有人招呼著詢問，便匆匆和葉嬤嬤道別後出去忙活。葉嬤嬤看了眼身邊的箱籠，叫了兩個小丫頭進來，幫她把箱籠都提了出去，人便自己拎著一個包袱出了屋。

「您這就走？」花嬤嬤一轉頭看見，自是出口詢問，葉嬤嬤衝她擺了下手，話都不答，這就出去了。

花嬤嬤看著她帶著人和東西就這麼不聲不響地走了，一時微微地怔住，末了輕嘆了一口氣，奔進了屋裡，查驗著可有什麼遺漏了的。

這邊葉嬤嬤出了院直奔二門上去，到了二門處，就看見瑜哥兒一人恭立在那裡，見她來，立時上前一步下跪。「祖婆。」

葉嬤嬤伸手拉起了他，抬手給他整理著衣衫。「你是個出息的，好生讀書，雖然你得了機會入了學，可以直接參加秋闈，但我思量後覺得這到底不算名正，為你日後仕途，今年你就去參加院試吧，先穩個秀才，而後參加來年的秋闈，彼時記得拿個解元回來，知道嗎？」

「是，祖婆。」

「記住，一朝金榜不題名，你便不許成家！」

「是，祖婆。」

「好了，回去吧，我這就走了。」

「祖婆不與林府上的老太太相辭了嗎？」

「來的時候風光夠了，事完就自己走吧，我又不缺東西，沒得去覥臉（注）。」

「那七姑娘也不……」

「她已出閣，與我的緣分就終了，何必再見？今日是她回門的日子，喜慶著吧！」葉嬤嬤說完衝瑜哥兒一笑。「記著我與你說的那些話，好生珍惜。」說完便提著包袱出了二門。

瑜哥兒立時追了過去。「孫兒送祖婆上馬車。」

葉嬤嬤轉身推了瑜哥兒一把。「不必，兒女情長難成大事，我說過的話，你這就忘了嗎？」隨即瞪了瑜哥兒一眼，人便自己提著包袱去了外面的轎子裡，丫頭們立時把箱籠送上，轎子便去後門處換乘馬車。

瑜哥兒望著那轎子漸漸消失在視線裡，緊緊地捏了拳頭。「祖婆放心，我必然記得您的諄諄教導，定不讓您失望！」

林熙同謝慎嚴在老太太處待了一陣，就辭了出來，照理要去正房院落陳氏那裡坐一陣子才好相辭的，誰知一出院落，林嵐竟湊了過來。

「七妹妹，我有話和妳說。」說著林嵐就往邊上去了。

林熙看了一眼謝慎嚴，又看了一眼站在邊上的曾榮，只得去了林嵐的跟前。

「妳要和我說什麼，挑這個時候，還把人晾著？」林熙上前便問。

「沒什麼，母親那裡，我就不去坐了，一來我在妳們說話也不痛快；二來，我自己蘑菇在那裡也是受罪，何況我那夫家路遠，得早早回去，所以妳就幫我帶話告假於母親吧！」林

注：覥臉，意指厚臉皮。

嵐的臉上堆著笑，看似和林熙說著什麼私房話，但話語裡的不屑與厭惡卻是真真切切的。

「這話我帶不了。」林熙當即豎眉。「妳要誠心失禮，我攔不住，只是妳有心扮那委屈受欺的，就更不該這個時候失禮，妳想叫妳夫婿看到妳悲憤的模樣，好憐惜妳，卻別忘了，禮義廉恥妳便就此一樣不剩！我不想勸妳如何，因為說得再多也是浪費，但妳那婆母與我婆母可是姊妹，妳若丟臉失禮，便會連累了我的名聲，我便提妳一句，日後妳最好把禮儀顧全，若這般亂來，小心我叫人散風道出妳的底子來，妳也知自己是個什麼情況，彼時妳被曾家下堂，可別來怨家人不念想著妳，因為妳先沒把我們當家人！」

「你說她們在說什麼？」謝慎嚴瞧望著那兩人相對的架勢，眼珠子轉了轉，忽而衝身邊的曾榮詢問起來。

曾榮搖搖頭。「不知道，她說有事問問七姑娘。」

謝慎嚴對這個答案似乎十分不滿，他轉頭看了一眼曾榮。「你這性子還是那麼綿軟，老實是好事，可也得有點主見！如今你都成家了，家中大事心裡都得捏把著，別由著人家說長道短的跟著走，免得姨媽又在我娘跟前唸你。」

曾榮搓搓手，靦覥淺笑。「哎，我知道了，其實我娘也這麼唸我來著。」他說著看了一眼還在言語的兩人，忽而歪了腦袋。「四表哥，對不住了，我和林家的六姑娘結親，這會兒倒成你姊夫了。」

謝慎嚴眨眨眼。「這有什麼，也不過是在林家裡我欠你半頭罷了。」

曾榮聞言一愣，嘿嘿的笑了。

謝慎嚴說得可沒錯，依著兩家的關係，不管在曾家、謝家還是徐家，他橫豎都是謝慎嚴的表弟。

「對了，你和六姑娘的事，我聽我娘提過半句，說你救了落水的她，這是怎麼回事？」謝慎嚴看著那邊還在言語，轉頭又問曾榮。

曾榮臉上的笑色一頓，隨即訕訕一笑，不好意思的低頭言語。「十四姑娘的及笄禮上，我同幾位同窗在外言語，大家說笑打鬧的時候，一個小廝從旁跑過，正和都昌伯家的趙元弘撞上，結果她撲通一聲落了水不說，還把元弘罩衣上的衣袖都扯了半個下去。彼時我算半個主人，又見人在水裡撲騰，這就下去救人了唄。結果，誰知水中一撈人，卻是冠落髮散，竟是個姑娘，一旁人招呼將我們送去了後院，那時我才知道，她是林家的姑娘。」

謝慎嚴聞言眉微微一蹙，隨即笑言：「人家元弘袖子被扯了都不下水，一個小廝，你倒捨己了？表弟還真是宅心仁厚。」

曾榮聞言猛然直了身板。「表哥怎地出言笑我？你不還救人的嗎？你不知道你那義舉，得來多少佳話，連皇上都親自叫人尋你，之後還給你修瞭望亭，我不過學你救人罷了！說句真心話，要不是那元弘不會水，不敢下去，只怕才輪不到我救呢！」

謝慎嚴登時張了張嘴，隨即點點頭。「這麼說來，倒是我促成了你們的姻緣？」

曾榮眼掃向說話的林嵐，面上有些微微的尷尬之色。「這就不知道了，大約是天意吧，其實最初我知道她是個女子的時候，很是嚇了一跳的。後來聽到她是和你那兩個妹妹關係極好，又因是庶出的，被府上為難，才出了這麼個巧，故而……」

「故而明媒正娶？你倒狡猾，至今姨媽都還怪我娘為親家出頭，嫁出了個庶出的，卻不想她那寶貝兒子，早已李代桃僵的認了這親。」謝慎嚴說著瞥他一眼。「我可提醒你，你好生想想，正經丫頭怎麼小廝樣兒的去了外院？你雖錯著撞了這姻緣，也得心裡有個數，莫不當事。」

「她說一時糊塗，想去見你那十四妹妹……」

「你讀書讀木了不成？」謝慎嚴白了他一眼。「你當昨兒個午飯她與你說的話我真沒聽見？妄議家禍，是為人子女該有的禮？我的表弟哦，我要是你，好生的約著她的性子，莫再由著她亂言，安安分分過日子才是真！」

曾榮一時頓住，望著謝慎嚴不知該說什麼好。

謝慎嚴則是嘆了一口氣。「禮義廉恥，這幾年你倒越發的輕了，哎！」

他這一嘆可把曾榮嘆了個慌，忙是低頭要言語，而此時林嵐卻同林熙說完了話，兩人面色似笑非笑的折身回來，曾榮便只好閉上了嘴。

「母親那邊還等著呢，咱們過去吧！」林嵐過來張口便言，臉上依舊笑容不減，曾榮當即應了一聲。

謝慎嚴看向了臉上只有淺淡之笑的林熙。「妳們說什麼呢，悄悄密密的。」

林熙掃了一眼林嵐，開了口。「三月裡是母親的壽辰，六姊姊想給母親準備一份禮物，問我打算送什麼，想要和我搭配一二，可又怕從母親那裡出來，沒機會詢問，適才就拉我去說了片刻。」

謝慎嚴的眉上挑，掃了一眼林嵐後，臉上掛著淡笑。「哦，這事啊，那到時我也得尋份禮去。欸，六姊夫，咱們不如空了，也合計合計？」

曾榮點了頭。「成啊！」

四人這般話到一處，便說笑著往正院去了。

今日裡回門，便要拜辭父母，林昌端著父親的架子，在兩個女婿面前，引經據典的對兩個姑娘一番說教，那架勢不亞於在翰林侍講。但他這般在大世家的子嗣面前賣弄學識，也無非是想為自己的女兒證實一下書香門第的倚重，以及清流之貴罷了。

足足說了近一個時辰，他總算說教夠了，到了陳氏，陳氏反倒沒那些話可說，便只是柔聲囑咐著兩人日後要好好侍奉公婆、相夫教子的話，便擺了手。

兩個姑娘攜各自的夫婿拜別，這便出院回府，林嵐為長，自是先辭，他們乘坐了轎子一出去，林熙便轉了身衝謝慎嚴言語。「勞請夫君稍待片刻，我想去和葉嬤嬤相辭。」

謝慎嚴點點頭，准她折身，只是她才轉身，花嬤嬤湊上前，拉了她。「姑娘就別去了，你們尚在老太太那邊時，葉嬤嬤就已經出府走了。」

林熙聞言微微一怔，隨即輕嘆了口氣，倒也沒再說什麼，同謝慎嚴上了轎子，到了院門處，又換乘了馬車，這才離開了林府，回往謝家。

一路上林熙都是沈默的，謝慎嚴看著她那鬱鬱的樣子，輕咳了一聲說道：「不告而別是不想彼此難過罷了，妳這樣可違了嬤嬤的初衷。」

林熙捏了捏手中的帕子。「是，我明白，可到底心裡不是滋味。」

謝慎嚴眨眨眼，抬手將她輕攬入懷。「君子之交淡如水，就算她是妳的半個先生，也映襯著這其中的道理，妳該明白的。」

林熙點點頭，人乖順的靠在謝慎嚴的懷裡，再沒言一句。

第五十四章　以退為進

回到謝府後，兩人先去了老侯爺的院落磕頭，見禮問了一、兩句後，便被打發著回了墨染居，略洗塵面，除去了兩身單衣，林熙穿著十件，跟著謝慎嚴又去了公婆的院落回話。

在院房裡絮叨了幾句後，便到了午時，三房裡的人便湊在一起用飯，因著是年關裡，又是回門的日子，十三姑娘和十四姑娘也都在，連帶著誨哥兒，幾人倒也吃得歡暢。

十三、十四姑娘因入了繡閣，斷了出入，見著林熙便拉著她，頻頻叫著四嫂東說西問，生生把她這個年幼的四嫂叫得臉上紅霞漫天，最後還是徐氏笑著剜了兩個姑娘一眼，她們才收斂了些。

此時安三爺清了下嗓子，衝林熙言語道：「熙丫頭，再有兩日，便是正月十一，做善也該起了。昨日裡，老爺子思想著妳是沖喜進來的，便想叫妳去做這個，把今年的善行了了，妳，可成？」

做善，乃是三件事，頭一件，便是府前立棚發米施粥，以得百姓恩讚，續下八方善緣；第二件，便是到香積寺，添香油，布僧衣，再奉六十六炷香，求個福安；最後一件便是散帖子誠邀各路權貴名流的夫人相聚，來一場放生會，求個壽安。

一般的富貴人家，都是算著身分，挑其中一樣來做，唯有大世家，才有資格三樣做全。

論哪家大世家最有資格？自是謝家了，而這三樣也不是白做的，這便是好名聲，這便是世家要的，口傳流芳。

所以通常這種事都是由家裡的當家主母來做的，如今安三爺開口說是老侯爺念著她是沖喜進來叫她來做，便是擺明了要為她補上之前輕了的禮數，將她好生抬扶起來，實在是老人家實打實的關照了。

林熙聽聞此言，自是欣喜的，不過她掃看到一邊的徐氏，應承的話到嘴邊就頓了一下，再出口便是謙恭了。「祖父疼愛，許我機會，由得公爹婆母關照，熙兒便是得了恩了，可這等好事縱然我有心想接，卻可惜我年輕歲小，沒得什麼待人接物的經驗，只怕會出了紕漏，那可就不好了，不若還是婆母來做，我跟著學吧！」

林熙說著半側了身子衝徐氏低頭欠身，雖未起身行禮，卻也是真心求教的模樣，徐氏的眉眼一抬笑了。「妳有自知是好，不過既然入了我們明陽侯府，有些事，也該早些擔當，這件事，妳就撐著做吧，若有不懂的，來問就是，我自是幫襯著妳的。只是話說頭裡，妳也別什麼都問著我，縱使周全了，卻難免成了跑腿的，倒是壞了本意，所以還是拿些章程、念想的來說才是好的！林氏，妳嫁進來，做了世婦，該有的擔當就少不了，就此用心學、用心悟吧！」

徐氏這話說得清楚明白，林熙也未嘗不知這其中也有考校的意思，只是這種事，少不得謙遜請教好生作態，所以她把徐氏捧了，自己低頭乖巧的像個媳婦樣，徐氏自是高興的，那她日後請教時，也不會太過為難的挑三揀四了。

餐飯用了，又坐在一起吃了一道茶，當下大家便散了。

林熙同謝慎嚴回了墨染居，這才有時間好好歇歇。

她叫著下人幫她換下了繁瑣的十件單衣，取了穿慣的襖子在內，外套了一件大紅石榴花刻絲的窄襖衣，整個人看起來纖細精幹，再將頭上的珠釵取下兩支來，這才去了外間廳裡，陪著謝慎嚴吃茶。

謝慎嚴掃眼看了她這裝扮後，一面撥著杯中茶葉，一面言語：「這般利索，這會兒便是要見見管事和院裡人了嗎？」

「我不是個勤快的，若能偷懶，自是想多耗兩天的，只是公爹既然說起了做善的事，我哪裡還敢偷懶了呢？只得這會兒趁著你精神好，把大家都見見，好早些熟慣了院落裡的人和事，才好去制定個章程的，向婆母討教。」林熙一臉淺笑著言語。

謝慎嚴點點頭。「好吧，我給妳壓著陣。」

林熙衝他一笑，這便轉身要去招呼花嬤嬤請管事們過來，豈料她還沒說出口，外面就傳來了丫頭言語的聲音，隨即簾子一挑，雲霖走了進來。「老爺奶奶，老侯爺那邊過來人，叫著老爺趕緊過去一趟，說是韓大人來了。」

林熙立時望向謝慎嚴，謝慎嚴倒是不緊不慢。「哪個韓大人？」

「閣老韓大人。」

謝慎嚴點點頭。「知道了，回了話，說我換身衣服就過去。」

雲霖應聲退了出去，謝慎嚴轉頭看著林熙便言：「再有幾日，韓大人就會成為內閣之首，此時過來，只怕是循例走走我們這些人家，挖點世家子弟在身邊，祖父叫我過去，只怕就是應應景的，妳不妨等我片刻，半個時辰內我若沒過來，妳就先自己招著管事們見著議著吧！」

林熙應了聲，謝慎嚴便抓了件披風披上出了屋。

林熙反正也要坐著等，便叫花嬤嬤先去給管事們招呼一聲，叫著半個時辰後，到院落裡等，而後就自己回屋，翻出了繡繃子來，又傳了夏荷到跟前，一面繡著花葉子，一面同夏荷言語。

「東西都收拾歸一了？」

「歸一了，按原本在碩人居的習慣，重新理了庫，順了冊，嫁妝箱子也分了類別，仔細的收了，成親日和敬茶日，您收的禮，也按您的意思，在冊上添了，出去的幾個物件也都消列了。」

林熙點點頭。「人手這邊妳瞧著如何？」

「時間尚短，一時也看不真切，不過聽那雲霧姑娘嘴裡說來，倒是能分出幾個機靈的與忠厚的。」

「那我囑咐妳的事，做了嗎？」

「做了，您叫把現有丫鬟們的住宿全部調整、打亂，我昨兒個下午就喊著弄了，彼時她們也忙亂著，還真沒人能顧上我清點嫁妝和入庫呢！」夏荷說著一臉笑色。「姑娘倒是好法子，叫她們忙活著便顧不上了。」

林熙的嘴角輕勾了一下。「這事上，可有人不樂意的？」

「有。」夏荷說著一臉得意。「那個凝珠一看分她的房子是西曬的那間耳房，比雲露的差，當即就鬧騰了呢！」

林熙聞言淡淡地笑了笑。「心高氣傲的人，最怕的就是被人家看輕，是以但凡有一點輕視，那心裡就跟扎了針似的難受，而平日裡小心翼翼看人臉色的人，也往往一朝得勢便恨不得耀武揚威，她們兩個能起了火頭，那便是最好不過了。」

「是這樣呢，姑娘年紀小，這些倒是清楚，葉嬤嬤定是沒少和您說道這些！」夏荷當即捧著言語。

這話聽在林熙耳中，卻惹得她心中不由喟嘆——當初的我便是那心高氣傲的，但凡掐著點什麼，就起了火頭，不管不顧的衝著，結果還不是作繭自縛？寵溺慣了，就吃不得苦、受不得氣，結果除了讓人家玩弄在股掌中，自投羅網，又得了什麼好處呢？吃一塹，長一智，再活一次，總算能知道點什麼了。

心中這般想著，林熙便失了說下去的興致，衝夏荷吩咐。「行了，回頭妳和四喜說一聲，妳們兩個把那雲露招呼好，咱們就慢慢等著吧！」

「是！」夏荷應了聲，人卻沒走。

「有事？」林熙抬眼掃她。

夏荷點點頭，捏起了指頭。

林熙見狀，把繡繃子一放，衝她淺笑。「遇上什麼難事了？」

夏荷一頓，人往前湊了一步，低聲說道：「姑娘是知道的，我家那口子早先就是莊頭，我們兩個一早就是安置下來給姑娘做陪房的。如今我家那個手裡照看的地不算多，只有一百五十畝而已，昨兒個中午，莊子上來了兩輛車馬，掛著侯府的牌頭，俺家那個想著是不是您叫著人來驗看或是有什麼安排，就迎了，結果來的人竟捧著冊子說要量地看地。」

「什麼？」林熙挑了眉。「來的是侯府上的哪路？」

「說是侯府上管事翟嬤嬤叫去的。我今兒個早上就打聽了，是侯爺夫人跟前的管事嬤嬤，原本就是侯爺夫人的陪房，她男人死了後，就搬進侯府，一直陪在跟前的。姑娘，這些地兒可是您的陪嫁，您的私產，照道理侯府上的人是沒理由插手的，我家那口子知道侯府大門大戶是頂頂的世家，斷不會行這種骯髒事，但人確實又來了，就有些沒底，我便想問問，這、這算什麼情況？我家那口子是應承著呢，還是不應承著？」

林熙轉著眼珠子，手指摩挲，好半天才說了話。「夏荷，妳現在就回去找妳男人，妳和他今天費些精神，連夜給我做出個帳冊來，上面得有這近半年來，莊務上的事，尤其是得有什麼人什麼時候來到莊上做了什麼，還得叫人家簽了名諱留下手印，可明白？」

「這個好說，只是姑娘要這帳冊，是給那一路人備下的？」

「對，丈量不是一天就弄得完的，什麼人來、因著什麼來、幾時來的、量了多少、做了什麼，一字不落的都錄下來，然後叫他們都給我簽字留押，和妳男人說清楚，就說這帳冊逢四時要備我查的，若有一處對不上，他便要捲包走人，故而沒有情面可講，也拉不下誰的情，懂嗎？」

「懂！姑娘這是要卡著人，可是這好嗎？」夏荷臉有憂色。「到底您是才嫁過來的，翟嬤嬤又是侯爺夫人跟前的，怕是……不好吧？還有，若是他們生出什麼心思來，我們這邊是應還是不應？」

「葉嬤嬤曾給我講過一個故事，叫做狐假虎威，彼時妳也在跟前聽過，可記得？」

「記得。」

「想那翟嬤嬤遣人來，是因受了侯府中的招呼，但是，謝家是大世家，論其手中田產，只怕我這還湊不上一個零頭呢，也能招人惦記？再者，老侯爺這邊今日才說著要抬扶我，怎麼會生出這種事來，我只怕這裡有著蹊蹺，怕有老狐狸借著一些模稜兩可的句子想欺我年幼！夏荷，妳不是問我應不應嗎？應！叫做什麼就做什麼，都應著，只是不管做什麼，就是動我田地裡一捧土、一根苗，那也得上冊留名！」

夏荷聞言點頭。「是，我這就回去和我男人置辦去，姑娘放心，我會囑咐他盯緊了，什麼都錄下，那起子鬼魅要是敢算著姑娘您，有了這帳冊，保准叫他們動不得、吃不得……」

林熙笑著點點頭，擺了手，夏荷立時就出去了，林熙伸手抓了繡繃子盯著上面的花團錦簇，心中輕嗤——果然在世家也少不了這些骯髒玩意兒，既欺我年幼，我便成全你，只是你若吃我的，那就等著連本帶利的給我吐出來！

有了這一茬事，林熙繡花的心思就不再，是以她拿著繡繃子尋思起今日見管事們的事。按照她最初的構想，既然做了這院子裡的主母，自得把墨染居裡大小的事務拿捏好，如今老侯爺抬扶，叫她做善，那更得抓好機會，把事情做好，既為自己爭臉爭名，也能叫謝家的人知道，自己小是小，卻也不是什麼都不會的。

可是現在她忽然覺得這不算好主意，畢竟她年歲小是事實，上頭有的可不只公爹婆母，還有侯府老太太與老侯爺，以及各路叔伯姑弟，他們可是謝家人，這個世家學識淵博，又有千年的傳承，憑她的斤兩，真的就應對自如，能叫人家立時刮目相看嗎？而且，如果惡僕真是誠心算計，小鬼可難纏，她真的能如願嗎？

我到底只有十一歲，論勢，單薄；論力，也不夠的……

林熙轉著眼珠子——以退為進，韜光養晦才是正經，嬤嬤不是說，扮豬吃虎才是上佳的法子，什麼都要做不知道的，才能叫人對你無憂防備嗎？我既然年紀輕，那何不就利用這個輕字來作文章？

林熙想到這裡，嘴角微微上揚，眼眸裡也閃出一抹亮色來，當下倒有了刺繡的心，只是才把繃子拿在手裡，扎了幾針下去，外面就傳來下人的招呼聲，道著謝慎嚴回來了。

簾子一挑，謝慎嚴走了進來，林熙放了繡綳子起身去迎。「你回來得倒快，說是應應景，還真是走場子去了？」她說著把披風拿去掛了。

謝慎嚴輕咳了一聲說道：「本以為我是頭闋打旗的龍套，誰知如今也得執筆對帳跟在角兒(注)的身後了。」

林熙聞言一愣，趕緊回到了謝慎嚴的跟前。「你這話什麼意思？莫非你真跟韓大人了？」

謝慎嚴無奈的一笑。「跟了。」

林熙眨眼。「可是你祖父老侯爺的意思？」

「他若不同意，我可出不去，現在，我還病著呢！」謝慎嚴說著去捉茶杯。

林熙利索的給他撇了涼茶，重新沏了熱的。「既然是病著的，怎還能去？」

謝慎嚴笑了笑。「韓大人可沒催我，一再說著好了才去，要是照著以往，必是辭了的。不過，今後的首輔肯拉拔著帶我，也算是與我謝家互惠互利的，大家各自照應，倒也應該。」

「那不知夫君得了個什麼頭銜行當？不是還有品吧？」

謝慎嚴搖頭。「哪裡來的品？又不是正官，我大伯年後就入內閣，入在一處可衝撞了，加之我雖是解元，但到底年輕，豈能一上來就衝著什麼品相？況且，我身體如此不好，累不

注：角兒，意指重要人物。

得，還得好好養著，因而只要一番照拂就夠了，故而由韓大人自出一份金來，把我算做幕僚吧，反正跟著其他幾個世家子弟一起為他添一份持閣的人脈也就足夠。我呢，好些了就去，自當個學生，理理文書，整整卷宗，謄抄個人事述表什麼的，也就夠了。」

林熙聽了謝慎嚴這話，算徹底明白過來。

即將做首輔的韓大人韓閣老來謝家，是要討了謝慎嚴跟在自己身邊做個掛名的幕僚的，他貼錢貼時間的帶帶謝慎嚴的同時，謝家子弟便在他身邊，恰好等於世家助力也在此，這便是人脈與利益上的一次交換。謝慎嚴在這個過程中，也能早些涉及一些官場上的東西，日後他身體好些了，肯出來做官了，考取也罷、蔭封也罷，都是大有好處的。

不過，有一點她有些糊塗。「我那三姊姊嫁進了杜家，聽她說，杜閣老原本所兼乃是戶部，因要致仕了，這才調任至吏部，好留下戶部與下任首輔相接，可如今他致仕下去，韓大人接上，循例自是該撐著戶部的，怎生倒接了吏部過去呢？」

無怪林熙不解，這六部，一般排序說來，乃是吏、戶、禮、兵、刑、工。因著吏部管著百官便為首，而建設為主的工部就排了最末，但是，實際上，掌管戶部的才是真正的大頭，畢竟一個國家，六個部不管做什麼，都離不開錢，所以真格的來說，管錢的才是最大的。

內閣成員，一般都會封於六殿大學士，比如什麼文華殿、文淵閣之類，而後由他們各自兼職一部，將六部掌握於手，捏著方向大權，而後由各部副手，比如什麼左右侍郎啊，這些專業人才來操作一個部的實事，共同把六部順順當當的關照下去。是以在內閣裡，首輔一般都是掌握著戶部的，等到要退休了，好吧，去管吏部，看似是掌管了六部之首，但實際上在官員們的心裡都清楚，這相當於內退前的調職二把手（注）了。

至於掌管戶部的一轉頭去管吏部，會不會變動太大？不用擔心，尚書一職乃是正職，正職很多時候都是拿捏大方向，鬥心眼玩政治的，真正做實事的都是副手，就是某部的左右侍郎。

所以一旦遇上什麼政變啊，什麼事件的時候，臣子不忠，帝王將疑，摘帽謫貶，抄流殺屠，帝王能毫無壓力，就是因為做實事的副手們還在，六部依然安穩，國家依然順當，至於玩心眼的嘛，死了還能再立，不缺！

林熙因此不解，就是在這裡，她覺得該是韓大人接掌戶部才對，可是謝慎嚴卻說要在韓大人身邊幫著弄點什麼人事述表與文書的，這說明人家是兼職的吏部尚書，可怎麼韓大人他接的會是吏部呢？

謝慎嚴看著林熙那一臉不懂的樣子，衝她笑了笑。「韓大人今年可六十有一了。他家中老母也已經臥榻三年，太醫院的人看過，斷她最多還有三年的壽數。」謝慎嚴說著衝林熙一笑。「懂了嗎？」

林熙撇了嘴。能不懂嗎？韓大人的母親最多還能活三年，三年後駕鶴西去，韓大人就得丁憂，彼時內閣所接者就是往下排的那個，而循例三年丁憂結束，回來再就職，可那個時

注：二把手，意指副手，亦指居第二位者。

候，韓大人都六十七了，他還能在內閣首輔上幹幾年？這個過程中，難道要把戶部給他管上一年半載，就交給別人嗎？戶部可是要管著國家的糧草、稅收、民生大事，但凡有個什麼方向計劃，那就得五年十年的計，豈能走馬燈一樣的換著頭頭，把方向撥過來調過去呢？所以，韓大人直接接掌吏部，可以說是皇上為後面幾年的國事順當，早做了安排。

「如此說來韓大人倒也算可惜了。」

能不可惜嗎？辛苦一輩子，終於熬到了杜閣老致仕，這才要上去做頭一把交椅，就知道自己最多只能幹兩、三年，任他有什麼雄心壯志都是難了！幸好吏部三年一次官察，做一年就能清一年的人事，還真是沒太大的影響，要不然林熙真的會猜想，皇上是否會為了照顧後幾年的大局，而把無關乎國家大計的禮部尚書的位置交到韓大人手上，但韓大人未必願意……

哎，看來當官不但要拚才學、拚人脈、拚壽數、還得拚運氣啊……林熙無奈的心中嘆息，一轉頭又好奇地詢問起來。「那如今誰在掌管戶部啊？」

謝慎嚴眨眨眼。「過幾日，妳就會知道了。」

林熙眼見謝慎嚴賣關子，卻也沒法再問，畢竟這本就是政事，循例她該少問的，是以她只能把這個好奇丟到一邊，衝謝慎嚴言語：「這會兒時候也差不多了，我叫人先去招呼了的，想來管事們也應該都候著了，要不，這會兒你帶著我見見她們，叫我早摸清了，誰是可靠的、能用的吧？」

謝慎嚴聞言一愣，眨眨眼看看她。「先頭只是叫我壓陣而已，我坐著便是了，怎麼我出去一趟，這會兒倒還要我帶著了，不到半個時辰，妳就洩氣了？」

林熙噘起了嘴巴。「有道是東風吹戰鼓擂，三軍將士齊上衝，我彼時真是雄心壯志來著，自以為也能拿出主母的架勢，把管事們給么喝出一二三四來。可你這一走，我呀越坐越洩氣，如今你來了，又說起這事，我忽然發現，自己真是好多都不懂、不知的，哪裡還有底氣呢？真格是婆母說的那話，我還得多學多悟呢，故而，我還是好生求教夫君你給幫著帶帶吧！」

她似撒嬌的言語，聲音柔柔地含著一股子嬌氣，謝慎嚴瞧著她那樣又聽著這聲音，不覺笑了。「我還說把家院都託於妳的，那時妳不也應承了的，還倒叫我別笑妳，如今偃旗息鼓的也忒快了點吧？」

林熙垂了眼皮，伸手去摳那繡繃子。「這要是在我的碩人居，我自是不愁的，可這裡到底不一樣嘛，我家雖也有幾代書香，可到底比不得謝家啊！誰知道你們規矩比我們重著多少？何況我是得了葉嬤嬤關照的，才多了兩個丫頭伺候，你瞧瞧這院子裡，丫頭婆子還有小廝的有多少？且大多都是家生奴才，牽根帶穗的，我可不敢亂撞，萬一惹了誰，輕則被婆母責怨兩句，重則你嫌我給你惹了麻煩，那可怎麼辦？」

謝慎嚴歪著腦袋看她幾眼，突然伸手去刮了下林熙的鼻子，林熙一愣，謝慎嚴卻已言語：「平時和妳說話，不是緊張著，就是摳縮著，捨不得多說幾個字，這會兒，怎麼倒打開話匣子了？」

林熙努努嘴巴。「不是你要人家真心嘛，人家有什麼說什麼，倒不對了嗎？」

謝慎嚴望著她。「不是不對，我只覺得……遇上家宅裡的事，妳倒似個常樣，能說會道，也機靈著，甚至該凶的時候也會凶起來，可一旦遇上妳我之間的事，這就不同了，相比之下，妳似乎很在乎……妳我之間的那些？」

林熙聽到謝慎嚴沒客氣的把話點破，身子便不覺挺直了些。「夫君怎麼這麼說呢？縱然我嫁過來是這院落裡的主母沒錯，但，你是我的夫君啊，我這一輩子都是隨著你的，一心跟隨，怎能不看重不在乎？是以越在乎你，就越是小心，生怕，有朝一日……惹了你可怎麼辦？」

謝慎嚴望著她，眨眨眼，沒去接林熙的話，而是柔聲說道：「有些事，累一些不是壞事，至少知道什麼叫自保，什麼叫抓住關鍵，與人打交道本就不輕鬆，何況妳日後有得累。不過，我也不想妳把自己繃得太緊，以後只有妳我的時候，大可隨興一點，不必衡量著言語，也不必揣摩個不休，就似剛才那樣，也挺好，只是我是希冀著妳就此張弛有度，妳莫把這當成演戲，與我假色輕鬆，反倒更累。」

林熙聽著這話，只覺得內心羞澀——演戲，他又知道了……

點了點頭，她試圖說點什麼，謝慎嚴開了口。「行了，叫著進來吧，我會提點的！」

老爺都發話了，她這個當奶奶的自是應聲，當下起身到了門口，衝著外面招呼後，人便又回了屋裡坐在了謝慎嚴身邊的椅子上，眼見謝慎嚴依然抓了書冊在手，便動手給他又添了點熱茶，此時花嬤嬤已招呼著人進來了。

林熙也不急，給自己沏茶後，這才放下了壺轉身，就看到屋裡魚貫而入的人全部列了兩隊，竟是足有八個管事。林熙雖早有準備，卻是嚇到了，她明明記得早先那次到墨染居來，只見到三個管事婆子來著。

她詫異不解，眉微微輕蹙，這邊，八個管事的婆子與媳婦子已經唰唰起身給他們行禮問安了。

謝慎嚴沒吭聲，手裡拿著書坐著，顯然把這些留給林熙做場面去。

林熙眨眨眼，當即叫著大家起來，根本沒立時就立威，謝慎嚴眼神雖還在書上，但嘴角處揚起的一抹笑，卻淡然的表露著一分好奇與贊同的意思。

「我是新婦，才過得門來，家院裡的事，便受老爺所託掌管，是以少不得要認認妳們，一來好大家一起把院落的事理好，讓老爺好安安順順的放心讀書，沒有什麼煩心事去打擾；二來，又因老侯爺把做善的事落在我這裡，便是得趕緊的把妳們招來，想著務必把這頭件事給做好。」林熙說完眼掃向謝慎嚴。

謝慎嚴眼不離書，人卻十分配合。「夫人說得沒錯，妳們都是府院裡的管事，好生的和夫人說道自己的事，務必把院落裡的事，一氣的打理好，沒得叫我操心。」

管事們立時應著，林熙這才開了口。「那前日裡過來院落裡時，記得候著我的是三個管事婆子，如今，妳們立著八個，這是……」話說到這裡停了，她靜靜地等著。

當下管事當中的頭，自是站出來回話。「回奶奶的話，這墨染居裡的管事其實不只是八個，而是十個，只是有兩個是外院上的，主要應承著老爺的待客接物以及應酬，因為是老爺子的，不好入內宅來，便沒進來，只等著奶奶哪日裡不忙了，可以去外廳上坐坐，訓導一二。」

林熙看著這個婆子笑了笑。「訓導兩個字可說不上，雖然我是主子沒錯，可我到底年紀輕，沒妳們經歷了許多那麼知事，與其說訓導，還不如說是指望著妳們好好的幫襯我。」

林熙這話說得極為給管事們面子，她們當下客氣接話，紛紛表達著惶恐，但臉上的喜色、得意、自滿、還有安然卻紛紛落在了林熙的眼裡，林熙刻意多掃了一眼那個面色安然的，便又看著先前答話的婆子言語起來。

「那妳們八個是分管著什麼？因何那日裡只來了三個，害我以為只三個呢！」

為首的婆子恭敬答話。「奶奶莫怪，來了三個，是因那三個管著的事務，少不得日日都得奶奶您教導，而其他的，管著的並不獨獨是墨染居的事，您來的那會兒，大家還在各處忙著，一時沒候著，還請見諒！」

「哦，這樣啊！」

「老身是何田氏，家生奴才，高祖輩上就是在謝府裡伺候著的，如今得這府上老太太以及四太太的關照，安在這墨染居裡伺候老爺，算是管事的頭兒，幾類都要過一下，牽個頭罷了。不若我給奶奶您說說我們幾位？」

林熙笑了笑。「那敢情好。」

當下這個何田氏就介紹起來，林熙順著她的話一一瞧看，相識。

身子圓乎乎的周嬤嬤，管著三房四個孩子的小灶飲食，是以她手裡捏著六個廚娘和八個幫灶，以及採購食材的事，按何田氏的言語，她也是家生子，只是資歷沒她何田氏厚，是祖輩上才入府伺候而已，但是能扒拉下這麼大的事來掌著，這便是本事。

林熙隨口問了兩句，見她答話利索，言辭較快，知道這人是個急性子，有些潑辣，瞧著她那約五十上下的年歲，便猜想這番潑辣，怕在謝府上，慣常是個厲害的，也怪不得這人人眼紅的差事落在她手上。

相對高眺的武嬤嬤，管著墨染居裡所有丫頭們的言行舉止、值守假班，不知道是不是管人時間太久，一張臉上刻著肅穆之色，看著跟私塾裡教哥兒們學習的先生一樣，若不是先頭林熙那般給面子抬舉時，她臉上露出一分自滿來，林熙倒會因為她這份嚴肅而對她另眼相看，只是現在她倒更多的想起自己的父親來，反倒覺得不值得她多關注了。

身強力壯的邱玉峰家的，林熙已和她接觸過，她是管著這房院裡雜事的人，跑腿遞話，安置附院出行的馬車轎輦以及一些招待用的家什等，看起來是要比別的要寒傖點，沒什麼明白的收益，但這種與人接物的事，只要會來事，便少不得收些禮錢、腿費賞金的，卻也不是真的清水。

身材嬌小、眼窩深陷的王嬤嬤，則是管著衣裳布料，手裡好些針線上人，與刺繡、裁衣的，保證著整個院落裡自備常服與被褥鋪蓋的製定。

年紀大約四十出頭的黃賀家的，乃是老侯爺跟前黃大管事的兒子娶來的婆姨，因著手腳利索，人十分能幹，便在墨染居裡司著浣洗、灑掃、規整的事，粗使丫頭們則都歸她管，只有能得了等級的，才會到武嬤嬤手裡受著她的調教約束。

還有同樣四十來歲的鍾興家的，原是徐氏身邊的丫頭，後被指出去嫁了個莊頭，如今人在謝慎嚴房裡伺候不說，還要連帶著把其他幾個院落，比如十三姑娘、十四姑娘，以及誨哥兒的院落都要巡察的，算是個保安的夜人。

這七位，剛才都是臉上各有色彩的，唯獨餘下的這個面色黝黑的古嬤嬤，正是剛才那個面色安然的。

這人生得圓肩寬膀，年紀四十來歲，綰著一個簡單的圓髻，穿著肥大的衣裳。

她原是管著墨染居的庫房，幫謝慎嚴張羅著他的進出項，只因現在林熙進了門，院落持家的事，就會落在林熙的肩上，有林熙掌著，她便手裡空了，只幫襯著照料起老爺而已。

何田氏說得清楚，這古嬤嬤起先本是乳母備選，是奶四房生下的小三爺謝竹的，結果徐氏因為對原本選出的乳母不滿意，就去四房裡把她要了過來，奶大了謝慎嚴後，便自是留在他身邊照看了起來，後因著謝慎嚴的信賴，就幫襯著管帳管庫了。

說起來她本是一個小院裡的管帳管庫，實不上檯面，畢竟謝慎嚴又沒出去做官，沒得太多進項，也就拿些月例銀子而已。可是偏生謝慎嚴本事，佳名在外，詩會集會多不說，有得是人送禮討好，別人家辦詩會什麼的，可能要花銷些銀子的，到他這裡，有時倒還能賺一些。尤其是一些鑑畫賞書的，往往為了求他能去，早早的備下了一些稀罕的書畫或是玩件，文人雅士透著近著性子，謝慎嚴去了，捧了場，也就得了這些東西留在手裡玩，少不得由古嬤嬤給收著了。

所以她實際上就是謝慎嚴未婚前理財的人，因著謝慎嚴在府邸中的實際地位，她便也水漲船高，因而不但是最後一個介紹的，何田氏還特意多費了口舌，更時不時的話語表情都充滿了對古嬤嬤的客氣。林熙猜想，這人只怕很得謝慎嚴的倚重，心道日後與她之間還是客氣為主，不能真當了僕從。

何田氏介紹完了，謝慎嚴靜靜地翻了兩頁書，明明說好的幫帶，幾乎還是壓陣的架勢，林熙見狀，也不好當著面的去扯謝慎嚴，是以她自己頓了頓，理了一下，開口言語道：「今日這一見，咱們也算相識了，日後同在院落，少不得有事煩勞著妳們，雖說妳們是僕我是主，可各位在謝府上的時間比我多，有這一份情誼的，是以，我便會同夫君一樣的待著妳們，信著妳們，也親著妳們，還望妳們看著我年輕多多幫襯著。」

林熙說的是場面話，立時八個管事都欠身小福了下，算是應了。

在她們七嘴八舌的客氣話落下後，林熙假咳了一下後說道：「先前我也曾說了，把妳們請來，是為著大家日後一同打理好事，我便再提一次，我心中所念的宅院，只有一個心思，那便是少是非，求安生的。畢竟我年歲小，實在不想事事都去煩著夫君婆母的，因而我期望著妳們把自己手裡現在所管著的事，都張羅好，衣食住行，一成不變，巡夜灑掃也依著規矩來，照看的照看，提點的提點，該約束的都約束好，別想著我一來，就都丟給我。我要的是，院子裡安生，是老爺能安心上進，無有煩憂，所以各位管事，妳們能幫我把這唯一的希冀，給置辦好嗎？」

林熙說著話的時候，幾乎沒用什麼強硬的詞句，言語更是柔柔的，就好像是拜託一般，立時管事們出聲答應，卻不料，林熙忽然站了起來，竟一個個走到管事的面前，與每一位雙眼相視，用十分認真的態度要求每一位與她言語，應承。

八個管事全都應了，林熙一轉頭衝謝慎嚴一笑。「今日裡老爺可做了見證的，我一心求著與你安生，管事們也都應下了的，若日後有哪路生出么蛾子來，老爺可別尋我的麻煩，得去找那說了不應、管不住的。」

第五十五章 算

林熙笑著言語，似是玩笑，卻是話語為真，管事們心中各有所念，謝慎嚴卻已經點了頭。「嗯，瞧見了，我為證，妳們可記住答應了的事！若出了差錯，將來尋罰起來，別來說什麼情面的話！」

謝慎嚴發了話，管事們都明白才進門的奶奶是小，是什麼都不會的好拿捏，但是，人家不但讓你拿捏，還直接撂挑子的什麼都不管，以至於，這要是出了什麼事，奶奶可不會站出來撐臉，而是直接尋她們的麻煩了，這叫她們反倒有點小鬱悶了。

物極必反，太小也不好啊，連個背鍋頂缸的都沒了。

林熙見謝慎嚴幫了腔，忙又言語。「關於做善的事，我也和妳們說了，這是老侯爺的意思，想來，這還是我第一次有這麼大的事要主持呢，而且這也是我進謝家的頭件事，可出不得紕漏的！我這人年紀雖小，卻也要個面子，還請管事們好好幫我細細弄好，我必然記得妳們的好，若是我要出了岔子難堪了，到時在老侯爺前我挨罵了，便只好去尋我夫君哭鼻子了。」

她一副小女孩子纏黏的樣子，臉上還掛著嬌羞，屋內八個管事互相掃視了一眼，各自應聲。

謝慎嚴輕咳了一聲，林熙便打發了她們下去，待到人都出去，屋裡只剩他們兩個時，謝慎嚴抬頭看著林熙，臉上似笑非笑的。「妳真要找我哭鼻子？」

林熙眨眨眼。「遇上了，才知道哭得出來不。」

謝慎嚴笑了。「妳倒真是會躲清閒！一轉身，把自己摘了個乾淨，敢情妳這管家婆什麼都指著我？」

「我人小勢微，您總給我點時間緩緩嘛！」林熙噘著嘴一臉「我也沒法子」的表情。

謝慎嚴看著她那樣子，幾息之後抬手揪了下她的鼻子。「哎，那妳就快快長大吧！」

有了做善的事，林熙便有得忙了。

回到了謝家，照顧著她的年歲，謝慎嚴就住在了書房，獨她一個霸著正寢。白日裡，他會在正寢裡坐陣子，有時閒聊打趣的說著雜事，有時一邊咳嗽著一邊盯著林熙，林熙只知道自己的夫婿不簡單，但於他的滿肚心思難猜，也就果斷不去猜，不知道的就問。反正謝慎嚴能答的自會答，不肯答的，人家就當沒聽到，高興了顧左右而言他，不高興了，吭都不吭一下。

到了晚上謝慎嚴就回書房休息，早上起了，也是在書房讀書，於林府那時，夫妻相陪一處的情景，倒是沒機會溫習了。

至於那兩個通房丫頭嘛，林熙沒去多想，畢竟她對這兩個人已有安排和打算，加之，她要謝慎嚴這個茶壺自己不要茶杯，那也得她能讓謝慎嚴願意如此看待她、捧著她、哄著她，可現在的她，才十一歲的年紀，能指望什麼？

論身姿相貌，十一的年紀，才開始變化，胸口上的肉都沒得一兩，她做青澀還成，可她又不是狎童！所以現如今也就能賣弄下那滑如凝脂的肌膚而已，可是，兩口子都不住在一起，更沒到那一步，除了露下臉蛋和素手，她哪裡有機會顯擺？

論才學藝能？在大世家的面前，她那點東西連三板斧都算不上，三腳貓都還能蹦躂兩下，她也就能陪著謝慎嚴應承兩句而已，這還是謝慎嚴沒真心和她計較。

論氣質品性？眼下似乎能拿來說的就是這個了。但這東西，說好聽了，存在，說不好聽了，誰搭理？不過十一歲的小新婦，連月事都還沒來，人事都沒經驗的，在別人眼裡和孩子沒差，她真能指望謝慎嚴就把她當女人了？

雖說謝慎嚴親過她幾次，可是每次都是那樣親了就沒了下文，只有偶爾的逗弄之舉，時常讓她感覺，自己就跟他妹子似的，委實還有些距離等著慢慢補，誰讓她還是個女孩。

所以在這樣的前提下，林熙倒也一點不急了，畢竟很多東西都需要她長大，需要她用時間來磨，來讓謝慎嚴的心裡慢慢的有個自己。而現在婆婆那邊需要應付，手底下她還有事要做，這麼一看，兩個通房丫頭又算什麼？反正都已開臉，還能指望謝慎嚴把人家當擺設了？隨他吧！

林熙這般踏實了，倒也沒之前的患得患失了，而這邊謝慎嚴大約因為還在用藥的緣故，倒乾脆就自己一個在書房，夜夜都能聽到丫鬟進出伺候，直到謝慎嚴藥性散過，那也是後半夜了，還沒迷瞪多久，寅時便到，待她起身收拾好，去窗前張望，書房裡早已燈火亮起。

轉眼七日已過，謝慎嚴整個人已經看起來沒什麼憔悴相了，院正奉旨來了一回，給謝慎嚴號脈後，連連賀著他的好命，老侯爺自是表達謝意，更親自牽著院正的手送到了府門前，如此禮待之下，院正滿面紅光的去了。

當天晚上侯府裡，大家圍坐在一起用了餐飯，林熙這個小媳婦規規矩矩的盯著面前的碗筷，既不翻山越嶺，也不拘泥一碟，只把面前的菜慢條斯理的用了幾筷子，大多時，都豎著耳朵堆著笑的聽身邊人於她各樣的囑咐。

飯菜用罷，兩人回了院落，謝慎嚴未沾酒水，先去了她正房坐了坐，抬手抓了她那繡繃子看了看後，竟動手把她的繡繃圈給拆了下來，把那荷包底的布帛攤開看了看，在林熙不解的眼光裡，取了一枝小毫，就在那繡了一半的布帛上畫了起來。

林熙起初是有些懊惱的，畢竟她繡了大半個月，謝慎嚴來興致的這麼一畫，她算是白做了——人家描樣子畫底的哪個用墨？都是拿著燒過的柴枝，留個印子，日後繡好了一洗便是，他這拿墨畫過的，就算繡線擋得住印子，可能過水嗎？一洗還不成了墨坨？

可是慢慢的，她的眉頭舒展開了，因為她看到，在自己原本花團錦簇的描樣子上，謝慎嚴用小毫畫下的竟是一株才露尖尖角的蓮荷，這讓她想到了那日酒令裡他的言語。

謝慎嚴幾筆畫好，丟了筆，指指布帛。「按這個繡吧，繡好後做成荷包，在水裡透一下，曬好了就成。」
「透一下？那墨還不是要染……」林熙隨口相問，話出了口，立時想起這裡叫做「墨染」的，當即衝他一笑。「依你。」
謝慎嚴直勾勾的看著她，末了上前將她往懷裡摟了摟，在林熙還沒回過味來時，便放開了她，走向了門外。
「早些歇著吧！」話音落下時，他人已經出去。
林熙站在桌邊想了想，抿著唇把繡繃子裝好，便取了絲線，依照他的畫繡起了邊線。
底線勾勒過後，花團錦簇的一角之上是一朵風姿搖曳的小小荷尖，她便立時明白了謝慎嚴的意思，他在等，等自己花開之時。
嘴角揚起一抹笑，她收起了針線，活動了下自己的手腕子，便準備休息了，此時卻聽得外面有些細細的言語聲，聲不真切，又似風聲一般，她便起來走去了門窗前，依稀只聽見一句——
「……別拿這些事去擾姑娘，憑那兩個，還不值得！」
林熙立在那裡一面詫異花嬤嬤怎麼來這麼一句，一面抬手撥了棉簾，就看到四喜與花嬤嬤在門角上言語，當即她放了簾子轉身向屋內走去，只當自己沒聽見，因為她已經明白花嬤嬤為何會對四喜說那話，更明白已經發生了什麼。
抬眼掃去了繡繃子，她細細慢慢地深吸了一口氣，便大聲說著。「來人，伺候我歇著吧！」

四喜和花嬤嬤聞言立時進去伺候，洗漱拆髮的，把人送進被窩裡，放了帳子，四喜都沒多言，待兩人退出來後，便叫著五福同知足和自己一道守夜，花嬤嬤年紀大了，自是回去歇著了。

翌日，寅時剛到，林熙便醒了，人在床帳裡，藉著昏暗的光線盯了片刻的床帳，人便起來了。

本來她以為她會心裡添堵，更以為自己會睡不好，可是，沒有。

她不明白是自己的內心早已接受，還是自己還未到達那個地步，總之她沒有預見的半點難受，有的只是一點點惆悵和小小的遺憾。

她沒有喊人，自己穿套了襖子離了床，走去了窗前，當她看到書房裡亮著的燈時，卻不信似的揉了眼──他，沒留宿嗎？溫柔鄉也困不住他嗎？

怔然間，屋門被推開，四喜前來掐點叫起，一抬眼看到林熙竟穿著襖子站在屋裡，倒是愣了一下，隨即言語：「姑娘醒了？」

林熙點點頭，眼望向窗外。「他，沒留宿在那邊嗎？」

四喜一頓，臉有慚色。「姑娘不會是一晚上沒睡，糾結這事吧？早知道，我還不如來報……」

林熙抬手止住了她。「我昨晚睡得很好，花嬤嬤叫妳不告訴我，也是不想我為那兩個費些不必要的心思，如今我問妳，也是好奇他。莫非，老爺身子還是不好？」

四喜聞言倒吁出了一口氣，繼而扯了下衣角。「好不好的不知道，總之，昨晚雲露要了道水淨身來著。」

林熙的眼皮子一垂。「那就是宿了，怎麼這又……」

「就要水的當口，老爺便穿戴了衣裳回了書房，我瞅著那邊送水過沒多久，燈滅了盞，便是歇著了。直到一刻鐘前，書房那邊的丫頭才進去伺候，我估算著時候差不多，這才進來叫起。」

林熙聽了這話，一時覺得心口有些熱——似他這樣身分的男人，妻妾成群已是常態，就是宿到清晨去也沒人會說他半個錯來，更何況雲露不過一個通房，上自侯門，下至鄉紳，誰會把睡個通房當事兒？可他卻睡了雲露之後就回了房，完完全全是在走過場，這不但全著她的臉面，還給了她，他曾許下的真心以待！

林熙攥著帕子，抬眼又看了那書房的燈火，便叫著四喜伺候她洗漱穿戴，而後便拿起了繡繃子開始刺繡。

才繡出荷莖，天也大亮了，今日裡不用到處問安，倒也算清閒，林熙思量著是不是該叫人備下早點，自己去叫謝慎嚴，門簾子一挑，謝慎嚴已經進來了，而他髮絲微微見濕，身上捧著霧濛濛似的熱氣，紅光滿面的如同被蒸了一般。

「你這是……」

「剛剛練了趟拳腳，身上熱，正叫那邊備了水，少頃便沐。」謝慎嚴說著就往林熙的手上看。「倒有個影了。」

「離出來還早呢！」林熙說著已經放了手裡的綳子，去拿了帕子來給他擦。

帕子擦拭著他腦門上沁的汗，她想著那日葉嬤嬤的話，心裡一動開了口。「謝謝。」

坐那裡享受的謝慎嚴聞言一愣，隨即抬眉看著她。「何以言謝？」

林熙抿著唇，浮著一絲羞澀。「謝夫君是個體恤人，處處都叫熙兒能感覺到那份暖意，那份愛護。」

謝慎嚴眨眨眼，伸手捉了她捏著帕子擦拭的手，就那麼看著她。「我若說應該的，妳會不會當場面話？」

林熙輕搖。「你說了真心待我，便不會是場面話。」

謝慎嚴呵呵一笑，抬另一隻手摟了她的腰。「我不是個貪性的人，這紅袖添香固然美，但我已有妳，這就足夠。家宅一事，求穩求和，我為家嗣香火，弄得花團錦簇，添上兩個通房也不過是叫老人家安心，叫外人不把我當作異類，更不至於露了馬腳，可這兩個就已經叫妳斟酌應對的，我看著累。」

林熙聞言抿了唇不自覺地開口。「我……」

謝慎嚴輕搖頭止了她言語，顧自地說著。「我素來是個怕麻煩的，可不想看著一屋子鶯鶯燕燕的鬧騰，所以，妳大可不必把心思全留在這上，宿，也是應付過去能給那些盯著的交差就是了，妳且安心的留著那精氣神顧些正經的，待妳他日可與我宿了，兩個通房彼時再配到莊子裡，也就是了。」

林熙未料謝慎嚴會與她直言這些，不但句句實在沒與她藏掖，還連她心裡那點小盤算也摸得一清二楚，當下紅著臉低了頭，腦袋便在他肩頭上蹭了蹭。「難為夫君寬量，更替我想著護著，還肯來日放了她們，相較，是我小家子氣了。」

這話一出，謝慎嚴卻笑了。「越是在乎越是摳縮，我巴不得妳這事上，一輩子都小家子氣，只是得記得藏著掖著於私房裡，若不然，叫下人丫鬟看著，待丟臉時，可別怪我冷眼不幫妳！」

林熙聞言登時羞愧，拳頭與他撐著揉了他肩頭一下，便忽然想起當日的事，又捏了捏他的衣裳，在他耳邊輕聲言語。「我行船歸家時，遇上一翩翩少年，也不知他忙些什麼，一面愁思他安好否，一面又憂心他日未來，只有在笛聲迤邐間，才得舒緩。」

謝慎嚴的下巴輕抵在了林熙的額頂。「想那少年終日奔波，於船上偶遇佳人，也是豔福了。」

林熙登時臉紅，粉拳在他肩頭上輕砸了一下。「沒些正經，我那時可真是憂著你的！」

謝慎嚴眨眨眼。「我也憂著妳，生怕妳一時激動叫嚷了我出來，幸得，妳沒那麼蠢笨。」

林熙抽了嘴角，人嘆了口氣。「夫君與其揶揄我，倒不如給我一句實心話，你是真的叫人擄去了賊窩嗎？」

謝慎嚴聞言知道林熙所憂，便銜她點點頭。「放心，我是真真正正被擄進去的，一切從真看不出假的，而知內情的除了我的家人也就妳了。」

林熙眨眨眼，輕聲言語。「如今我也是你的家人了，你可以安枕了。」

謝慎嚴笑了笑，抱著她再往懷裡一些，在她的下巴上輕蹭了一下。「夫人心裡，可踏實了？」

林熙紅著臉大膽的擁了他的頸子。「踏實了。」

有了這日掏心窩言語的事在前，林熙心中倒也真沒什麼疙瘩了，縱然之後的日子裡，謝慎嚴也會隔三差五的宿在凝珠或是雲露處，但都是事畢就離開，完全一副不近情的樣子。林熙明白，謝慎嚴如此，只是為了不讓兩個丫頭有非分之想，只想順順當當沒有是非的過渡到她「長大」的那日。

沒了這樁事攪心，林熙把精神都用在了做善和規整之上，做善是大事，馬虎不得，但只要循例來辦，處處盯緊了，也不會有什麼紕漏，所以在何田氏的講述後，林熙又問了其他幾位管事種種，最後列出了章程來，去了徐氏跟前討教。

徐氏一邊瞧著章程、一邊聽著林熙簡單明瞭的說得清楚，便點頭叫著她去做，並未多指點一字半句，顯然是滿意的。

林熙招呼著各位管事忙碌起來置辦，搭棚子、拉架子、進米、起鍋，一切都準備好後，便於謝慎嚴從韓大人那裡轉回來時，細細說了自己的種種籌備。

謝慎嚴聽完後點點頭，看著林熙。「妳說的這些都是不錯的，夫人準備得也算齊全，不過，不知夫人想過沒，場面不熱鬧，做善的意義便小了，可場面熱鬧過了，一來容易生事，二來，倒會顯得民生懵亂，這好嗎？」

林熙聞言立時先前的安然頓失，而此時謝慎嚴又言：「夫人還是再想想吧！」說完竟也不打算與林熙多說幾句指教她如何做，人便徑直回了書房。

「姑爺倒灑脫，既然覺得有些不好，就該和姑娘您細細商討才是，怎生丟手就走呢？」伺候在前的五福看到林熙一人獨自怔在那裡，以為她尷尬，忙是出言埋怨。

林熙回頭看她一眼說道：「這事妳怨不得他的，本身就是我該做好的事，他提醒我疏漏之處，已是幫我了，畢竟日後治家治業由得我操心思量，若不學著自己擔當，自己周全，那永遠都不能替他了卻後顧。」

五福聞言立時不敢出聲，林熙則叫她去尋幾位管事。

「這個時候？天色可不早，再有半個時辰得歇著了。」

「後日裡就是做善第一場，這些事不在今日裡安定好，明日裡細細核對，到了後日裡真出了紕漏，可就麻煩了。去，叫著來！反正這幾位都在府院裡，又不會出街的跑！」林熙當即發話叫著五福跑腿，自己便坐在椅子裡盤算起來。

一刻鐘後，聞訊的管事們都來了，大家湊在一起便聽到林熙的言語。「這幾日大家辛苦，陪著我做了章程，太太看了也甚是滿意的，我也是盡心指著各位的！不過，咱們做善是好事，卻也得顧忌得周全，現有一樁事，得大家和我再費費心。」

「奶奶您吩咐就是。」何田氏立時開口接話。

「原有的咱們府旁的一處粥棚改為五處，分設五點，東西南北中各設一點，並叫人去守著看著，立下規矩，依隊相領，凡有打鬧喧譁者，不但不與相捨，三日內都不能近棚，這事妳們去和外院的管事招呼，務必把人看好，並早早的把規矩宣揚出去，免得那日裡來人起鬨打鬧起來，好事成了壞事！」

「奶奶，您這顧慮是好，可是一處變五處，只怕開銷多了許多。」

「不怕，大頭都出了，也不差這些小額，若是之後結算，多得厲害，我拿自己的嫁妝來補就是，我只求這做善的事，只有美名，沒得詬病。」林熙說著又言：「對了，明日裡把咱們府院的丫頭家丁都攏一攏，分在五處相看、捨粥，叫他們都機靈些，若有人出言謝謝我們明陽侯府，一定要大聲說著，這是皇恩浩蕩，我們侯府也是仰仗著皇恩才有今日之福，做善還願，也是投桃報李！」

寅時剛到，林熙就起來，叫著人給自己張羅沐浴梳髮，收拾妥當，換上了一身玫紅色洋金花圖的刻絲襖子，著了青石墨色的八幅同花馬面裙，看起來端莊高貴，卻又不奢華。

四喜給林熙梳的是十字髻，這種髮髻能使人看起來十分端莊，又不用過多重寶裝飾，實在最符合林熙的期望。一把赤金月牙梳插別在正中，兩朵赤金蝴蝶珠花左右分飾，再無有別的了，甚至因為髮髻連著左右兩縷垂髮，連耳墜子也都省了，只脖子上掛著赤金墜玉的項圈，整個人沒半點奢華，卻因為幾樣赤金飾物，你也不能輕賤，更挨不上寒酸二字。

收拾好的林熙對著幾面銅鏡掃看之後，便傳了管事們來，因著今日做善的大事，管事們早早就起了，在外候著了。

林熙叫著人，細細地問了一遍，確認了處處細節與安排後，時間也差不多了，當下叫著四喜請了謝慎嚴來，兩人便一道去了老侯爺處問安了。

才行了禮直身，老侯爺便出了聲。「謹四奶奶都置備好了嗎？」

林熙立時上前一步彎身作答。「依照祖父的意思，今日裡便起第一樁，都細細問過了，置備妥了。」

老侯爺聞言擺了手，竟再沒問下去，同大房的人卻言語起來。「今日一過，明日就該上朝理事，到時旨意下來，也少不得忙啊弄的，你們自己早應對些，我意思壓後兩天再上朝，第一沖不上做善的事，第二嘛，晚著一些，也能謙卑一些。」

謝家大爺立時應了，老侯爺又問了兩句四房、五房的事，也就叫著散了，侯爺夫人依舊是高坐在旁，充當了泥菩薩，一言未發。

從老侯爺的這邊去了，三房的人自然回了三房的院落，林熙在徐氏的關心下，把今日的事簡單說了一下，特意提到了一處改五處的事——

「……一時受教，便做了此想，因著太晚，又是事急，便到今時才稟於婆母，還請婆母勿要怪罪。」

若是往日林熙這邊自作主張輕了她的臉，徐氏自是惱的，可是一來，這醒是兒子提的，這改是對的；二來，林熙遲早也要有些擔當，她能立時作出決斷來，徐氏內心還是滿意的，故而未責怪。

徐氏笑著言語：「我知道妳急著做事，疏忽了我，這也是沒法兒的，我今次不會和妳計較，妳且安心，畢竟這樁事本就是妳主持，妳拿主意的。不過呢，我提醒妳一點，下次早些想到，處處把禮數周全，那才是對的，畢竟現在妳算頭回生的，情有可原，下次可就熟了。」

徐氏說的話裡透著實在，林熙現階段就是進門的小媳婦，再怎樣也得伏低做小的熬日子、熬規矩，所以她當即應聲，徐氏便不再發話，而是安三爺補了一句。「到底是顧全的，這法子不錯，多出來的回頭找妳婆母報上來，一併銷帳。」

徐氏當下也應聲又說了一遭，林熙應後說了沒兩句，便退了出來，謝慎嚴因著還要去韓大人處，只囑咐了林熙一句。「別累著了。」便匆匆去了，都沒和林熙一道用早飯。

林熙自己回到院中，四喜便來問話，是不是就傳膳進來用了好開始忙活，林熙眨眨眼，擺了手。「不必了，還是餓著肚子，五處都嚐嚐滋味吧！」

有了這個念想，林熙未動筷子，挨到時候差不多了，便套馬出府，直奔了謝府周邊，恰也算在京城正中的主棚，按照預想的在施粥前，小用了半碗，而後才叫著開粥。

她先前在此用時，窮苦人家與流離失所者都瞧得真切，待到開粥，又見謝家新進的奶奶親自在旁瞧看，便紛紛言謝、叫好，林熙自是按照先前的思路，把功德好處都往皇上那裡送，口口聲聲，謝家也是為皇上做一點實事。

中間的粥棚待了近一個時辰，眼看秩序井然，周圍也有早先請約的衙役照看，當下便取車往西去。

這一天的時間，林熙就這樣從西到南，到東再到北，仔仔細細的每個粥棚都去，每個粥棚都用了小半碗粥，而後待了個把時辰。

待到申時時分，她才回到了謝府，四喜送上一碟點心，她小用了兩個，人便在榻上，一面繡著刺繡，一面等著五處的收妥。

酉時時分，管事們都回來了，林熙說了聲辛苦，叫著下人們送上點心、湯水，這邊卻把桌子、算籌的全部擺了出來，這架勢竟是要她們立刻結算，且還是當著她的面算。

幾個管事一瞧這場面，彼此對視一眼，略有不滿，何田氏見狀便放了碗言語起來。「奶奶，今日裡大家都守在跟前，不說多忙，卻也是累得不行，這帳不如明日裡算吧，大家也能歇歇。」

林熙笑了笑。「我知道妳們累，這不，參湯都供著各位，也是我的一番體恤。只是我素來喜歡今日事今日畢，今日算妥當了，我也好安枕，明兒個一早就能報了太太知道，大家也能好生歇個兩天不是？所以妳們就為了我，委屈一下吧！今晚我同妳們一起，什麼時候算完，什麼時候結！」

林熙說完這話，率先就去了大桌前坐著，幾位管事見狀又能如何？少奶奶親陪著算帳，是她們最不希望遇上的，卻也是最不能拒絕的，當下一個個還得一副受寵若驚的樣子匆匆喝湯後坐在那裡，個個拿著算籌紙筆的忙活起來。

林熙因何如此？因為她很清楚，自己做的頭一樁事，必須得漂亮。

葉嬤嬤從一開始教習她時就說過——一個合格的主母不一定是八面玲瓏樣樣都拿得出手，但她要做的每一樁事一定都會做到好，最好是無可挑剔！

不做是不做，做必做好！林熙便在這樣的思想下，重新學習算帳持家。

葉嬤嬤教會的不只是算帳的本事，更是直直接接與她提及了各處的貓膩，如何的添帳，如何的重帳、分帳——每一處的背後又是怎樣的多報假報，所以林熙很清楚，如果她晚上一天，幾個管事就能根據今日裡的情況，大家一起合理添帳分帳，而後她去清算帳面，怎麼看都是對帳，無錯，而下面人卻飽了私。

管事們擺弄著算帳，因為牽扯到米料、水柴，以及棚子與人工處處的費用，結算起來，也還是費時的，足足一個時辰後，幾位管事才陸續列出了帳單來，遞交到了林熙手裡。

林熙在桌前已經吃著茶安安穩穩的坐了一個時辰，她的舉止在幾位管事看來，無非就是行監督的意思，但林熙這一個時辰可沒清閒著，她狀似安然吃茶，實在處處留心觀察每個管事的表情。於是當帳單遞交到手上後，她十分仔細的按照自己注意的幾人瞧看，立刻就看到了她們做的手腳。

林熙抽出了這張帳單放在桌上推到了黃賀家的面前。「妳第一列置棚子裡，列著九人幫工費，便是一人一天三十錢的，可是為何到了辦柴送水這裡，又有四人的幫夥費一人二十錢？」

「哦，人家來做工的原本只是搭拆了棚子而已，我們又遣著四個幫灶，自然是還得再多結一次的。」黃賀家的倒是不急，她淡然言語，眉眼角上挑表現出一抹輕視，顯然成竹在胸，早有把握應對。

林熙聞言衝黃賀家的淺笑。「碼頭上扛包拖物的，以天算是一人一天三十錢，遇上幫忙做單活的，兩趟才得一個錢，這還是年前時分的價碼，年後，已經一天跌成了二十五文；那飯館酒肆裡幫忙的夥計，一日幫工所得，也就是二十錢，遇上小點的店面，一個人從跑堂到走菜結算全部包圓了，最多也不過一天二十五文，算是能者多勞多得的；還有幫人送信搭拆的雜事夥子，一天裡忙活下來，也未必能安穩的掙到二十錢的；咱們侯府裡用人做事，不計較這點小錢，開口便是一人三十文一天的包下，一天之內做多少活計，都是這個數，妳這裡突然好心幫工多結算一次，一人便是五十錢，想我身邊的丫頭，一等丫頭一個月的月例銀子算下來，一天也才三十錢多點，這還是守夜當值的，什麼都做，我開給臨時幫工的可比我貼身的一等丫鬟都多，這是輕了誰、賤了誰？」

黃賀家的聞言立時臉白，然而林熙並未就此打住，依然言語。「白日裡，我就一時得閒叫著丫頭問了的，他們都是全天包出來的，如今妳要一番好心給他們多結，本著與人為善，我是沒意見的，但妳未曾想報之我得我准許，便自作主張，將我這個謹四奶奶置於何處？如今妳既然自許了他們多結，那我就順著妳的帳單，給這四人一人多結算二十錢，不過，這統共多出的八十錢，卻是要從妳的月俸裡扣出了，另外因為妳亂了規矩、恣意妄為，小有小戒，便再扣妳八十錢出來，妳有意見嗎？」

前後八十錢，兩頭便是一百六十錢，這錢數不算大，但用在普通人家卻也能過十天半個月的日子，放到黃賀家的手裡，至少也能管個三天的日常用度了，很肉痛，不至於，但卻也不會不心疼。黃賀家的此時也不好再說什麼，人家沒說她貪算多報，只是怪她自許忘了規矩，她也只能就此借驢下坡認了這栽。

眼見黃賀家的規矩的收了帳單過去，重新修改謄抄，林熙眨眨眼說道：「這罰抄的八十錢，不入我的帳，也不入院落公中，放在獨一份的帳裡，自以後咱院落裡就這般走的。但凡出了錯，和銀錢掛上的，便是罰銀錢，和事兒掛上的，頭回警告，二回起也捎帶罰上銀錢，所有罰沒的銀錢都收在這份帳裡，待到明年年初時，我便用這一年裡罰抄出來的錢，賞給最安生最規矩，置辦得最好的那一個！不論多少！也就是說，要是這一年裡妳們盯出來的毛病和我盯出來的，若是能罰出個十幾兩來，到了明年年初，那也是最規矩的那一個得！有幾十兩來過年，那一定很輕鬆的。」

林熙說了這話，管家們立時左右互看，她們都是老人精，登時就明白這銀錢賞罰的目的，其實就是逼著她們互相監督，做規矩。她們是可以不搭理，但是奶奶要是有心挑出這個制度來，自然會變著法的弄起來，只要裡面的銀錢一到了一兩，那時，誰還能真的無動於衷？畢竟她們現在一個月，也才拿得到一兩月例而已。

林熙當下沒再看手裡的帳單，而是放下去叫她們自查，擺明了給機會修改。

管事們無奈，謄抄修改，再遞上來，林熙連算籌也沒擺，只提著筆在一張白紙上畫下了幾個符號，看得管事們都是一頭霧水，而林熙這邊，卻是帳單唰唰的往下放，清算得很快。

此時的帳單，不過是一日各處的用度而已，加法和乘法為主，這些數額，她用心心算就足夠，所錄，也不過是分項的數額，便於五處做比。

很快五處結算完了，林熙皺著眉，把其中兩張又抽了出來，分別遞給兩位管事，指出她們錯算之處。

兩位管事拿了算籌，又是一通擺，一通疊加，這才發現錯處，也不知先前是擺錯了還是疊加錯了。

好不容易修改好了，林熙這才滿意，一面叫著四喜給每位管事又倒了一碗參湯，一面說著她們辛苦，待大家應承著喝罷了，這才打發了管事們回去。

「姑娘這般查算這般催著，只怕少不得心生怨懟的。」四喜送了人回來，瞧見林熙還在掌握手裡的帳單，便忍不住低聲提醒，畢竟這些婆子們一旦起了惡心，事兒可不會少。「您是不是急了些？」

林熙聞言笑著搖搖頭。「有些事可以慢慢地潛移默化來磨，有些事卻得雷厲風行沒有商量的餘地，這人事情誼，拿時間來殺磨說得過，可銀錢掛勾，我若軟著點、慢著些，便只有被捏的分兒了！」

四喜嘆了口氣。「可是姑娘這樣一整的，還罰了人，您就不怕她們聯合起來為難您？」

林熙搖搖頭。「不怕，我若怕，就不會整治了。其實我原本就沒指望著要和她們關係多好，更沒打算花心思去怎樣哄著她們。我是主子，她們是奴僕，大家依著規矩來，各自相安，若是貪墨壞規矩，縱然是謝府裡的老人，我一樣的下手整治，不會由著她們倚老賣老就在我頭上作威作福的。」

四喜聞言眨眨眼。「姑娘這麼說，四喜便明白了，不過既然如此，那姑娘是不是也得去查查每樣東西的細帳，要不，我去給您打聽下，柴米棚木的費用，就這樣由著那些管事們說多少就多少，豈不是還在貪算？」

林熙卻立時擺手。「可別！妳這樣下去，可不是我立規矩，而是挑著和她們槓上了！」說著她把帳單擺好，人起身活動。「我跟著嬤嬤學東西的時候，嬤嬤和我說過這樣的話，她說『人心最能謀算，為了所求，便會削尖腦袋鑽營，就此生出自己的一條活路來，這活路也許是光明正大的，也許是見不得光的，但不管如何都是別人的生路，但凡一個人前途光明遠大，也沒幾個人會走上偏路，所以妳不管是為著什麼道理，需明白一件事，不到萬不得已千萬別斷人家生路，兔子急了能咬人，妳若斷了人家生路，人家是會拚命的！』」

林熙學了嬤嬤言語後看著四喜，不再多言，四喜頓了頓，明白過來，立時點了頭。「我懂了，姑娘剛才順著她們的所報項額算帳，其實就是給她們留了生路？」

「算是吧，我初來乍到，每個管事的底子都還沒摸清楚，如果我一上來就斷了人家的生路，豈不是與自己惹下仇敵？相反，我要的只是她們規矩，只要她們能規矩，不欺我、不輕我，我也樂得睜一隻眼閉一隻眼，畢竟做人嘛，求個厚道，謝家底子也厚，還不至於這點銀錢就拖垮。等我花個一年半載摸清楚大家的底細，再來細細調整，儘量讓她們不為著生計削尖腦袋，也就能正經的把銀錢帳理清，免得，我這當主母的成日裡和管事們勾心鬥角，錢財還未必打理到細處。」

林熙說罷，自己去了箱籠跟前，取了帳冊出來，四喜一瞧知道姑娘是要記帳，便趕緊的給她再磨起墨來。「姑娘這話實在，奴婢也明白。不過姑娘今日裡弄出那規矩來，日後又要慢慢的收拾，只怕是很要耗些時日的，何況這樣收治一半，一半又敞放著，真的好嗎？」

「耗就耗吧，反正我還小，有得是時間，至於這法子好不好的，現在也難說，反正嬤嬤說過溫水煮青蛙的故事，我思量著就這麼慢慢來。」林熙說著抓了筆，開始在帳單上記數了。

四喜眼見，急忙言語。「姑娘還是晚些再打理吧……」

「噓，別來吵我，妳知道規矩的！」林熙說話時頭都未抬。

四喜怎麼會不知道姑娘列帳時，不喜人打擾，可是……她瞧瞧外面的天，又看看低頭認真的林熙，到嘴邊的話還是嚥了下去，在一旁看著林熙慢慢的把五頁帳單歸攏，紛紛記列於帳本上，便在旁為她添燈，一言不發了。

今日的帳面添置在帳單上後，林熙滿意地放了筆，此時四喜便捧著帳單冊頁小心的一邊吹墨一邊言語。「姑娘總算弄完了，這會兒也該用些吃食了吧？」

林熙聞言立時覺得肚子空餓，畢竟這一日，她就沒正經用什麼飯，當下點頭應聲，隨即瞧著外面黑漆漆的天色，才驚覺自己把謝慎嚴給忘了，忙是詢問：「老爺呢？都這個點了，還沒回來嗎？」

四喜聞言嘴角勾笑。「姑娘總算想起老爺了？先頭管事們來時，人就回來了，聽說您在同管事們算帳，便自己回了書房歇著，還說等妳忙完了一起用晚飯的，結果，您這會兒忙完了，只怕老爺都要洗漱歇著了。」

林熙登時臉有慚色，身為人妻，就得有侍奉夫君的覺悟，她倒好，不但叫夫君等著，還等到這個時候，實在是罪過。

「快去幫我瞧瞧，他可用了餐飯？若沒用的，就趕緊置辦，我去請他！」她說著立時奔去了盆架前淨手。

四喜應聲放了帳冊就要出去，豈料此時廳旁的槅門一拉，謝慎嚴竟然從梢間裡走了出來。

的。

「不用問了，我一日忙碌早先就餓了，快去叫著擺飯進來吧。」他最後一句是衝四喜說

四喜立時應聲出去，林熙則羞愧地上前同他言語。「對不起，我一時忙忘了。」

謝慎嚴衝她笑了笑。「不用抱歉，我等不得妳，已在隔壁先用了碗參湯……」他說著伸手捋了下他那一撇稀拉拉的鬍子。「夫人啊，妳摳算了那麼許多，也不過節餘了八十錢而已，可那參湯卻搭進去了半鍋，這帳妳是不是虧了？」

林熙聞言紅了臉，可人卻昂了下巴。「就投資而言，回報之期有長有短，我這是為日後考慮，夫君大可放心，若日後我把家財理出規矩來，那時保證您覺得區區參湯與八十錢相比，反倒不值一提。」

參湯是明白的出錢沒錯，可她清楚，那八十錢卻是規矩的開始，只要日後形成一定約束的自治節餘，再到慢慢的淨化，那最終節約出來絕對不會是小數目，因為嬤嬤當初同她舉例各項貓膩時，可沒少拿宮中的各種盤算來講。想想那些看不見卻溜出去的錢財，這一根二十年的人參竟連零頭都比不上，她便明白，日後要想自己和謝慎嚴過日子的錢不這麼不明不白的消耗掉，那就得從一開始就往淨化管理上走！

所以她清楚自己做什麼，更相信在嬤嬤口中最懂得算帳的世家子也一定明白這個道理，可人家既然說得清楚都做了旁聽者了，還拿這事來揶揄她，卻叫她有些不舒坦了，因而立時

反駁，心道謝慎嚴原本也不是自己想像得那般厲害。

謝慎嚴眨眨眼。「投資？」

林熙一愣，才意識到自己一時激動，說了這個詞出來，便故作鎮定地言語：「對啊，我和嬤嬤把為達到一定目的，而先期投入的花費，叫做投資。」

謝慎嚴捏了那一撇小鬍子。「投資，回報……這詞倒也合適。」他說著衝林熙一笑。「我不是不懂妳的盤算，不過參湯實在沒必要，妳陪著她們一起餓肚子，這就足夠了！」

他話音落下時，丫頭們也進來擺了飯，當下兩人坐在一起用了，而後丫頭們收了，淨口淨手，端了茶，兩人這才又坐在一處。

林熙看著外面的天色，不明白這個時候的謝慎嚴為什麼還沒走，畢竟按照他這人那麼規矩的準點做事的習慣，這會兒已是該回書房的，理應不會因為吃的飯晚，今晚就歇在她這裡的。

「咳！」此時謝慎嚴忽而輕咳了一下，隨即他放了手裡的茶杯看著林熙，聲音輕柔。「溫水煮青蛙，是個什麼典故？」

林熙一愣，隨即乾笑了一下，悻悻地把葉嬤嬤講過的故事講了一遍。

謝慎嚴聽了，卻是唇角掛著笑。「我也給妳講個故事吧！」

林熙疑惑地望著謝慎嚴點了頭。

當下謝慎嚴言語道：「有一位獵戶，花費了幾天時間才在陷坑裡抓了一隻瘸腿的狼，本打算回家弄來吃，下山的時候遇上一位書生，他出錢買了這狼回去，打算嚐嚐鮮。他把狼拴在了條凳上，打算殺了牠，可他又怕殺狼時，血水濺身弄髒了衣裳，於是他最後決定慢慢的殺了那隻狼，結果選了一把小刀，想著給狼放了血也就是了，由著牠慢慢死。可是刀鏽力小，他那鈍刀子，是給狼破洞放血，但狼反倒因為痛得厲害，掙扎著凶狠起來，不但把血水濺他一身，還因為爪利牙尖，咬斷了繩索，抓傷了書生，而後逃之夭夭了。幾個月後，書生養好傷出門買物時，遇上獵戶，自是與他說起這事，言辭抱怨，獵戶聽後，便是嗤笑──狼非兔，你期牠不掙，實在可笑，我若是你，早一刀直扎心窩，包教牠早已做了盤中餐！」

謝慎嚴講完了這故事，便瞧看著林熙。

林熙豈會聽不出這故事處處反駁她的意思，當即挑眉。「夫君的意思，覺得我要溫水煮青蛙，是錯了？」

「妳要溫水煮青蛙，以防著她們跳腳拚命，這是對的，不過，她們是青蛙還是狼，妳清楚嗎？到底是阻人財路的事，招惹怨恨少不得，那與刀子放血有何差異？妳要慢慢來磨她們，我覺得可以，但那得是那幾個掀不起風浪的，若是掀得起風浪的，我提醒妳，還是輕易不要動手，若要動手，就絕對不能是鈍刀子，必須是一刀解決無有後患，否則那肉痛不說，傷不到人，反倒沾自己一手血，有何意義？」

林熙望著謝慎嚴，他的話說得如此透澈，她自是明白他的提點，當下點了頭。「我懂了，我會好好觀察留意，分清楚誰是青蛙誰是狼，由著先把狼解決了，再思量著清理了青蛙，免得惹急了狼。」

謝慎嚴見林熙懂了，便笑著起了身。「天色不早，早些歇息吧！」說著便出去了。

林熙瞧著書房亮起燈後，便自己縮回了桌前看著那帳冊上的字，心裡猜想——

他如此鄭重的提點我，不惜以狼來點我，應是明著告訴我，八個管事中自有輕易惹不得的人，而且很可能是個大頭，我需得留意小心，先把這個狼找出來才成！

翌日，林熙早早起了，趁著四喜還沒來，自己便從妝匣的抽屜裡取了帳冊出來，用著葉嬤嬤教的數位，記錄了帳，並在自己疑心的幾處價位上做了標號，而後才收了起來，又取著繡繃子開工了。

到了早晨，她捧了昨夜置備好的帳冊，去了徐氏跟前，把幾處用度都說了。

徐氏看罷後，一臉笑容地與她言語。「昨兒個的事，妳做得很好，接下來用心把後面兩件規整好吧！」

林熙應聲，當即和徐氏討教了一些關於布施的細節，之後回到院落裡，便是忙著張羅起來，她既沒再去提結算的事，也沒多和管事們言語規矩。

管事們原本等著看她下一動作好應對的，卻無端端的沒了下文，幾個管事端著觀望之態陪著做了行善布施之後，眼見林熙還沒動作，一個個懸起的心都落回了肚子裡。

「依我看，應是她想起一齣是一齣，圖個立威吧！」三房附院雜院裡的一角苗圃裡，兩個身影湊在一起。

「若是那樣最好，由著陪她唱兩齣，叫她滿意了，也就是了，新官上任三把火而已，等她燒過了，日子該怎樣還是怎樣！」

「放心，我們都知道怎麼做，只是那位……」

「不用理她，她不會多事的。」

第五十六章　刺頭

做善三件事，林熙前兩件都做得沒有紕漏，甚至因為頭一樁置辦了五處，使得每處相對人流減少，不緊不慢的，沒出什麼喧譁事故，尤其她又處處把誇獎之詞送去了皇家，結果在慣例給老侯爺請安的日子裡，老侯爺直接給林熙賞了一處莊子的地契，囑咐著她一定把放生宴給做好。

林熙接得是心中高興卻又難免突突——畢竟這麼大的莊子，手裡多了進項，日子過起來更加向上，可因此，放生宴就更不能出紕漏了，她得置辦得相當好才行！

於是林熙接下來的日子，更加忙碌，從菜品到請帖一一過問不說，更從徐氏那裡挖著夫人們之間的關係——她想排出最合適的座位來，就得把對頭們分離，她得努力讓大家在那一天開開心心，才能有助於她的美名，然而就在她整理賓客名單的時候，卻忽然發現，有個刺頭很難安置，那就是已經出嫁成為金家兒媳婦的孫二姑娘。

孫二姑娘的脾性，在大家的心中，都是自有判定，不敢說都是一致，但至少有兩個詞，那是一定會有的——自恃狂傲，刁蠻任性。

雖說如今也嫁人了的，同林熙一樣是新婦，但不代表這個人會變得好相處，尤其是眼下，她躲災一樣的嫁給了撫遠大將軍的次子金鵬，而林熙則嫁給了原本她要嫁的人，然後這個據說要死的人現在好好的活著，林熙再傻再天真，也不會指望孫二姑娘能不和自己對掐，畢竟那種心高氣傲到盛氣凌人的自尊心有多脆弱敏感，真的不難想像。

「謹四奶奶，您怎麼過來了？」繡閣的門一開，伺候在此的婆子一臉詫異。

「在附院裡偷閒，就想起兩位姑姑了，便說過來坐一陣子，敘敘。」林熙笑著言語。

那婆子立時便開了門，請了她進去，畢竟這個時候，兩位姑娘出不得，卻不代表別人不能到房裡坐。

婆子當下叫著人去通傳，引著林熙進了樓閣的廳內，才由丫頭沏茶奉上，側間的門簾子一挑，一個姑娘便進了來。

「我的好四嫂嫂，可算想起我們了！」十三姑娘說著已經奔到了林熙的面前，立時拉著她的手便是笑語。「丫頭來報時，我們還當她今兒吃了豹子膽，戲耍我們呢！」

林熙聞言莞爾。「妳慣會說的，這豹子膽可是難尋著呢！」她說著意外地又詢問：「怎麼只妳一個，十四姑娘呢？」

「她身子才乾淨了，這會子剛進了桶沐浴淨身呢，聽著妳來了，叫我先陪著妳，她等下就出來的。」十三姑娘說著坐去了林熙的身邊。「好嫂子，我可聽說了，做善的事，妳辦得極好，祖父都賞了妳呢！妳真能幹！」

「哎，哪能說什麼能幹，都是家裡人幫襯著我，婆母與我細細引帶，妳四哥也幾處提醒，因而才沒出什麼岔子，得順到這最後一樁。」林熙說著臉露一絲難色。「可這最後一椿，卻叫我心煩上了。」

「煩？這話怎麼說？」十三姑娘說著一臉好奇。

林熙當下與她直言。「宴請賓客的事，婆母也指點了我，力求一個皆大歡喜，莫有什麼不快。我也尋思討教了許多，大體對席位有些安排，可是，有一位，我難住了。」

「誰？」

「孫二姑娘。」

十三姑娘聞言眉略挑，林熙則保持一臉難做，並未有什麼別的情緒。

「那的確是個麻煩的，尤其現在我四哥好好地，只怕她還真有可能生事，畢竟她那性子，真真是見不得人比她好的。」十三姑娘說著歪著腦袋打量林熙，臉上一副似笑非笑的樣子。

林熙眨眨眼望著她。「做甚這般瞧我？莫不是覺得我可憐？」

「哪裡是可憐了，我是羨慕四嫂子，撿到我四哥這個寶了！」十三姑娘笑語。

林熙臉上一紅，嗔她一眼。「好歹妳也是做姑姑的人，怎能這般給妳哥哥臉上貼金！」

「我四哥可是絕對的才俊，我又沒虛誇！」十三姑娘說著湊到林熙跟前。「若我是外家的女兒，可會一心屬著他的。」

林熙立時笑著搡了她一把。「妳真個沒羞的，妳如今可是說給了趙家郎。」林熙說著眼一轉。「我前日裡聽妳四哥說起他來著，好像也十分能耐，是個才子呢，妳嫁他怕也不虧！」

十三姑娘一愣，隨即臉上泛著粉色。「爹娘慎選自是有些底子的，我不求他別的，只指望著他日嫁過去，真真實實是個用心讀書且上進的就好。」

「妳該不是急著出嫁了吧？還有半年才到妳出嫁的日子，這般急不可耐的，晚上我就同妳四哥說，叫著早把妳嫁出去得了。」林熙有意打趣。

十三姑娘當即紅了臉的搡她。「嫂子再這般欺負我，我不與妳好了！」

林熙見狀笑了一氣，卻不再言語，十三姑娘臉色正脹紅時，十四姑娘也到了。

因著才淨身的緣故，髮絲濕漉的垂在身後，只披了一張帛布半裹，穿著夾襖短褲的奔了進來。「我可是來遲了，想著四嫂子是親近的，也就不梳妝了。」她說著一到兩人跟前，眼瞅著十三姊的臉上火燒雲，林熙的臉上笑意濃濃，便眼珠子一轉說道：「十三姊的臉上堆了幾層胭脂啊？莫不是四嫂嫂來，給妳添了新妝？」

十三姑娘抬手捂臉瞪了她一眼。「去，連妳也打趣我！」

林熙這便起身抓了十四姑娘的手。「快過來坐著吧，我沒招呼的就來擾妳們，攪了十三姑姑的止水心，她正惱我呢！」

十四姑娘眨著水光十足的眸子，笑面如花。「四嫂子這會兒忙中抽著空的過來坐，只怕是有事，咱們親近，有什麼嫂子只管言語，咱不弄那些虛的。」

這話實在，林熙聞言衝著她點頭。「妳是個玲瓏心肝的，算說著了，我是真格的來叫著妳們幫幫我的。」當下林熙又把對十三姑娘的話說了一遍。

這邊十三姑娘就言語起來。「那孫二姑娘若能不請是最好，偏生是致遠伯家的，還真不能不請！」

十四姑娘眨巴一下眼睛，衝著林熙笑語：「四嫂子來找我們，只怕是心裡已有應對，我和十三姊怕不是當跑腿就得當說客吧？」

林熙聞言心道十四姑娘果然是要比十三姑娘心眼子深的，當下笑著言語。「也不算是什麼應對，只是想請妳們幫我尋思一下，謝家可有出嫁的幾個姑娘能回來參與這放生宴？彼時妳們幫我和姑姑們言語一下，幫幫忙，當時把那個叫人頭疼的壓住，別生亂，我就去求神拜佛了！」

「噗哧！」十四姑娘登時笑起來，那聲音甜膩膩得叫人心裡跟貓爪子撓著似的。「瞧這話說的，同我院子裡的老媽子似的，哪裡就需要求神拜佛了，妳是我們的四嫂子，這事上怎能不幫襯著妳？放心，我和十三姊立時修書幾封，分送我那幾位姊姊，保准叫她們幫妳把那孫二姑娘這頭頑劣的猴兒死死的壓住，鬧不得天宮！」

「那可太好了！」林熙聞言立時起身要作福，兩個姑娘急忙把她扯住，說著自家人的話，又在一起閒散的東拉西扯了一番，最後因著林熙還有大把的事兒忙，便才散了。

「嫂子忙完了，多過來陪我們姊妹兩個坐坐，與妳一處才恰是親近自在。」十四姑娘送到樓閣下，依舊言語，林熙說著「一定」、「自然」，告辭了出去。

她前腳離開，後腳樓閣便掩上，自內掛了鎖，立在樓下的十三姑娘和十四姑娘對視一眼，一起笑了。

「這四嫂子，倒是個聰明的，曉得賣咱們個人情叫著幫忙呢！」十四姑娘笑語。

「本就是一家人，幫也是應該的。」十三姑娘說著同十四姑娘言語。「妳給八姊和十一姊寫，我給十姊寫吧，三人中，只要能來一個，保管那孫二沒處擺臉子。尤其是八姊，只不過她那性子，怕不來。」

「試試再說嘛！不過要我說，索性給三姊、四姊也寫信吧，反正她們的府上也不遠，藉這機會，一來咱們也能見見，二來，給四嫂子把臉撐起來，日後四哥也能幫襯著咱們！」

「行，我給她們寫去！」

有了十三姑娘和十四姑娘的幫助，第五日上，林熙便得了信，竟是謝家已出嫁的九個姑娘裡五個要來。她又跑了一趟繡閣，得知兩個小姑，一共託了五個姑姑，五個姑姑便都賣了臉面，登時心中大暖。回去後，細細的把人又分算了一下，好叫兩個年紀已經二十出頭的幫著多擔待些，畢竟更大的或嫁得遠的，就實在不必興師動眾了。

正月二十二的早上，林熙忙活著把畫舫定好，又確認了都會來的賓客有誰，叫著管事，詢問著車馬轎椅的安頓。

這些弄完了，人才從雜院裡回來，正思量著回房歇歇補一會兒瞌睡，卻不料進屋後，就看見謝慎嚴竟在屋中榻上坐著，手裡捧著書冊靜靜的閱讀。

「你怎麼這會兒就回來了？往常不是要到申時之後了嗎？」林熙詢問著上前言語，動手抓了茶杯倒了一杯，熱騰騰的端起吹了吹，卻也燙得抿不下去一口。

「喝我的吧！」謝慎嚴聞聲便抬頭欲做回答，瞧見林熙那模樣，當即話就脫口，人還把手邊的茶杯直接推了過去。

林熙一愣，隨即臉紅，但她也沒有扭捏做推，而是乖乖的放下了茶杯，捧起他那杯，喝了兩口。

「今日裡不忙，整理了兩冊人事卷宗，後想起妳這裡還有事，我便告假回來了。」謝慎嚴說著又低頭看書了。

林熙一聽卻懵了。「我這裡有事？」

做善的事，雖是大事，可都是女人們操持的，自古男主外，女主內，謝慎嚴又強調過，院落的事他不想插手的，是以他口中若是有事，定和自己忙活的做善無關，可是若和做善無關，那，又有她什麼事？

謝慎嚴歪了腦袋，斜她一眼。「裝糊塗？」

林熙搖頭，一臉霧水一成不變，謝慎嚴眨眨眼，丟下了書冊，隨即說道：「等著！」繼而人就出了屋。

林熙在屋裡傻站了片刻，就見謝慎嚴走了進來，他兩隻手裡各有東西，左手握著一個紅雞卵，右手捏著一個絨盒，而看到那紅雞卵，林熙卻登時醒悟了——生辰，今日可是她十一歲的生辰！

「吃吧！」謝慎嚴說著把紅雞卵直接塞在了林熙的手裡，隨即又把那絨盒子放在了桌上。「這是給妳的禮物，打開看看吧！」

林熙小心的放了雞卵，而後打開了盒子，但見一支赤金芙蓉花頭的金簪環抱著一顆指節大小的紅寶躺在其中，十分的華貴美豔。

「謝謝夫君掛念！」林熙的臉上滿是喜色。「很漂亮，我喜歡。」

謝慎嚴聞言笑著，伸手取了出來，隨即直接一手按住林熙的肩頭，一隻手就給林熙插進了髮髻中。隨即他看著打量了一番後，便指指桌上的紅雞卵。「愣著做什麼？快吃了啊！」

林熙伸手摸了摸自己的肚子，她在雜院裡忙活時，可吃了不少點心，這會兒不餓，不過這是謝慎嚴的心意，她卻不能不吃，眼一掃到桌上的茶杯，她低著頭開始敲蛋剝殼，而後她直接把雞卵一分為二，送了一半到了謝慎嚴的嘴邊。「你與我同飲，我與你共食！」

謝慎嚴笑著點點頭，繼而便張了嘴，把那半個蛋給吃了，再直接拿起了林熙喝了一半的茶杯送去了嘴邊飲下，而後忽而噗哧一下又笑了起來。

林熙見狀不知他笑什麼，不解而問。

謝慎嚴轉頭看著她，一面笑著一面言語。「我思量妳先前那分食的念想，有些發愁，若我生辰時，與妳分食壽麵，該如何分？難道，各食一頭，直至……」他猛然低頭靠近了林熙，唇幾乎停留在她的唇前。「這般相親嗎？」

林熙登時臉紅紅地，縮了脖子，謝慎嚴見狀往前輕傾，便是唇蹭上了她的唇，卻在她還未曾回味時，又離開了，繼而他直身淡定的抓了書，在一旁坐著瞧看，好似剛才什麼事都沒發生過。

林熙呆呆的立了片刻，灰溜溜似的去了一邊榻上坐著，抓了繡繃子，掩蓋自己紛亂的情緒。

大約一刻鐘後，她瞧著謝慎嚴翻書未動的樣子，嘴角上揚，內心輕唸——我道你真是翻臉比翻書快的孩兒臉呢！原來也不過做樣子罷了……

她正內心唸唸呢，豈料此時，謝慎嚴卻抬手翻動了書頁，林熙上揚的嘴角便立時往下撇了……

月底的時候，帖子發了出去，因選定的日子近著二月二，林熙又叫著多備一份隨手禮，那日好給每位賓客一份，便在餘下的日子裡，天天在廳裡對著各種繡莊送來的帕子，千挑萬選。

月底的最後一日，謝家大擺放生宴，因著今日她是主持的，便刻意打扮得華貴些，免得在貴婦們的面前，落了謝家的勢。因此當穿著十二單衣、頭梳元寶髻戴著赤金紅寶雀冠的林熙穿行於人流中處處招呼時，人人都被她那淡然的氣度撩起了眉眼，看著她處處穩重、安然自在的樣子，一面心中驚訝，卻也一面道那葉嬤嬤教出的就是不一樣，真格像是大世家裡出來的人一般。

林熙對著各路或模糊或清楚的讚美聲，置若罔聞，只小心的一一應對，務必求著達到心中所期。

很快，謝家出嫁了的五位姑娘陸續到了。

林熙和這些姑姑們其實並未見面過，雖然和謝慎嚴成親時，她們都到了，可那時她還是蒙著蓋頭坐在洞房裡的，至於第二日，敬茶見人的，她們卻都已經各自回府，因此林熙與她們是陌生的。

不過有著十三姑娘和十四姑娘的信，在引著她們去了主院拜見過屋裡的家長們後，還是在院落裡，互相的行禮作福，說了幾句親近的話，結識了。

三姑娘謝芳和四姑娘謝芬，是對雙生，相貌九成九一樣，幸好她們的穿戴不同，要不然林熙可分不清楚。這兩人如今都是二十出頭的年歲，性格沈穩中見著親切，林熙眼掃著她們的舉動，便思量著日後，自己也得這般端莊大方；而與這兩位姑姑不同，那八姑娘謝媛，卻不愛笑，且她的骨架子看起來也比其他幾位粗壯些。後聽三姑姑說起八姑姑時，才聽出來，原來這位八姑娘是二房所出，打出生就跟著二伯父在塞外戍邊，不但自小跟著習武，更有一手漂亮的騎射本事，於十三歲那年，說親給同是武將的河西太尉業大人的么子，這才回到了京城，磨了兩年性子出嫁了。

而這位業家么子，也是個武官，還未到三十歲，就已是做到了委署前鋒參領的位置，甚有本事，而從三姑娘和四姑娘打趣八姑娘的話來看，似乎這個業參領卻是個懼內的，對著八姑娘有些虛。

至於十姑娘和十一姑娘，出自四房，兩人溫柔恬靜，話不多，卻從儀態舉止上，都透著一分不容小覷的傲氣來。

謝家的姑娘們，不論嫡出庶出，都因著是和世家門戶的聯姻，個個出來的氣度十分不凡，這使得她們幫襯著招呼賓客後，倒也分擔了不少林熙被注視的目光，讓林熙多少能壓力少一些。

於是到了孫二姑娘來時，林熙這個主家便要接待的，而不知道是不是十三姑娘和十四姑娘把話早說透了，不等林熙言語，那不苟言笑的八姑娘竟自己默默的走了過來陪在林熙身側，委實讓林熙感動了一把。

孫二姑娘穿著華服趾高氣揚下了車，將將才昂著頭要衝林熙言語，卻一眼看到了八姑娘，登時臉上閃過一抹詫異之色，隨即還不等林熙招呼，人就低頭福身了。「華兒見過表舅母！」

林熙聞言立時僵住，一臉詫異地望向身旁的八姑娘。

那八姑娘淡淡地應了一聲，擺手示意孫二姑娘免禮，人卻轉頭衝林熙言語。「我夫婿乃家中老么，與他的大姊相差著二十多歲，這大姊乃是金大將軍的夫人，也就是她的婆母。」

林熙聞言，心裡不但立時輕鬆，更是有些樂了，若是如此，按照這樣的拐彎親戚路數，自己竟也算是孫二姑娘的「表舅媽」了……

「鵬哥兒媳婦，這是我四嫂，妳就隨著我家小輩的稱呼，喊她一聲表舅母吧！」林熙想什麼來什麼，八姑娘一點都沒含糊，那絲毫不見笑意的臉上，充滿了正經。

「表、表舅母。」孫二姑娘臉上滿是尷尬，卻也只能咬著牙這般叫了。

聽孫二姑娘哼哼唧唧的叫完，林熙卻不好意思應聲了。

此時八姑娘又言語道：「妳來了正好，我不是愛湊熱鬧的人，因是娘家的事，便來湊湊，不如妳就陪著我吧，免得我無趣。」八姑娘衝孫二姑娘這般言語，實打實的擺著長輩架子，那孫二姑娘一臉苦色，卻也只能堆著笑的應承。

林熙瞧著她眉眼裡那股子憋悶的鬱氣，委實想大笑兩聲。

「四嫂子，妳快去忙活吧，院落裡的客人還多呢！」八姑娘說著直接帶著孫二姑娘進了院落。

林熙望著孫二姑娘那夾起的背影，嘴角不禁上揚。

好嘛，自己提心弔膽的防備了諸多，結果八姑娘直接把人都拎走了，如今的孫二姑娘事兒沒挑上，平白還矮自己一溜輩分，想來她日後就算憋氣，也尋不到自己了，誰叫她嫁誰不好，嫁去了金家，有了這門子的拐彎親呢！她若再來尋事，單一句「我可算是妳表舅媽」，就直接能把她給打發了，這種愜事，實在是太痛快了！

孫二姑娘沒能發起威來，縱然她有伯家女兒的身分，能挑些毛病，可長輩就在她身邊坐著，她根本沒法子發作，以至於用罷了席宴去了江邊畫舫前放生時，她匆匆的放了一隻龜入水，人就立刻說著不舒服，衝八姑娘道了聲罪，告辭走了，連與林熙的照面都沒打。

刺頭走了，林熙的心中更加安穩，與眾位夫人笑臉應對，倒也大方周全，眼瞧著放生到了尾聲，差不多可以見好就收叫著散時，忽而謝家管事急聲來報，竟是宮裡來了人。

立時林熙便是大驚，這時候宮裡來的什麼人？當下思量著是不是要回去換裝於府中正門同家人共迎，豈料她還沒來得及招呼，竟有太監甩著拂塵走了進來，身後還跟著一個小黃門，捧著壓了紅綢的托盤。

林熙一瞧這架勢，明白這不是什麼正經的旨意下來，畢竟謝家的長輩們沒一個跟著來的不說，人家太監更是親自奔到這江邊畫舫來，這便說明，不是什麼大事，九成是湊趣的。

當即她自覺的就先福身行了禮，而後才湊上去詢問：「公公光臨放生之宴，不知是有何事？」

那太監一甩拂塵。「咱家是英華殿蘭貴人跟前的袁公公，蘭貴人知道今日裡是謹四奶奶您主持放生宴，便叫著咱家送了一隻壽龜來，好請您這本家人代她行放生之道，求得她父母安樂長壽。」

林熙聞言頓時無語，卻也不能不應，當下應承，接了那托盤，袁公公便立在身邊，林熙只得捧了那龜去了湖泊前，代放了，那袁公公才帶著小黃門告辭去了。

他們一走，眾人說了幾句後，便也陸續告辭，待到林熙一一送別完，乘車歸府時，一直保持的笑臉立時就垮了下來。

她辛苦數日只想自己完美無錯，好生生的做好最後一樁，眼看著無錯就要收官，豈料林佳竟插了一腳進來——說什麼代為放生，難道她在宮中就放生不得，非得讓自己這個二房的本家人來？還不是想借著機會讓大家知道，她這個蘭貴人的身後是有謝家這門親戚的！這不是生生的把謝家做善之事，變成了她林佳拉近貴婦們的契機了嗎？

林熙的心中十分不暢快。她知道因為是宮中發來的意思，謝家人不會怨她半分，可是她要的完美卻蕩然無存，而且還是毀在了林家自己人的手上，可是她能怨嗎？卻也不能，因為她姓林，一家人互相扶持的本意就是在這些彎彎道道上，幫襯便是最基本的。

同根同氣，她逃不開，也不能逃。

回到了謝府，去了徐氏的跟前，她實打實的做了彙報。

徐氏早先就得了下人的彙報，已經知道情況，眼瞅著林熙一副尷尬的模樣立在跟前，抬手端了茶抿了一口，才輕聲言語。「謝家和林家本就是姻親關係，大家都是明白的，如今林家裡有個貴人願意給我們謝家一點面子，也是好事，妳無須抱歉，妳只是做了妳該做的，何況三十年河東三十年河西的，誰知道日後是個什麼情況？也許這是一份善緣呢！」

這話聽來和善親切，句句諒解，可林熙聽得是心驚肉跳，因為這話中所透之意卻無不相反——

都明白的姻親關係，不說也是知道的，何須在眾人面前一亮，把謝家的做善變成妳拉親的宣告？妳是做了妳該做的，可那是為著林家，於謝家妳做了什麼呢？善緣？三十年後什麼光景那是兩說，堂堂謝家，千百年的傳承，真需要妳一個貴人去關照扶持嗎？

林熙完全明白徐氏內心的不滿，當下卻無法辯解，只能低著頭立在那裡，全然一副惴惴不安的模樣，而徐氏看她那樣子，最終也沒再多說什麼，只擺手叫她回去歇著了。

林熙告退出來，回去了院落裡，便是心頭悶悶的橫去了床上躺著。到了酉時，謝慎嚴歸來進屋，瞧見她一副虧心的模樣，反倒笑了。「人不為己，天誅地滅，妳快收了那難受樣兒吧，妳就是難受上十天，也是不能不應的，何必膈應著自己？」

眼見謝慎嚴的豁達與不在意，林熙更覺不好意思。「對不起，今日裡這事，實在是……」

「行了，不必解釋的，我真沒怪妳的意思，這個世道本就是利益相求的，如此痛快的實用，總比背後暗算的好，而且妳那大房家的堂姊能思量到這一步，倒也有些聰慧，依著這般謀算的性子，怕是將來也能進嬪的。」他說著不等林熙言語，便叫著乏了，隨即傳了丫頭備水，人便進浴房沐浴去了。

謝慎嚴去了浴房沐浴，林熙則坐在榻上發起呆來——我這堂姊，真的是聰慧的嗎？

先前只顧著鬱悶，沒有細想，如今謝慎嚴說林佳聰慧，她反倒不敢苟同。畢竟若真是個聰慧的，當初就不至於偏執到那種地步，更不會因著那男子的傷諾而就此走向另一個極端了。

可是真要懷疑起林佳的聰慧，這一年不到的時間，她卻也爬到了貴人的位分，這難道純屬運氣？而且今日裡她能來表現自己和謝家的親戚關係，以備建立自己的人脈威望，難道這又是笨的嗎？

難道皇宮那地方可以讓人立時就變得聰慧了嗎？

她心中念著，忽而就想到了葉嬤嬤，想著她臉上猙獰的疤痕，想著她曾對自己說，皇宮的殘酷，甚至想到了，乞巧那日，自己的虎口脫險……驀然間，一句話飄過了腦海——

「七姑娘，這個世道，人心險惡著呢，為了利益，誰也不會和誰客氣的！」

林熙低了頭，輕嘆了一口氣，這就是人心，自己最看重的家人，卻也沈浮在利益之中，那麼謝慎嚴呢？似他這種世家子弟，日後是不是也在利益之中浮浮沈沈？

龍抬頭（注）過後，年關徹底過去，一切都恢復了舊序，而所有開年發下來的旨意，也在此時得到了全新的認可。

杜閣老徹底致仕，退出了官場，不過他沒有馬上就搬離京城的宅院回老家頤養天年，而是帶著府中人慢慢收拾細軟，將東西慢慢地搬去了半年前就購置的京郊宅子裡，儼然是打算等兒女們都順當了，這才回老家去，將此處留待給兒女們作為，自己衣錦還鄉是落葉歸根。

林熙因著林馨的關係，專程去了杜府上坐了一遭，送了兩幅從謝慎嚴庫裡翻出的字畫，全了禮數。

二月初六，韓大人榮升內閣首輔，尊稱韓閣老與韓首輔，同日，內閣候補正式宣告，乃謝家大爺謝鯤補入內閣，且直接兼任戶部尚書。

這消息一回來，林熙便是驚訝得嘴巴都閉不攏。

都說世家空得爵，只在各處落了官職護著周全，而世家長子，總是在野，若有官職，那也是散官，空掛銜的，以等著日後繼承了爵位。可眼下，大爺竟入了內閣，這可不是散官，乃是實職，不過她覺得憑著謝家的世家底子，倒也是可行，可問題是，連戶部都是大伯兼為尚書了，這不是等於宣告，若干年後，謝家大伯會成為首輔嗎？那時，他必然會因此得爵，豈不是要脫離謝家分出去了？那到時，誰來繼承爵位？遠在邊塞的二房嗎？

林熙一時心中亂猜，便想著等晚上謝慎嚴回來，探他口風問問好了，結果正尋思著，花嬤嬤一挑簾子直奔了進來，倒把林熙嚇了一跳，望著花嬤嬤。「這急急忙忙的……」

「姑娘，出事了！」

注：龍抬頭，意指陰曆二月初二。民間傳說這天為主管雲雨的龍王抬頭之日，也意謂著在此之後雨水會漸多。

第五十七章　血淚枷鎖

花嬤嬤一臉嚴肅，把林熙嚇得立時站了起來。

「怎麼了？」她心中突突，無端端的想到了謝慎嚴，而花嬤嬤嘴巴一張卻提到了一個叫她一時有點對不上號的人——

「趙家的長孫沒了！」

「趙家長孫？」林熙沒反應過來。「哪個趙家？」

花嬤嬤眉眼擰在一起，咂著嘴的忙把林熙往內拽了些，急聲言語。「我的姑娘啊，這會子您犯的什麼糊塗啊！這趙家還能是哪個趙家？自是和十三姑娘定下了親事的趙家啊！」

「都察院左都御史趙大人的長孫？」林熙的腦袋裡嗡地一聲響。「那個大理寺右丞？」

花嬤嬤使勁的點頭，林熙一把抓了她的胳膊。「這是怎麼回事？」

花嬤嬤搖搖腦袋。「說不清楚，我也是剛才在外院裡忙活，聽見那邊有人昏了過去，我過去瞧看，才知道是古嬤嬤，於是上去幫忙掐了人中，人才醒了過來，結果她一醒來，叫著『我可憐的十三姑娘』，人就往繡閣那邊去了。我拉著別人問這是怎麼回事，才聽到這麼一句，說是趙家府上來人知會，十三姑娘說的那個哥兒，昨兒個夜裡，人沒了！」

「沒？沒是哪種沒？」林熙有些不能信，畢竟這事來得太突然，無風無浪的怎麼就……

「死了唄！」花嬤嬤一臉霉相。「這滿府喜慶的日子好生生地，遇上這種事……哎！」

「花嬤嬤，妳快些去主院裡打聽去！還要叫著外面的小廝趕緊去韓大人那裡把老爺叫回來！」林熙趕緊吩咐，花嬤嬤便應了聲。「哎，我這就去，姑娘您……」

「我先去繡閣那邊。」林熙說著便奔了出去，直奔繡閣。

她到了繡閣那裡，便見欄門開著，丫鬟所立不少，待到了樓閣下，瞧見一屋子的人，便自覺地退去了邊上。

大伯母、五嬸娘的，大家都在這裡，唉聲嘆氣裡，是十三姑娘的抽泣之音。

她所哭的是趙家郎嗎？

林熙捏緊了手裡的帕子，她知道十三姑娘此刻哭的是她自己。

而謝慎嚴從韓大人那裡回來，就去了主院，在聽了事兒後，便跟著趙家人，同安三爺和尚五爺一同去了趙家。

傍晚的時候，天色起黑，下了一場冷雨，淅淅瀝瀝的。林熙叫著府中小廝取了蓑衣油傘去接，結果到了戌正時分還不見人回來，把林熙擔憂得差人去了公爹的附院瞧看詢問，才知道這三位竟又去了斂房，趙家因為長孫猝死，正請了仵作驗看，也是想弄清楚為何人好好的，忽而就沒了。

林熙在屋裡轉了十幾個圈後，總算聽到丫頭在外招呼說著老爺回來了，看了眼桌角上的滴漏，知道此時已近了亥時，忙叫著丫頭去熱薑湯，自己迎去了門口。

挑了棉簾子，謝慎嚴一臉陰色的走了進來。

林熙壓著滿心的問話，親自為他除去罩衣袍子，又從丫頭手裡接過那一碗熱騰騰的薑湯送過去，眼瞅著他全喝下了，這才把湯碗拿給丫頭，把大家攆遠了些，回到了謝慎嚴的身邊，小心翼翼地開了口。「這，到底是個怎麼回事？」

謝慎嚴一臉疲憊與陰鬱，他望著林熙好半天才嘆了一口氣。「七日風（注）。」

「啊？」林熙愣住，七日風，她不陌生，林家的二姑娘本是和長桓一道落的地兒，結果斷臍之後，就死於七日風。「他又不是嬰孩，怎會得……」

「七日風並非只有新生嬰孩斷臍有此危，邊疆上浴血奮戰的戰士，也最容易被這病奪了人命去。」謝慎嚴輕聲為她作解。「但凡人若受了傷，被那不乾淨的東西撞上了，便會遭了這罪，若發現早，還可無事，偏生那趙家哥兒前兩日上取宗理案時一不小心手指頭劃在了凶案證物的一把骨刀上，當時破皮見血，卻也只是個小口子，故而他沒當事，也沒與人言語，更沒叫著郎中給瞧看，都是回去後，屋中伺候的丫頭瞧見問了才知。那時已經結疤了，大家都沒當事，結果前日白天只說人看著有點精神不好，與誰言語都有些煩躁，晚上叫著早早歇了，到了昨兒個早上，丫鬟叫起，瞧著沒動靜，進去一瞧，才發現人直挺挺抓著被子睡在床上，雙眼圓睜，臉上苦笑，卻是整個人已沒了氣！」

「如此說來，這趙家郎豈不是死得冤？」林熙說著癱坐在了謝慎嚴身邊的椅子上。「那

注：七日風，意指破傷風，新生兒破傷風一般在斷臍後七日左右發病，故有此稱。

十三姑娘她……」

謝慎嚴臉色越發的沈。「可惜趙家皆是文官，未有武將，不知這小傷也防的道理，尤其那凶殺證物，更是從埋屍之地起出來的，碰了焉能不小心？我和爹、五叔去了趙家時，他們竟然還在疑心是不是有府中人行惡加害，由著京兆尹四處探問，結果五叔一瞧那趙家郎的樣子，便猜到可能，叫著抬去了斂房，由仵作驗看，後又問了丫頭，才知內情。哎，一朝大意，他們死的是個長孫，我那十三妹妹，卻是被他給連累上了啊！」

林熙聞言伸手按在了謝慎嚴的臂膀上。「遇上了，便是沒法兒的，只是公爹婆母是個什麼意思？還有祖父，如何打算？」

謝慎嚴手指交錯，使勁捏了捏。「妳知我大伯已入內閣並兼戶部尚書了吧？」

林熙點頭。「知道。」

「那知道，這意味著什麼嗎？」

林熙抿了下唇。「早上我聽到時，還在猜想，大伯若是就此立爵，豈不是要分出去，那二伯一家是不是要從邊防回來？」

謝慎嚴搖頭。「戍邊乃家族重任，於國是盡責盡忠，於家卻是保安。世家之中，只文沒武，難有魄力，有個風吹草動，便可能化作散沙白用工，做不得長久業；而家族若是只武不文，一輩子也難控大政，不是功高蓋主，便是風箱之鼠，戰戰兢兢不說，起伏只在朝夕，比風吹草動還不如。」

「所以咱們謝家，是文武皆有。」林熙聽聞，立刻意識到了戍邊背後的意義。

「是，謝家從來都是文武同出，武將戍邊，不念京城，功高不震主，這便是家族背後的支撐。文人分兩路，仕途者，地方官員，抓住一脈即可，這叫同進退，也有個人脈的官員；而在野者，學風論作，文人口筆，抓的便是政輿。」謝慎嚴說到這裡看向林熙。「我大伯為前者，自走入了重臣，開得山頭，多得一份爵；我二伯戍邊，撐著家業的脊骨；我爹，便是後者，他在野，抓政輿。可現在大伯將會得爵分出去，我二伯動不得，日後所繼，便是我爹了。」

林熙聞言眼睛睜得老大，她萬沒想到，自己原本只是做個侯府裡的少奶奶而已，不上不下，不用撐家，也不用扛業，只要管好自己的院落也就是了，現在卻不是那麼回事！如果真是安三爺日後繼了侯爵，他房中長子不就是謝慎嚴嗎？那日後……

林熙的脖子微微縮了下，而這邊謝慎嚴嘆了口氣。「哎，這個節骨眼上，我爹能怎麼辦？祖父又能怎麼辦？若是平時，或者再早一些，我爹還沒進眾人眼裡，出了這事，十三妹遭些牽連，卻也不是嫁不得，只是選個門戶低些的、遠些的也就是了，總是耽誤不得她的。可現在，人人都明白將來誰是謝府裡繼承爵位的，這個時候，十三妹要是再說婚約，卻難免被人捉住口舌，壞了謝家名聲，更削割著大伯的臉面。」

林熙放在謝慎嚴胳膊上的手緊了一下。「那如此說來，莫非，十三姑娘要、要……」

「守節或是……出家做姑子。」謝慎嚴說著一抬手，攥緊的拳頭便重重地砸在了桌上，驚得茶壺杯子的都是一震。

林熙的嘴角抽了抽，卻說不出一句安慰的話來。

名節二字何其重？身為女兒家，一輩子要小小心心的，稍不留意，毀傷了名節，於自己一輩子的苦難，於家族也是災禍一場。可是，日防夜防，自己做得再好，又能怎樣？還未出嫁，說好的夫婿便這般消亡，她的路就立時充滿了荊棘。

正如謝慎嚴說的那樣，要是平時，她低下身分，低嫁不說，還嫁得遠些，多少也算活路，可如今的，卻是想低都不能夠，為了家族高義的名節，就只有那樣兩條路走。

「妳多去陪陪她吧！」謝慎嚴說著起了身去了書房。

林熙此刻全然感受不到，未來日子的壓力，她唯一能感受的是一份悲涼。

回想自己當初為了一個「名」字，義無反顧，但家人也罷，自己也罷，多少還是有些期盼的，而十三姑娘卻連丁點期盼都不剩。

她坐在那裡，回想白日在繡閣時，十三姑娘哭得那般傷心，便猜想，彼時她怕是已經想到了自己的未來，是如何的漆黑無路。

書房裡，燈未點，謝慎嚴一個人坐在桌前，好半天後，一句輕喃帶著哽咽飄在這屋裡。

「早知這般，我倒寧可妳是嫁給了明達！」

一切都如謝慎嚴說的那樣，十三姑娘的前路依然就剩那麼兩條。三日後，十三姑娘也作了選擇——守節，照嫁。甚至因為趙家郎的死，原定的日子，還提前在七日後，擺明了是十三姑娘一嫁過去，就能趕上大殮，而後就此素衣孝服過著縞素日子。

林熙聽到這選擇時，心知這總比出家當姑子的好，可到底還是心裡難受，結實的在屋裡關著門，捂上被子，狠哭了一場，後因十三姑娘出嫁在即，便帶著無奈再次來到繡閣。

十三姑娘的臉上已經沒了往日的活力，有的只是哭腫的雙眼，與林熙對上時，瞧見林熙那鼓起的眼泡，竟是對著她努力的笑。「嫂子，妳瞧妳，比我還難看了。」

眼瞧著傷心人倒還安慰自己，林熙越發的不是滋味，上前抬手抱了十三姑娘的腰身，便是哭了起來，十三姑娘摟著她抽泣了兩下，發狠似的搡了她。

「哭什麼？我又沒去做姑子，好歹我去趙家也是做人婦的，就算他已不在，我也是個奶奶，日後嗣裡過一個，這輩子也有指望不說，門前還能立做牌坊！我也算為謝家盡孝了！」

林熙望著十三姑娘高昂的頭顱，只覺得自己頓時矮了一節。

那時的自己，也曾說著為了家族名節，義無反顧地嫁去謝家，可到底，心裡也不是她這般全然為著名節、為著家族的。

林熙在繡閣坐了一陣，與她閒話了幾句，便退了出來。十三姑娘歇在屋裡，十四姑娘則送了林熙出來，彼時在繡閣裡，十四姑娘自始至終都是一言不發的。

「嫂子，妳當時為何肯許我哥的婚約？」十四姑娘聲音低低地。「是不是也和我十三姊想的一樣？」

林熙一怔，低聲道：「仁義禮智信，應該的，我們都是有家的人，總得為家人著想。」

十四姑娘眨眨眼。「妳那時恨過我們謝家嗎？」

林熙搖頭。「我沒有恨，我只知道知恩圖報，知道有約必守。」

十四姑娘歪頭看了她一眼，莫名地說了一句。「妳和我十三姊挺像的。」說完就轉身走了，留下林熙一個站在欄門前愣了好一會兒，才回去。

十四姑娘走到樓閣前，扭頭看了眼關閉上的欄門，隨即嘆了一口氣，眼望院落裡的亭臺樓閣，話音嗲嗲中滿是喟嘆。「都說生在富貴人家便是金枝玉葉，豈知得了多少就得付出多少的道理？貴人有貴人的苦，賤民有賤民的樂。」

七日後，十三姑娘出嫁了。

因為是喪嫁，沒得吹吹打打，只有銅鑼敲響。

趙家來迎娶的是一匹高頭大馬，其上無人，只有馬鞍上固著的牌位，由趙家的次孫牽拉著帶隊來迎。

大紅色的轎子從謝府抬了出去，一路上除了鑼響只有馬蹄聲。

而轎子一到了趙家府上，立時蒙套上了白色的轎衣，穿著出嫁喜服的十三姑娘被喜婆揹去了祠堂口，在那裡同牌位行禮之後，便是自取了蓋頭，取了鳳冠，著一銀花、一支玉簪，便孝服裹身，在祠堂前行了大禮，直奔了靈堂。

這頓喜宴，林熙同謝慎嚴去了，大家彼此坐蠟的耗著流程，卻叫林熙心中磨得難受。

中途她去方便，待回轉時，帶著丫頭轉在抄手遊廊的角上時，卻聽到了幾個女眷議論的聲音——

「謝家真是捨得，那般如玉的一個人，就活脫脫的送進來守寡，哎！」

「不送進來怎麼辦？誰叫她和人家訂了親呢？這是攤上了！」

「妳們聽說了嗎？謝家到趙家的這條路上，要架一座牌坊呢！」

「立給謝家十三的？」

「對，我爹在工部，昨兒個見著批摺了，就是不知道是謝家去求的，還是趙家。」

「她這般守節，有個牌坊也是應該的，這謝家人，還真是傲骨呢！若是我遇上這種事，定會求著我爹可憐我，悄聲嫁出去，也不受著罪的！」

「所以人家才是謝家嘛！」

林熙聽著這幾人言語，無奈的抬頭望天——名節，枷鎖，這是看不見的血淚枷鎖！

無奈的搖搖頭，她準備邁步，卻忽然聽到了一個熟悉的聲音——

「別謝家長謝家短的，好似人家高義得不得了，要我說，看起來是立牌坊的好事，可到底還不是一派盤算！」

「妳怎麼能這麼說？」

「怎麼不能，我又沒說錯！謝家這般把十三姑娘嫁出來，誰不誇他謝家高義，然後呢，謝家與趙家兩廂還是姻親，彼此連心不說，只怕趙家打心裡都覺得謝家高義得不得了。如今趙家上個摺子，工部准了，一道牌坊，既給謝家立了面子，也給趙家掙出一分烈婦名節，這門門道道的不是盤算是什麼？」

「妳怎麼知道是趙家上的摺子？」

「我前天跟著我祖母一道進宮給我貴妃姨媽問安去了，我聽她說的唄。」

「哦，怪不得鵬二奶奶知道得那麼多，原來是聽來的啊！」

那邊幾個女人還在議論，這邊角上的林熙卻是攥了拳頭。

鵬二奶奶是誰？不就孫二姑娘嘛！她說出的這些話明顯就是莊貴妃說出的話，她這人縱然性格刁蠻，人也不好相處，卻不該是個傻子樣兒，於人家喪婚的日子裡在這裡說著這樣的反話，擺明了就是散謠壞了謝家的高義之名！

林熙不傻，她略一思量就明白過來，孫二姑娘的有意為之是為的什麼，可是莊貴妃就這麼不容謝家名頭上再上一層嗎？她不是不明白宮中所爭所鬥是為著什麼，也不是不明白孫二姑娘當初為什麼會和謝慎嚴有婚約，但是當初黃掉親事的又不是謝家而是孫家，莊貴妃要她散謠滅義，圖的是什麼呢？

那邊幾個女眷還在言語，林熙耳聽著再這麼下去，十三姑娘的犧牲變成了卑劣的行徑，便知不能由著孫二姑娘亂言。當下整了下衣裝後，大步的拐進了月亮門內，一副恰好撞上這五、六個言語的樣子。

林熙已是謝家人，她的出現，讓幾個女眷都有些尷尬與羞色，而林熙不與她們為難，淡然的笑著與之招呼，恍若沒聽見她們先前質疑謝家的言語，但是走到孫二姑娘面前時，她卻忽而一臉正色的說道：「鵬二奶奶見了我，不叫人的嗎？」

拐彎親戚，誰願意搭理？但禮數為大，遇上了，不叫卻是孫二的失禮，當即她只能低著頭，悻悻的叫了一聲表舅母。

在眾人詫異裡，林熙昂著頭衝她言語——

「原來妳還知道我是妳表舅母啊！裡外親戚的，妳這張嘴，真該拿針線縫一縫了！免得有朝一日，妳那口舌生下的水，沖了龍王廟！」

孫二被林熙「教育」，豈能不惱，可她現在矮著一頭輩分，當著這些女眷的面，想回嘴也不好回嘴的。但林熙的話語分明就是在說她剛才的舉止是自淹家門，生是非，她自是話語剜酸的來頂。「您這遠遠的表舅媽要訓斥我，在禮數上，我敬著您，我無話可說，不過先前的，我又說錯什麼了呢？難道十三姑娘嫁去了趙家，不是兩家姻親日後相親了嗎？那牌坊背後真就乾淨了？」

林熙聞言一笑，隨即輕道：「我在家讀書時，嬤嬤教我一句話，『智者見智，仁者見仁。』我原本還不算理解得透澈，今日反倒因著孫二姑娘妳，明瞭了！按說我該說句多謝的，但此時我更想說的是，可惜！」

孫二一時不解林熙為何如此言語，只是本能的接話。「可惜什麼？」

「春桃不知梅霜雪，泥藕難懂蓮高潔！我可惜孫二姑娘家學深厚，竟然如此不懂高義為何？罷了，這事原就是我的錯，我怎能期望燕雀知那鴻鵠志，想來若沒妳孫二姑娘挪窩，今日我也做不了謹四奶奶，我這裡謝謝妳了！哎，十三姑娘沒遇上我的好運，我為她惋惜，可她那份高義，人人心中有那公道。鵬二奶奶，日後還是別與人提及我是妳那遠遠的表舅母吧，物以類聚，我和妳還是遠遠地，最好。」

林熙說完這話，當即衝著身邊幾位女眷一個福身，而後便邁步走了，她不需要留在此處與之多言，她相信，此刻沒幾人會願意再和孫二姑娘湊在一起的，因為物以類聚，難道她們想證明自己是因著做不到高義而生妒的人嗎？

當下身邊的幾個女眷對視一眼，不約而同的往宴席這邊走，獨自留下孫二姑娘一個站在那裡看著林熙的背影，憤恨地捏了拳頭。「誰稀罕妳這個表舅母了！」

當天從趙家吃了宴回去，林熙就把自己聽到的話，學給了謝慎嚴知道。她不是多事的人，更不是要與人家知道她為了謝家做了什麼，而是把自己的疑惑一道問了出來。「你說莊貴妃到底是打什麼主意？」

謝慎嚴眼盯著手裡的茶杯，面色沈沈。「還能是什麼？挑著日子見人，借個丫頭口把話漏出來，不就是要我謝家被人背後指點嘛！哼，高處不勝寒，我謝家在高處可不是一天、兩天，不為她所用，她便想詆毀一二，這就是人心。」

林熙聞言嘆了口氣。「哎，我真是不懂了，這詆毀了又能怎樣，平白的讓我們被人指點一番，牌坊還不是要立的，時間過去了，指點早忘了，牌坊依舊在，這有意思嗎？」

謝慎嚴轉頭看向林熙。「指點大了，牌坊就立不得了。」

「什麼？」

「妳想啊，如果大家都認為謝家是為了給兩家豎起一個牌坊掙名聲，那謝家要怎樣做，才能顯出自己沒那個心？不就是自求取消了牌坊，不圖名聲嗎？」

「可謝家自求取了牌坊，與她莊貴妃有什麼好？這不是平白把兩家之間的關係弄得更不好了嗎？」

謝慎嚴笑了笑。「她說的是趙家遞交的摺子，申的牌坊對不對？」

「是，說是從莊貴妃的口裡聽來的。」

「這是錯的，其實為謝家申這塊牌坊的可不是趙家，而是皇后娘娘！」

「皇后娘娘？」

「對，皇后母儀天下，貴為命婦之首。這京城大大小小的命婦，得賞斥罰，她都是盯著的，褒揚義舉，貶斥惡行。如果要給我十三妹立牌坊，不管誰申誰報，都得是皇后娘娘點頭，所以與其說什麼遞摺子上去，皇上批駁，卻不如說這是皇后娘娘發下的恩典。」謝慎嚴說著看著林熙。「現在，妳懂了嗎？」

林熙眨眨眼，臉色立白。「這豈非莊貴妃與皇后娘娘兩相博弈，我們謝家做了棋？」

謝慎嚴點點頭。「沒錯，倘若我謝家去自求取了這牌坊，最失意、最受傷的不是我十三妹，而是皇后娘娘的臉面！可要是不去求取，那就得我謝家扛著這流言！」

林熙頓時握拳。「太過分了，十三姑娘受這麼大的委屈，只剩下這牌坊能全著她的犧牲，她們卻拿人家的傷口痛楚來做刀做刃，當真可惡！她們就沒有一點憐憫之心嗎？」

「憐憫？」謝慎嚴的臉上顯出一抹冷笑。「人說婦人之仁，我所見，抬眼望去，何來一個仁字？只在妳這裡，倒是尋著，這話也還真是貼合的。可是妳仁，妳說著憐憫，卻是不知其殘性！我問夫人，歷朝歷代，帝王更迭，將相易換，皆是安穩的嗎？」

林熙搖頭。「哪裡有什麼安穩，就是平安日子，也總有腥風血雨，若是遇上更迭，死傷在所難免，總有起落……」

「那起落之時，連帶的，抄家的、流放的比比皆是，明明有稚子無辜，為何不肯放生？為何女眷小姐就此罪民為奴？」

林熙豈會不懂？當即嘆息。「自是怕斬草不除根，日後留下禍端。」

「這不就是了，在朝權政局的面前，有的只是利益，只是當權者要的結果，任妳是稚子還是女眷，任妳無辜與否，都不重要，重要的是，成王敗寇，重要的是，誰最後是贏家！」他說著將茶杯放下，鄭重的抓了林熙的手。「我謝家身為顯赫世家，做得這明陽侯，多少人盯著瞧著看著，要不是我謝家世代一心為著家業，敢犧牲自我，豈會世家傳代走過千年？為臣者，屬君，可世家者，屬國！」

林熙怔怔地望著謝慎嚴。

「我的肩頭總有一日要背負謝家重擔，那時更有諸多算計，或明著，或藏著，明槍暗箭，沒有一下是會帶著憐憫的，因為政客無情、無心！妳知道嗎？」

林熙立時點頭。「是，我知道了。」

「夫人，妳與我結為夫妻，就得同甘共苦，妳也知我謝家日後之路，妳身上會有的是何等重擔，所以我真心的與妳言明；人家是娶妻求賢，我只求娶妻求強，若沒一顆強大的心，沒有那股子毅力，妳陪我走不下去的！」

林熙心中湧著一股子熱浪，起身衝著謝慎嚴言語。「強不強我不知道，我只知道，你是我的夫婿，我會拚著命，與你一同經風雨、共榮辱！」

謝慎嚴一把將林熙拽進了懷裡，他摟著她，臉就貼在她的胸口處輕聲言語。「告訴我，妳怎麼處理的那檔子事兒？」

林熙一頓，明白過來謝慎嚴所問是何，當下把自己如何揶揄暗諷孫二的話，實打實的學了出來。

謝慎嚴聽聞大笑。「好好，看來妳也不是那麼好欺負呢，我還以為妳會同在娘家一般，遇事就避閃開來。」

林熙聞言詫異。「我娘家？」隨即眉眼挑高。「你聽了些什麼，誰說的？」

謝慎嚴笑著仰頭看她。「我大舅子啊，他可深怕妳在謝府受委屈被欺負呢！不過，如今看來我夫人也不是那麼好欺負的嘛，只是妳為何對著妳那六姊一忍再忍？」

「你知道我六姊的事？」

謝慎嚴笑了笑。「我這人耳朵好，有些人閒談我聽得到。」

林熙抿了唇。「一筆寫不出兩個林字來，到底一家人，不到萬不得已，我不想……」

「那為何回門之日，卻又橫起來了？」

「你聽見了？」林熙瞪眼。

謝慎嚴笑著點點頭，望著她不再回答。

林熙見狀嘆了一口氣。「她都忘本到那種地步，我何必還給她留著情面，自那日，我心已和她相斷了。」

謝慎嚴聞言將圈著她腰身的手臂緊了緊。「妳已仁至義盡，就此方可無心無情。」說著他不等林熙言語，口中輕喃：「我謝家的子嗣，皆為強性，縱然此事我十三妹受苦，但不過流言蜚語，她扛得住！不過這點伎倆罷了，想迫著我謝家？癡人說夢！我謝家千百年的根基在此，縱然她是當紅貴妃，也不過一時弄權，蚍蜉耳！既然她們想叫我謝家為棋，好，我便叫她們知道，有些棋子，不是她們玩得起的！世家所屬為國，可不是所屬為君，世家家主不稱臣，就是要自己時時刻刻明白，國在君之上！哼，夫人，妳且安心看著，不出半年，莊貴妃必被敲打，和我世家鬥，且看她玩得起不！」

第五十八章　看不見的手

春雨呢喃，夜潤物土，轉眼已是四月，花意漸濃。

此時正是文人踏青遊玩的好時節，三三兩兩的聚在一起，今日泛舟，明日縱馬，好不快活。

謝慎嚴因是權貴少爺中的一員，成日裡邀約的帖子雪片似地湧，收得林熙一時弄不清楚，是往日他就這般受歡迎，還是自大伯入了內閣後，那些精於算計的人，已經開始下注了。

昨日裡，韓大人門下的那票世子們來了興致，鬧著要去郊外的什麼潭觀春，帖子送來後，謝慎嚴雖沒多大興致，但與眾人相交又不能淡了，是以和她打了招呼後便去了，留她在院落裡，自己轉著府中庭院，看著繁花漸起。

十三姑娘嫁出去後，一時間謝家的風頭無人能比，縱然有心人散播出詆毀言論，但無奈駱駝終究比馬大，流言也沒飄起多少就沒了影兒，尤其是，半個月後，在通往趙家的路口處，那道牌坊一立起來，各處都是褒獎的話、誇人的詞了。

林熙本以為，這事也就這般過去了，畢竟皇后娘娘親題的匾額也在七天後懸掛其上，京城裡大張旗鼓的舉辦了儀式，由京兆尹主持，請了太傅之妻，堂堂的一品誥命夫人許氏從忠孝禮儀說起，將女子的德行操守禮節好生的一番誇獎，十三姑娘一時所得輝煌無比，謝家也是被歌頌的，連林熙這個觀禮的站在一邊，都能覺出一分自豪來，是以她真的以為就此事情算完了，可是，可是……

可是，就在半個月前，春暖花開之時，文人墨客們都開始詩詞歌賦的扎堆，結果京城裡的酒肆飯館，甚至風月場所裡，都張貼出了一幅幅詩詞，吟唱起了一段段歌賦，無不是誇那十三姑娘與謝家門楣的，一時間禮讚之風再起，宮裡頭，更是在十天之內，連著三次賞下了物件來——

一件是送到趙家府上賞給謝十三的，那是一套四季素服，上好的銀料宮錦所製，再用銀線分別在衣袂、衣襟以及裙裳邊上繡著圖，梅蘭竹菊，一應四季，歌頌著她的品質；兩件是直接送到謝府上的，老侯爺得的是一件羊脂白玉嵌紅寶的座屏，白玉為底表雪，紅寶顆顆為梅，再以墨玉勾勒出虬枝風骨，實在是稀世珍品；謝家安三爺得的是一幅蜀繡貢品，池塘蓮影圖，彩色的絲線繡出的高潔之下，無不是讚頌，但也毫不掩蓋的彰顯著宮中那位的歡喜。

所以當這樣的事情接二連三在林熙面前出現時，她越發的感覺到，這事的背後是有不止一雙手在推波助瀾。似乎為了印證她的猜想，前日裡大伯當值回來時，更帶回來了一個消息，有御史上摺子，要為十三姑娘請封，更連林熙也點上了，因她昔日以報恩為由，願嫁一失蹤之人，與之訂親，更在之後，以十一的年歲沖喜出嫁——這也是知禮重禮的表現，為了表彰十三姑娘，一勺燴了。

當時林熙完全傻掉了，她不明白怎麼氣勢洶洶的褒獎十三姑娘的事到最後把自己給扯進去了，也不明白，她這個明顯報恩的和十三姑娘的出嫁怎麼能相提並論。但，就是這麼提了，還求給林熙一個封號。

封號，有高有低，有大有小，但凡起封，意義就大為不同，雖然是個虛號，卻恰恰是身分的象徵，比如那自古有封的妃子就比同級無封的妃子高一級，比如那有封的散官閒人比實權在握的官不遑多讓，甚至有些時候還貴、高一些——因為封代表著承認，更代表著你就此高人一等。所以很多時候，奪封去號，可比降級還叫人接受不了，那意味著巨大的恥辱，所以給封，自也是莫大的殊榮。

林熙今年也不過十二罷了，她自問離得封這種事，少說也有個二十多年的時間，這還是異常順當的——畢竟，她年歲太輕，更無什麼功德，丈夫二十的年歲，也還在韓大人身後跟著做個幕僚，實際在野，至於孩子更別想了，她可以依仗得封的兩個人正是無指望的時候，誰承想，稀裡糊塗的好事就這麼來了。

當然最後批不批的，她不知道，但只是有摺子裡點了她，為她唱名請封，這就足以叫她自豪與得意。當天晚上她興奮得在床上翻了大半夜的燒餅，一遍遍唸著葉嬤嬤教的喜形不露於色，卻還是收斂不住內心的快樂。

以至於早上起來，謝慎嚴與她一道用早飯時，瞧見她那黑眼圈，便搖頭說她沈不住氣。

結果隨後帖子一到，他一臉興致缺缺的應付去了，她卻沒半個人可以分享這種內心充斥的喜悅與擔憂，尤其是再又過了一晚後，她的憂慮卻大於欣喜了，畢竟得失之間不過一年，這般的好事一旦落下，相應要擔負的卻也會更多。

端著繡繃子，眼盯著其上的墨蓮，她是一針都扎不下去。

當初針線上人與她言，繡圖時，要以心持針，這樣才能繡出傳神之圖，如今繡的是君子墨蓮，鐵骨錚錚中傲然之姿，此刻她這亂了的心，怎能捏得住針？

正這般呆著時笑時蹙間，屋外有了花嬤嬤的聲音。「姑娘，可起了？」

林熙聽聞後一愣，才驚覺自己的午覺也叫自己給呆黃了去。這邊廂的，門已經推開，夏荷同花嬤嬤一道進了屋。「姑娘沒叫歇著，我也沒擾，這不還忙著繡呢，只怕到了月底也能出樣子了！」

林熙聞言悻悻的把手裡的繡繃子直接塞去了小几下的竹編籃裡，這幾個月，她是真沒繡出個什麼來，先頭謝慎嚴畫了底樣，她便有心繡的，可是林悠生產在即，她就算什麼都能叫人籌備，但到底親姊妹，又是做孩子姨媽的，自是好歹也得動動手。於是急忙的先給趕製了一幅蝙蝠休憩在葫蘆上的繡圖來，而後叫人匆匆打了襁褓出來將才把圖送去，景陽侯府就傳了信兒來，說林悠生了，她之後哪裡敢怠慢，更是緊趕慢趕的親手給做了一身小衣、一雙虎頭鞋，這便把一個月的日子耗光了。將才撿起繡繃子，又想起了再有幾個月就是十四姑娘的好日子，她還得繡，立時恨自己分身乏術，恨自己說嫁就嫁，也沒個三、四年的時間早把這些一一準備好。

「姑娘，您前幾日可遞帖子去了景陽侯府的，今兒個您是過還是不過啊？」花嬤嬤小心問話，她可是等了一早上，眼瞧都這個時候了，姑娘還沒動身的意思，她只好來問，畢竟再晚些，卻有些不大合適了。

「過。先前想些雜事，倒把這茬子忘了，快叫人把東西都裝好，這就過去吧，叫小廝先前招呼。」林熙說著立時招呼起來，花嬤嬤自是去張羅，夏荷也伺候著林熙穿戴規整妝容。

「欸，這陣子，可有生出什麼事沒？」自林熙叫夏荷家的男人叫著留底後，一直也沒見夏荷有報過消息，這會兒想起來，自是問起。

「沒見什麼動靜，原瞧著有些大張旗鼓的樣子，可自您叫留了底，還簽字畫押的，她們倒沒見有什麼了。只是每每還是要來，少不得為簽字畫押的事罵罵咧咧說著晦氣，按您早先囑咐的，一應不做理會，念叨了這些日子，我家那口子也不急不惱，她們自己倒懶得唸了。」夏荷說著給林熙簪花。

「她們還是照常來？這丈量還沒完嗎？」林熙微挑了眉。

「幾天前就丈量完了，到了後面一個、兩個沒了先前的衝勁，手腳都慢了，還是我家那口子，一路盯著瞧，這才瞧看著完了。」夏荷說著自己蹙了眉。「不過她們完事也不走，鎮日裡還來，指手畫腳的坐那裡，我家那個陪著耗，實不知她們打什麼算盤，只因還沒看出眉目來，才沒報您知道。」

「不過添幾雙筷子的事……」林熙的眼珠子一轉。「去，告訴妳家的，平日如何吃喝，就如何吃喝，不必費心著大魚大肉的招待，飯管夠，菜嘛，就那麼回事。我倒要看看，耗不住了之後，她們到底想做什麼！」

「是！」

林熙帶著辛苦趕工出來的成品，去了景陽侯府。

昔日兩家就是親近的，不管真親還是假親，總之十分和諧，如今的林悠又給莊家添了個大胖小子，正是歡喜的時候。因著林悠生產之時不算太順暢，直疼了四天才把孩子生下來，莊家怕小傢伙有所虧欠，故而不過滿月，過百日，於是這正經滿月的日子，林熙念著林悠那脾氣，自己巴巴的跑來，免得她一肚子的話憋不住那許久，於熱鬧頭上弄出事來，自覺前來「消災」。

大廳裡拜會了嚴氏，送了一份禮上去，說了幾句自家安好的話，扯了幾句十三姑娘，便自然而然的由林悠跟前的丫頭迎著去了林悠那裡。

通常奶婆子是不見媳婦子的，怕沖了奶，但林熙這個只有婚姻名號，還無婚姻事實的人，卻是沖不到奶的，也無那些忌諱，加之她是謝家人，她來，只能讓兩家親近，自是沒人不樂意的。是以嚴氏笑嘻嘻的與她言語了一些，見林熙要去林悠房裡，還叫著丫頭順道從她那裡端了一小鍋的鴿子湯過去，實打實的表現自己對兒媳婦的厚愛。

嚴氏如此行徑，林熙豈會不懂？不過她並不想表現自己的懂，她只想單純的看看姊姊，用自己簡單的行為和簡單的意圖，做到合一，去單純自然的應對那些算計。於是她一臉淡色的應對著，既沒去說嚴氏如此疼愛姊姊的話，也沒說點什麼客套的，默然的看著丫頭端湯跟上後，便自己對著嚴氏行禮告辭，實在是惜字如金。

林熙一走，嚴氏的眉就微微挑起，繼而回到內堂，抓著身邊的嬤嬤，略有些緊張地言語。「裘嬤嬤，賢哥兒的少奶奶就是一根筋，她這妹子不會也一樣吧？我聽著可是個七竅玲瓏的，怎麼……」

身邊的嬤嬤同她輕道：「太太別奇怪，有道是一朝被蛇咬十年怕井繩，她這個樣子，不奇怪，大約是被葉嬤嬤帶出來的，怕了那份子盛氣凌人，再來一番風波，倒學了大智若愚，想置身事外了。」

「這樣啊？」嚴氏瞧著那嬤嬤，一臉小心的模樣。「那我這裡是……」

「太太不用費心的，娘娘讓我來跟著您，也不過是早些打算，好生鋪路，她到底一個小丫頭，還到不了正席的位置上，只要您把少奶奶哄好，再從她那裡下手，親親姊妹的言語，橫豎比得過咱們的使勁，您還是把心思先放在其他人那裡吧，眼下她那婆婆才是真正得爭取的人！」

嚴氏聞言點點頭。「我知道，只是那徐氏，心眼極多，我怕是拿不住。」

「別擔心，老身會幫襯著，不叫太太您為難的。」那嬤嬤說著嘴角上勾，唇角邊上的一顆細小紅痣血色正旺。

「妳可來了，打我知道妳要來，就扳著指頭數，好生挨到今天，妳還叫我眼巴巴等到這個時候！」林熙將進了房門，靠在榻上的林悠就扯著嗓子抱怨起來。

這幾日聽慣了細聲細氣說話的林熙聞言一愣，忙是嗔怪著剜了她一眼。「我的好姊姊，我擔心著妳悶壞了，急急地來瞧妳，可妳這嗓子真亮堂，看來好得很，早知妳好，我就不來湊了！」

林悠聞言伸手捂嘴，斜了身邊的丫頭一眼，丫頭自是要退，而這邊跟著來的丫頭則送上了鴿子湯來。

「這是妳婆母瞧著我要過來，叫一併跟著送過來的，這會兒的，妳要喝嗎？」林熙柔聲輕問，依然沒說什麼「妳婆婆待妳多好」的話。

林悠的眉頭立時皺起，臉上雖還笑著，但林熙卻明顯看到她痛苦煩躁的情緒。

「放著吧，等下再喝，這會兒肚子裡沒地兒呢！」林悠一臉笑容說著，擺了手，丫頭們自是退了出去，待房門拉上後，林悠臉上的笑立時就成了厭煩之色，口裡低聲嘟囔起來。

「我現在看到這些湯水就頭大，從懷起就喝，如今生了，更是日日的喝，我奶水也不缺，還有兩個奶媽候著，哪裡就喝得了這許多了？妳瞧我，整個人圓滾滾的，像什麼！連妳姊夫，昨日裡都笑我肥頭大耳的成豬了！」

林熙見她這般抱怨，自是明白外面已經沒了外人，當下起身直接坐去了她的身邊，拉著她的手，眼瞧著她眉眼裡的鬱色，輕聲言語。「好姊姊，這些日子可還好吧？」

林悠眨眨眼，一團水氣就在眼圈裡氤氳起來。「說好也好，說不好也不好。」

「怎麼？喝湯喝到心情不好了嗎？」林熙說著衝她笑。「我知道四姊是個喜鵲性子，憋不住的，想不到，妳竟這般沒出息，這才一個月妳就憋得心情不好了？妳生時折騰了那麼一頭子，少不得坐個雙月子的，有得憋！」

「和坐月子沒關係！」林悠說著嘆了一口氣。「生孩子時疼死我了，可那個時候，我也不覺得心情不好，相反的，我挺期待的，可是……我費勁的生了孩子下來，全家上下也樂呵呵的，我的心情卻反而不好了。」

「什麼？」林熙一愣。「這是什麼道理？」

林悠嘴角抽了抽，抓了林熙的胳膊，嘴巴貼得近了些。「我生完孩子人累極了，偏生太高興睡不著，可那會兒也真沒勁了，就合上眼睛想著休息休息，誰知道，接生的當我累極了睡過去了，一旁的言語全叫我聽見了……」

「怎麼？」

「這孩子太大，生下來時，傷了我，那裡崩爛了不說，以後……以後怕是再想懷就難了。」林悠說著眼淚就下來了。

林熙抬手急忙給她抹去。「別哭，千萬別哭！老話妳也知道的，月子裡哭傷眼，何況我那小姨甥不好好的嗎？妳這般哭，可要折他的！」

林悠聞言急忙地抹淚，手忙腳亂的樣子，看得林熙心疼。她取了帕子，給林悠擦眼抹臉，口中輕唸：「妳還年輕，機會還是有的，何況現在妳已有個兒子在膝下，也是莊家的嫡長子，於妳來說，已經足夠，妳這般哭也改變不了什麼。我勸姊姊先別想許多，好生的坐月子，把身子將養好些，日後再慢慢的醫藥調理，若是有緣，自也有兒孫福，若真就這輩子只他一個，妳細心把他教好也就是了，有嫡長子在妳膝下，終歸妳腰板直得起來！」

林熙的話直接地點出了重點，登時林悠使勁地點頭。「對，至少我有他，就算妳姊夫弄幾個妾侍，再生也是比不得的！」

林熙聞言覺出味兒來。「怎麼，姊夫又起心思？」

「能不起嘛，這大半年裡，通房已有三、四個，前些日子，還弄個『瘦馬』（注），我當時氣壞了，他要什麼人不成，非碰那種？日後處處比著我，我哪裡有活路？我當時挺著肚子就在床上躺了兩天，飯也不吃，婆母嚇壞了，直接把那瘦馬給發賣了！」

「姊夫沒尋事吧？」林熙對莊明達的脾氣很是頭疼，生怕他發瘋。

「沒，我原以為他也會鬧一鬧，或者尋我算帳的，可他也沒，只說了一句可惜，就沒了動靜。後來我生了，先頭幾日倒是每天會來看看小傢伙，可後面遇上孩子哭鬧吃奶，晝夜的吵，他就受不住了，只嚷著頭疼，轉頭人就去那幾個院子裡窩著去了……說來不怕妳笑話，我看他這樣子，只怕用不了多久，我就得給那幾個抬姨娘了。」

林熙聽了這話，一時也不好說什麼。

林悠已經為莊家生下了嫡長子，通房們誰還會喝避子湯？莊家自也不會為了血統再卡著，何況林悠眼下更被斷了日後難孕，與家族的子嗣相比，自然姨娘妾侍這事斷不了的。

有些事，逃不掉，就只能面對，林熙想了想，最終勸言：「把我那小姨甥好好教養吧，他是嫡長子，日後是他繼爵的，妳莫想太多了，我們就兩隻手，不是什麼都抓得全的，把抓在手裡的抓好抓緊才是正經。」

林悠使勁點點頭，人靠在了林熙的懷裡。「和妳說了這些，我心裡舒坦多了，這些日子，我悶著這些，沒一日是開心的，卻還得強顏歡笑。七妹妹，這會兒我是真真明瞭了大哥的話，什麼叫同氣連枝，也只有這個時候，我才能和妳無顧忌的說著我的苦。」

「說出來，是為了不鬱結，不憋著自己，很多時候，不是那麼盡如人意的，但還是得向前看，向前走啊！妳瞧我那十三姑，禍福相依的難說，但不管外人怎麼說，她不也是硬著頭皮在往前走？妳我和她相比，好了很多，她除了盛名，什麼都沒有，妳至少有兒子傍身，我至少有個活著的夫君不是嗎？」

當比上不足時，唯有比下，換取欣慰與動力，這便是自足的一種方式，這便是自樂的一種渠道。

注：瘦馬，是中國明清時期的一種畸形行業。先出資把貧苦家庭中面貌姣好的女孩買回後調習，教她們歌舞、琴棋、書畫，長成後賣與富人做妾或入煙花柳巷，以此從中牟利。因貧女多瘦弱，「瘦馬」之名由此而來。

林悠點點頭。「是的，我有兒子，不怕！」說著她深吸一口氣露出笑容來，衝著外面招呼。「快去催催，抱了小少爺過來！」

姊妹倆心裡話說了，自是到了見小傢伙的時候，不多時，奶媽從隔壁的房裡抱了小傢伙過來。

紅錦刻絲的襁褓裡，粉嫩的小人兒正在呼呼大睡，那圓圓的臉蛋，有種虎虎生威的感覺，很有莊明達的影兒。

林熙伸手接過抱了一會兒，咧了嘴。「這小傢伙可真重！」

「那是，放籃裡過了重的，足足用了九枚十兩制的金錠，我這兒，五斤重呢！」

林熙聽了咋舌，一臉驚色。「怪不得生了那許久，四天生下來，母子平安的，也算妳福氣了！」

「是，那接生婆都說，往日裡遇上我這樣的，十個有八個都回不來一個的！」林悠說著抱回了小傢伙，把臉貼在那粉嫩的小臉蛋上輕輕的蹭。

林熙瞧著她那樣子，出言輕問：「可有乳名了？」

「生下他那天，他老子回來瞧著，說有意思，渾叫個乳名興兒，婆婆覺得這個名字也不錯，就說先這麼叫著，等到周歲了，等著貴妃娘娘給賜個。」林悠說著把孩子交給了身邊的奶媽，一擺手，小傢伙就隨著奶媽抱了出去。

林悠再次拉了林熙的手。「這一家子，什麼都指著貴妃娘娘呢，張口閉口就是貴妃娘娘。我生產的時候，這貴妃娘娘還從宮裡派了個嬤嬤出來，說是怕我年輕不好帶，支撐著幫忙呢！喊，那是我兒子，又不是她的，操的什麼心！」

林熙瞧著林悠的樣子，知道她這會兒還沒轉到更深的地方上去，不過卻叫她心裡不安了——貴妃娘娘需要派嬤嬤來嗎？難道堂堂的景陽侯府連個帶孩子的嬤嬤都沒嗎？

「那嬤嬤怎麼稱呼？什麼來頭啊？」

「不知道，反正宮裡的，伺候貴妃娘娘的，不過年紀不小，姓裘，來時與我見面，那下巴都能抬到天上去，跟個主子似的，我不待見！我這會兒趁著坐月子，各種躲呢！」林悠說著撇嘴，很是反感的樣子。

林熙心裡念了念低聲說道：「好姊姊，妳在侯府裡日子也有看不見的苦，到底貴妃的娘家，少不得牽根帶絆的，我勸妳和這位嬤嬤打交道時，心裡警醒著點，別亂說話應承事情，實在不成，做個鋸嘴葫蘆裝傻充愣都成，千萬別叫人拿捏著欺負了！」

「我明白的，惹不起我還躲不起嗎？」林悠說著一笑，猛然地笑一收，衝她一抬下巴。「不對啊，我是做姊姊的，怎麼淨是聽妳數落我了，明明小我幾歲，如今倒像比我長幾歲似的，妳以為妳是大姊啊！」

林熙的心裡一咯噔，臉上的笑都欠虛了幾分。「都是姊妹，真心話而已嘛，姊姊要不高興，那我以後不說了！」

林悠聞言拿胳膊肘杵她一下。「我也就說說，誰讓妳是葉嬤嬤帶出來的，比我明白些呢！欸，妳不會是空手來的吧？」

林熙聞言翻了白眼。「就算我想，也得敢啊！」當下轉身衝外高聲招呼，四喜和五福捧了東西進來，林悠瞧著襁褓、襖子、還有小衣小鞋子的，立時歡喜起來，最後抓著那雙虎頭鞋一個勁兒的念叨。「這個做得最好，妳哪裡請的人？回頭我找她多做幾雙。」

林熙笑笑。「不好意思，送上的這幾樣，都是我親手做的，妳請不了了！」

林悠聞言一愣，隨即看了看虎頭鞋，輕聲言語中滿是喟嘆。「想不到這也是妳親手做的，哎，葉嬤嬤到底聰慧，那時，我還覺得叫我們幾個做刺繡是對，做針線是沒事尋事。如今看來，親手製作的精美之物，更能顯出那份真心來，暖著人，我真是後悔當時沒好好學啊，要不然，我也能親手給妳姊夫做上一、兩件……」

話語字詞最能洩漏東西，林熙聽到那個「也」字，便懂了林悠要面對的未來妾侍成員的強大戰力，立時心中有些微怔——嬤嬤當初希冀著她們樣樣精通，莫非就是為了這個？上得了廳堂，下得了灶房，做得起雜事，拿得住家業……全才是為著如此嗎？

林熙在景陽侯府坐了片刻便告辭出來，臨離開前，依著禮節再同嚴氏告別，豈料在她跟前倒是又見到了四姊夫莊明達。

這些日子，他大約過得挺瀟灑，醉醺醺的，可是瞧著他的眉眼，林熙卻隱約看出一分歉色來。

「妳來了！」莊明達頭一次手腳無措的感覺，站在那裡如同一個犯錯的孩子那般，林熙瞧著他那樣，明確意識到，莊明達內心有愧，應是做了什麼錯事，等著自己去斥責，而能讓自己站出來駁斥，顯然錯不小。

可是僅林悠所言種種，還不到她站出來斥責的分量，顯然不是林悠有意壓著不提，就是這事太大，醜得不能提——牽扯到了莊家本身，但不管怎樣，林熙也沒站出來的打算。

一來，她不知情，二來，有道是家醜不得外揚。若她站出來替林悠去斥責什麼，那倒是抬手打了莊家的臉，所以她當下衝著莊明達淺淺一笑。「姊夫忙回來了？」

莊明達一愣。「忙？」

「對啊，姊姊說姊夫最近很忙，每日裡還抽時間去看看她和孩子。姊夫，你待我姊姊真好，我姊姊倒是個有福的！」林熙一臉笑容言語，十足的真誠模樣。

莊明達悻悻的笑著，面容可見羞愧之色，眼角裡又迸發著感動與感激。

林熙見狀，覺得自己不宜久留，當即客套了兩句告辭離開，一點也不多事，甚至回去的路上，也沒叫人打聽和詢問。

畢竟，若是能說，就林悠的性子，自是會提的；若是不說，那她就最好不去知道，免得自找麻煩。她先前那般言語，以莊明達的性子自是會感謝妻子為自己遮醜，想來這對於林悠來說，才是最好的。

回到了府上，人一進院子，就看到謝慎嚴背著手站在院中那排竹子前發呆，風吹著他的衣袂輕飄，倒有些儒雅臨仙的意境，當下她便走了過去。「出外吟詩作對的，回來了，興致還沒散嗎？不知夫君是要再作幾闋詩詞？」

謝慎嚴轉頭看向她，繼而抬手撫摸了她的臉。「詩詞沒有，摺子倒有幾份，且等著看吧，過幾日，起落可見，到時得了好，須得知，那是我給妳的一份禮！」

沒頭沒腦的話，聽得林熙一頭霧水，再問「什麼意思」，謝慎嚴卻不答，只笑著手指在她臉上摩挲幾下，人便從她身邊走過。

「我去父親那裡小坐一會兒，等會兒回來用飯。」說罷人已離開，留下林熙完全糊塗的立在那裡。

走到院外的謝慎嚴臉上掛著一絲愜意的笑容，背在身後的手指卻是指尖摩挲不停，似在回味著先前的手感。他走出幾步後，院落裡飄著他喃喃的輕語。「冬去春來百日罷，乍寒微溫潤芳華，凝膏指尖胭脂膩，只待雨露無聲滑。」

接下來的幾日，依舊是波瀾無驚的，林熙惦念著十四姑娘的禮，便在一疊圖樣裡細細比對挑選，又叫著取了料子來，比劃瞧看，最後定了兩幅，一幅是纏枝葡萄的繡面，鑲在被面上的，寓意多子多福；另一幅乃是月照繁花的被面，也是求個花好月圓。

揀出這兩幅來，林熙便開始了描樣刺繡，如此才繡了兩日，於這天大清早的，宮裡忽而來了人，乃是位公公打前站，傳了信兒來。一家人捯飭著換了朝服正裝，規矩的候在庭院裡，林熙跟著謝慎嚴立在安三爺兩口子的身後，半個時辰的工夫，三位公公捧著聖旨到了，一家人跪下聽旨。

旨意的開篇，皆是歌頌禮儀之詞，誇著謝家的高德，末了才說到正途上，乃是皇后娘娘上摺附議御史之請，要為謝家十三姑娘賜封安人之號，皇上准之，另因附議請封林熙，為讚獎高德，於是她也得了封，同是六品銜的安人。

這等殊榮落下，林熙內心惶惶，跟著大家一道謝恩後，更是步步跟著謝慎嚴看著家人如何招待答謝傳旨公公。

那公公許是和謝家極熟悉的，聖旨一轉交過去，就和老侯爺湊在一起言語起來，金錠入手送袖間，毫不避諱不說，更是口中輕聲卻又清楚的言語著：「這京城裡讚歌聲聲，若是再沒個什麼表示，只怕是沒完了的，老侯爺您好本事，嫁出去個孫女，得了好大的風光，也便宜我得了好！」

老侯爺不以為然似地一笑。「你快別笑話我了，這也是大家抬舉著我，給我個面子，其實流言蜚語的，我真不在意。」

「是，您是不在意，可有的是人替您看護著呢！這面子就是不想給，也必須給！」他說著掃了一眼廳堂裡的人，衝著安三爺點了一下頭，轉頭又同老侯爺言語起來。「見好就收吧，一碗水端平才是相處的法子。」

老侯爺點點頭。「是啊，我也知道如此，也一直秉持此念，只是有些人風沙迷眼不識桑槐，有些人樹欲靜而風不止，更有一些人喜歡渾水摸魚，其實未必就是我不想的。老魏，你我都是直說的，你說，是不是總得讓她知道就是兔子也會咬人的？」

那公公一愣，隨即笑了。「有道理，咱家知道怎麼相安了，告辭。」

「三子，送客！」老侯爺笑著言語，抬了手，當下，老大謝鯤、老三謝安，以及老五謝尚一併相送那公公向外，但是出了廳堂前的月亮門後，老大謝鯤和老五謝尚則都駐足不前，只有謝安一人送著那公公走了出去。

林熙瞧著這一幕，意識到這位公公的來頭不小，但回憶他身上穿的衣服，卻不過是個總管的款，並非是三大，一時倒也不清楚這裡的門道，而此時耳中卻傳來了大伯謝鯤同老侯爺的言語聲——

「爹，聖旨已下，魏公公也出來做勸，咱們是不是……」

老侯爺眨眨眼。「是什麼？從頭到尾這裡有哪一樁哪一件是咱們授意的？有人賣好，也有人添花，更有人把咱們當刀槍！還是好好的看戲吧！天要下雨，娘要嫁人，等著正主滿意了再說！」

老侯爺說完，轉身就走，大伯等人立刻相送，折騰了一會兒，家人道賀兩句後，林熙跟著謝慎嚴回了自己的院落。

六品安人，這不是個低等的封，在本階之類這也是頂級了，若是在林家，只怕林老太太都能激動得要大擺宴席，炮仗放起！可在謝家，也就得了兩句恭喜而已——不過，這不能怪大家的淡漠，畢竟謝家的這些太太們，誰身上沒掛著淑人、恭人的封，她一個安人不過是個尾巴而已，何況這封所得，完全就是借靠了十三姑娘而已，算搭的！

因著如此，林熙那股子興奮勁很快就被這種淡漠的氣氛給澆滅了，她跟在謝慎嚴之後想著先前所聽的，終究在回屋後，扯了謝慎嚴的衣袖，低聲詢問：「這是你給我的禮物嗎？」

「怎麼，不喜歡？」謝慎嚴身子都沒轉，自提壺倒茶。

「怎會不喜歡呢？只是，我有些糊塗，你說送我一份禮，莫非近日的這些，都是你做的？」

謝慎嚴捧茶喝下，而後依舊沒有回頭。「覺得不可能嗎？」

「也不是不可能，可是祖父才說的正主……」

謝慎嚴轉頭看她一眼。「妳是揣著明白裝糊塗？」

林熙抽了下嘴角。「我知你本事，也信你做得出許多來，是以這些日子的陣仗我都當是你弄出來的，可今兒個又冒個正主出來，莫非是宮裡的那位做的，壓根兒就沒你的事？」

謝慎嚴笑笑。「大樹底下好乘涼啊！」

林熙一頓，隨即眼珠子一轉，嘴角勾笑。「該不是，她是背……」

謝慎嚴點了頭。「妳明白就好，很多時候，做事不一定要自己動手的，有人急著想從你這裡得好處，自以為把你當了棋子，殊不知倒做了牽羊拔角的人，連黑鍋都一起背了！」

林熙聞言當即無語，皇后娘娘和莊貴妃面和內掐，誰人不懂呢？如今十三姑娘遭遇的一件事，就無端端成了雙方角力的場合，縱然眼下看著，皇后娘娘藉機和謝家賣好親近，又是賞賜又是請封的，把挑事的莊家抽打著，是占了上風，得了好處，但之後呢？老侯爺那番話說出來給那位公公，會是白說的不成？定有所謀的，想來若是莊貴妃之後受了罪，這記恨會落到誰的頭上？謝家嗎？謝家從頭到尾可都是「棋子」啊，最後還不是算帳到皇后那裡去？

「你膽子真大，連那位都敢算……」林熙想了半天，打了個寒顫輕語，畢竟當年她差點就被皇后算計，豈料這才一年不到，皇后已經被自家夫婿給算計了……

「妳可說錯了，我沒算，只是酒後與人抱怨時，唸了幾句十三妹的苦而已，這個年頭，多得是有心人為妳錦上添花的。」謝慎嚴說著兩手一張望著林熙。

林熙立時上前為他脫去正裝。「你說的我懂，只是萬萬沒想到，會弄得這般大勢。」

謝慎嚴昂起了下巴。「什麼叫世家？這就是世家，牽得動文人墨客的口與手，誅得起心，便才能世代相傳至今。」

林熙點點頭。「受教了！」她說著為謝慎嚴寬下了正裝，才收去了衣架上搭著，身後就傳來了謝慎嚴不大的聲音——

「等著瞧吧！」

謝慎嚴說等，林熙便真的等了，三天後京城裡有一樁大事。

貴妃娘娘入皇寺祈福，而所去途中經過那座貞節牌坊時，她以薄紗遮面下了車輦，在牌坊前許願求福，而後從皇寺回來時，將從大住持那裡求來的九丈佛緞懸掛在了牌坊之上，以表彰此等高德之行。

而後貴妃娘娘回宮了，京城裡大街小巷的都在議論著貴妃此舉，達官貴人們的圈子裡，卻都回味出了此舉背後的深意——莊貴妃和皇后這一番角力的勝負局面。

於是，孫二姑娘再次落下風了，作為反面事例的她，一時間被頻頻拿出來和林熙作比，和十三姑娘作比，自是在口水唾沫的洗禮下，變成了一個無禮的女人。此時林熙也徹底明白為什麼在這次的封號中自己能被搭上——皇后娘娘要的就是打莊家的臉！

試問，甥女如此的不知禮數，家教為何？這樣的家教下卻出了貴妃一位，那她撫育皇子的能力，會不會有些折扣呢？

想通了這些，林熙再次無力嘆息，她抬頭看著天空飛過的鴿子，忽然覺得這樣打臉的方式真是讓莊貴妃丟大了臉。

這件事之後，京城的議論熱鬧了幾天，很快就偃旗息鼓了，林熙自認此事真正的告一段落，誰知這節骨眼上，又爆出一件事來，鵬二奶奶回娘家了，而且是哭哭啼啼的在天色黃昏的時候，親自駕車衝回了孫家去，立時京城裡本安生下去的流言蜚語又熱鬧起來。

「如此的不能受著，這下貴妃娘娘真的是等於自己打了自己一耳光啊！」林熙聽聞這事時，無奈搖頭。

一旁的夏荷也是點頭應承。「是啊，忍過去，也就過去了，偏生再鬧，還回了娘家，這不是丟金家的臉嘛，我看日後，孫二姑娘的日子難過嘍！」

林熙笑笑。「難不難過的兩說，到底貴妃是得勢的，金家就算不滿也會包涵的。只是日後有個什麼，可就……」她搖搖頭不再說。「還是說莊子上的事吧，怎樣，有些眉目嗎？」

「這個……」夏荷欲要言語，而此時門簾子一挑，花嬤嬤卻一臉青色，氣呼呼地衝了進來。

花嬤嬤如此狀態，把林熙和夏荷都是一驚，林熙還沒問話，夏荷就湊了過去。「花嬤嬤妳這是怎麼了？什麼事，把妳氣成這樣？」

花嬤嬤捏了捏拳頭，眼望著林熙，咬著牙說道：「姑娘，凝珠那死丫頭起了賊心了！」

第五十九章　郎心似鐵

林熙聞言挑了眉，卻沒急著問話，而是衝著夏荷說道：「去，把外面盯死了！」

夏荷如何不懂林熙所指？立時應聲出去，瞧看著把謝家的僕人都打發了下去，只留著自家帶來的丫頭在外看著，而後才折回來，進屋就看見林熙坐在榻上慢條斯理的吃茶，她同林熙點點頭。

林熙這才同花嬤嬤輕聲言語。「花嬤嬤有什麼，妳慢慢說，說清楚，到底……是怎麼回事？」

花嬤嬤一臉青色的抿著唇，拳頭憑空的捏了捏，人湊到了林熙的跟前。「通房們的事，我攔著不叫姑娘費心，平日裡由我瞧看著。這些日子我瞧著她們也算安生沒起什麼么蛾子，還道這樣不錯，誰知竟走了眼，那凝珠竟然……竟然……」

「妳說就是。」林熙望著她，倒是一臉不急不躁。

花嬤嬤捶了自己的大腿一下忿忿言語。「那凝珠有了身子了！」

夏荷立時變了臉。「什麼？」她當下看向林熙，卻發現林熙的臉上沒什麼驚色，還以為姑娘沒反應過來，忙是言語：「這可怎生好，一個小小通房竟有了身孕，這不是叫咱們姑娘難堪嗎？」

花嬤嬤聞言抬手往自己臉上招呼了一巴掌。「我真是沒用啊，這點事都辦不好……」

「妳們別吵嚷！」林熙此時抬了手，臉上倒不是驚色與怒色，而是……疑惑。「妳是怎麼發現的？」

花嬤嬤當下羞愧萬分。「今兒個白日裡，我差她做活兒時，她暈了過去，這天也不熱，輪不上中暑，便打算尋了郎中來瞧，怕她是害了什麼病，結果雲露攔了我，說這郎中請不得。我不解便問她，她說這兩個月上，沒見凝珠歇過月假，我一聽心裡慌了，又怕是雲露混說，還是請了郎中給號脈，結果真是、真是有了……都一個月了！」

林熙聞言眨巴眨巴眼睛，看向花嬤嬤。「避子湯有送嗎？」

「有，爺去前都叫先送過，走後我圖放心還會叫人再送去一趟。」

「那藥是妳看著煎熬的？看著她用下的？」

花嬤嬤搖頭。「這沒輪上我，藥是謝府上的周管事操心的，送藥也只是我去招呼一下，而後由她叫了人去的。」

林熙沈吟了一下，開了口。「她有身孕的事，幾個人知道？」

「我和雲露，那郎中我招呼了的，給了幾個銀子打發了的。」花嬤嬤老實作答。

「妳即刻去和雲露招呼，把嘴巴閉緊，另外，跟凝珠只說她暈了當她累了送了回房，接著問凝珠要不要請郎中，她若說要，那就請，該怎麼就怎麼；若說不要，妳們也就不要，就當這事，都不知！」

林熙這般言語，花嬤嬤聽了個懵。「姑娘，您這是……」

「我得先弄清楚，這是誰起了賊心！」林熙說著瞇縫了眼。

花嬤嬤看向了夏荷，夏荷也看向了她，隨即兩人一起望著林熙，夏荷開了口。「姑娘的意思，莫非那凝珠還沒起賊心嗎？」

林熙微微昂起了下巴。「凝珠可是老侯爺跟前出來的人，她不會不知道規矩兩個字怎麼寫，她可以驕傲，可以恃才，但不應該會有膽子衝撞規矩賭前程，畢竟她一個罪臣之女，有如此的出路已不差，這一步她衝起來實在沒那個必要。而且我相信，她不會那麼傻，所以我覺得，這裡面一定有什麼的。」

她說著看向花嬤嬤。「妳別愣著了，快按我說的去做！」

花嬤嬤聞言也不多話了，答應著立刻就奔了出去，她一出去，夏荷就湊到跟前。「這個節骨眼上，姑娘竟然還能想這些？不管是誰的賊心，那凝珠已經有了，姑娘也得做個打算啊！」

林熙轉頭望著她。「打算？」

「對呀！」夏荷點頭急語：「您不會是要留著吧？生個女的倒罷了，生個兒子豈不是壞了姑娘您的嫡根？」

「誰說我要留著了？」林熙掃了一眼夏荷，撥了撥手裡的茶杯蓋子，喝了一口茶。

夏荷瞧著林熙那慢條斯理一點都不上火的樣子，完全不能理解。「姑娘，您就不急不擔憂的嗎？」

林熙將茶放下，衝她一笑。「我急和擔憂都沒有用，這件事我若出頭，好了，壞我的嫡根；惡了，傷了我的名聲，碰不得。」

「那您難道還不管了？就由著她？」

林熙起了身，去了窗前看了眼外面，而後轉身同夏荷言語。「這件事有人會管的，妳我只消看著就是。」說著她衝夏荷指派。「去把我的繡綳子端出來吧，十四姑娘的日子可近了，我得趕緊把手裡的活兒趕出來。」

花嬤嬤得了林熙的指示，立時找了雲露言語。

雲露雖然不解奶奶為何隱忍不發，卻也知道什麼叫遵命少事，當下立刻應承不說，更是同花嬤嬤一道守在了凝珠的房前。

臨近黃昏的時候，凝珠醒了，她扶著額頭搖了搖起身，就看到了坐在跟前的花嬤嬤同雲露，此刻兩人對坐在一旁的小几上正嗑著一盤瓜子，那桌角和地上散落的瓜子殼可不少，足可見兩人一直守在跟前。

「妳們……」

「喲，醒了？」花嬤嬤忍著火氣，面上堆了個假笑。「瞧著妳暈倒了，生怕妳出事，我扯著雲露在這裡陪著瞧，正說妳要再不醒，就去尋個郎中的，妳倒醒了！妳怎樣？好好的怎麼暈倒了？不知道的還當我虐待了妳，我也不過是叫妳幫著晾曬了一些庫裡收下的被褥而已。」

凝珠聞言嘴角一撇。「花嬤嬤說得真客氣，我當初在老侯爺跟前伺候時，搬曬的是書冊，如今搬曬的是庫料，都一個樣兒的，誰敢說您虐待我了。我不過是昨夜沒睡好，夜裡招了風，今兒個有些犯暈罷了。」

花嬤嬤不理會她話中的埋怨，直接問了過去。「既是招了風，受了涼，那不如給妳請個郎中來吧，瞧看一下看看要緊不，免得嚴重了。」

凝珠聞言詫異的掃了花嬤嬤一眼，又看了一眼旁邊一言不發的雲露，哼了一聲。「郎中是要看的，可不敢麻煩妳們二位，我這就去找管事告個假，出去瞧瞧。」

雲露此時起了身。「凝珠姊姊不必說話沖犯，妳不待見我，我也不待見妳，花嬤嬤卻沒惹到妳，人家的好意妳愛領不領。」說完頭也不回的起身走了出去，屋內登時就留下花嬤嬤和凝珠兩個。

花嬤嬤自是清楚她們兩個的不和，自林熙突發奇想，把大家住的房間調了個後，緊跟著，常常會給雲露伺候的機會，卻把凝珠晾著。而她花嬤嬤更是遵循了林熙的意思，處處壓著凝珠，寬著雲露，果不其然這兩人就開始針鋒相對起來，幾乎彼此間沒有好臉。這會兒雲露拿話兒她便走，倒也是緩和了花嬤嬤同凝珠之間的氣氛。

「花嬤嬤，您別生氣，我只是瞧著她不痛快而已，真沒和您不對付的意思。」凝珠說著急忙起身要同花嬤嬤言語，許是起得猛了些，身子一晃，人便扶了床跌坐了回去。

花嬤嬤見狀挑了眉。「妳這樣看著似乎有點嚴重啊！」

凝珠扶著額頭。「也不知怎麼了，這幾日上老是一副睡不醒的樣子，手腳也乏力，怕是涼著了……」

花嬤嬤心裡哼了一聲，嘴上卻言：「那妳這樣，我還是給妳叫個郎中來瞧瞧吧！」

凝珠倒也沒拒絕，當下點了頭。「那麻煩花嬤嬤您了！」

花嬤嬤笑了一下，立刻出去招呼著叫郎中，凝珠自己就扶著床躺了下去，一副慵慵的樣子。

花嬤嬤在門口指派了人去請郎中，自己想了想，又去了對過雲露的房前，衝著坐在屋裡分線的雲露一招手，低聲說道：「去奶奶那裡知會一聲吧！」

雲露點了頭，當下立時就往前院裡去，花嬤嬤則回到了凝珠的房裡陪著她了。

雲露匆匆來報說凝珠允著叫了郎中不說，連打醒來都說了哪些話，一字不落的學了一遍。

林熙說了聲知道了，就擺了手，雲露倒也聰慧，立時悄無聲息的退了出去，回附院的屋裡等著去了。

這邊夏荷則望著林熙，眉頭微蹙。「姑娘倒是算得準，這凝珠真敢見郎中，怕是她自己都不知道有孕的事。」

林熙望著手裡的繡繃子，看著那纏枝葡萄只剩下銀絲綴光，便把繡繃子放在了桌几上。

「這個時候了，老爺也該回來了吧？今兒個怎比往日回來得晚呢！」

夏荷見林熙忽然問起了姑爺，當下應聲。「我去門房上問問去！」說著就出了屋。

林熙一人坐在房裡，眉頭緊蹙——凝珠若是有意下賭，怎麼也會努力的多瞞著一些日子，孩子越大，保的機會越大，而她現在敢於見郎中，應該只是愛惜自己，卻不知道自己已在虎口旁……會是誰促成此事？是管藥的周嬤嬤，還是爭風吃醋的雲露？又或者……采薇？

她猜想著會是誰，卻並不能清楚地理出頭緒來，只是把采薇的嫌疑給抹去了，雖然就對謝慎嚴的情感來說，采薇的可能性最大，但是恰恰她又是最不會壞謝慎嚴生活的人，而且采薇現在只是每日裡在書房伺候，於凝珠的湯藥來說，根本碰不上。

會是誰呢？若有庶長子出來，最大得利者的確是凝珠，所以凝珠的嫌疑最大，但是第二受益的會是誰？庶長子出現，縱然不能奪了嫡子繼爵的權利，卻也是壞了家門血統的，按照道理沒人會和家門為敵啊？誰這麼……不對，不一定是要和家門為敵啊，凝珠有了孩子，生不生得下來於理來說，卻是要看她的，這是有人想叫她兩難裡外不是人嗎？還是說……考驗？

一時間林熙的腦袋裡充斥著各種猜想，卻根本摸不出頭緒來，而此時夏荷回來了，更在她奔進屋時，謝慎嚴也入了院。

「我將去了門房上打聽，就看見姑爺下了轎，急急地奔來了。」夏荷堆著笑。「姑娘，姑爺回來了，是不是叫著擺飯了？」

林熙被夏荷的聲音招回了魂，當下點頭應允，夏荷才出去叫著擺飯，謝慎嚴就走了進來，進屋便伸長了雙臂等著林熙為他寬衣，口中輕唸：「對不住，今兒個看吏表，看得入了迷，肚子餓了才知都黃昏了，累夫人等了。」

林熙為他取了腰帶，寬了罩衣，遞上了他在家穿慣的綢料衣裳，一邊伺候他穿套一邊言語。「我聽過看詩詞話本入迷的，也知道善本孤本的珍貴，頭一遭聽說有看吏表入迷的，不過是人事的調動而已，這有什麼可看的？」

謝慎嚴聞言嘴角浮著一絲神秘。「妳不懂，有道是外行看熱鬧，內行看門道，這吏表裡的故事比之話本有趣得多。」

「你就矇我吧，反正我不懂。」林熙說著為他紮上了汗巾。

謝慎嚴卻似乎很有興趣為她解釋，衝著她言語。「吏表上記載著一個人在官場裡的升遷跌黜，這就如同看著一個人的腳印，看著那些年曆，看著那些紀錄，浮浮沈沈便如戲在你眼前，豈不是比話本有趣精彩？」

「這也能看出來？」林熙當即挑眉。「那是你矇猜的而想當然吧？」

「推而順，順而出果，自有幾個答案，去偽存真，並非難事，何況，我所求又不是百分百的正確，只求知個大概就好。」

「你倒會自樂，知了又能如何？打發日子嗎？」林熙順口問著話，其實心思已不在這裡。

「當妳知道一個人他所經歷的，就會很容易弄清楚他的弱點與強項，他的在乎與秘密！」謝慎嚴說著衝林熙眨眨眼。「秘密可是個好東西，夫人，妳可有秘密？」

林熙聞言一愣，斜眼瞧他，幾息後笑了。「當然有。」

「不與為夫分享嗎？」

林熙搖頭。「分享了還算秘密嗎？何況，你也有你的秘密。」

她話音才落，夏荷在外招呼，隨即僕從們送了飯菜進來，當下兩人也沒再言語下去，便在一起用餐。

大約謝慎嚴是餓得凶了些，他今日用餐的速度比往日快了一些，早早吃完後，放了碗，卻沒擱筷，而是看著林熙用餐，時不時的挾上一筷子菜放進林熙的碗碟裡，既不說妳多吃點，也不說著嚐嚐的話，就這樣一言不發的隔三差五的挾菜，倒把林熙弄得眉頭漸漸蹙了起來——這碗碟裡的菜就沒下去過多少，可她的肚子卻已經飽了。

「真不成了，我吃不下了。」林熙見謝慎嚴沒停下的意思，終於忍不住言語。就在這個時候，花嬤嬤急急地跑了進來，一看到這兩口子用餐的樣子，忙又想退，但林熙怎會讓她退，立時出言。「花嬤嬤這麼衝進來，莫非是有事？」

花嬤嬤聞言掃了一眼謝慎嚴，一副欲言又止的苦瓜樣兒。

林熙見狀忙是言語。「妳這是避諱什麼呢？有事直說。」

花嬤嬤見狀自是捏了捏拳頭要言語，豈料此時謝慎嚴卻衝著林熙開口。「看來妳還是願意和我分享秘密嘛！」

林熙白他一眼，這哪裡是什麼秘密？這明明就是糟糕的算計！

當下她不搭茬謝慎嚴的話，直望著花嬤嬤。「說吧，什麼事啊？」

花嬤嬤深吸一口氣說道：「姑娘，凝珠姑娘有孕了！」

林熙立時做出一個驚訝的表情，縱然她深知葉嬤嬤強調過，真正的驚訝不會超過一秒，但此刻她不想蹚進這摸不清黑手的渾水裡，所以她果斷的讓自己保持了一種呆滯，像是被驚到一時不能回神那樣。

「妳說什麼？」謝慎嚴掃了一眼林熙立時開了口，臉上先前同林熙言語的笑容已經消失。

花嬤嬤立時把凝珠昏倒，自己守著她醒來，又請了郎中來瞧的事說了一遍，而後一副忿忿的模樣立在那裡，顯然是為自己姑娘面對的委屈在那裡不平。

謝慎嚴聽完後，再次看向林熙，見她依舊一副呆滯的模樣，當下嘆了一口氣說道：「不必如此，我應承過的就一定做到。」說完立時起身向外走去，花嬤嬤見狀也果斷的跟了出去。

他一走，林熙的肩頭立時鬆垮了下來，她伸手捂著心口，發現自己的心跳得很快，就好像劫後餘生那般。

她坐在桌前好半天才轉頭看到那些飯菜，想了想，她伸手舉起筷子，扒拉著碗裡的飯菜，慢慢地往嘴裡送。

當她把最後一口菜送進嘴裡時，謝慎嚴似風一樣的衝了進來，一眼瞧見她把碗裡的飯菜扒拉了個精光，眉眼裡的怒色忽而就充滿了笑意，隨即他打量著林熙，立時抬手指了她。「妳啊妳！行，我就讓妳躲個清閒！」說著他把手往身後一背。「用好了嗎？用好了，就走吧！」

林熙瞧著謝慎嚴眉眼中的神色變幻，非常明白自己這點小算盤某人已經清楚非常，無奈的心中嘆了一口氣，乖乖的放下碗筷，淨口淨手，而後潤了一口茶，這邊捏著帕子到了謝慎嚴身邊，乖順地低著腦袋。

謝慎嚴的嘴角抽了一下，轉身向外邁步，林熙便跟著，轉頭來到了附院裡，就看到了院落裡，丫頭們不分等級身分都齊齊的立在那裡。院落當中，八個管事除了古嬤嬤，全部立在這裡，那凝珠和雲露也立在那裡，而後在院子口上，兩把大椅、一張桌几已經擺好，院角和跟前都支著八、九盞燈架，倒把這還未暗透的天照得明亮亮的。

這樣的架勢與陣仗，林熙還是第一次見，她不自覺的看了一眼謝慎嚴，就發現他那張好看的面容上掛著的是慣常的溫和之容，一貫的親和溫柔。

他這是……

「坐吧，夫人。」謝慎嚴說著抬手扶拽了林熙一把，林熙低著頭應聲坐去了他身邊的椅子上，屁股才觸碰到椅座，謝慎嚴便是擊掌，當下古嬤嬤捧著一個托盤走了出來，上面放著不少東西，待走到燈火之下，便清晰可見是湯碗一個、剪子一把，還有……一張紙。

古嬤嬤把托盤直接放在了桌几上，人便默默的站去了那幾位管事的一邊。

林熙轉頭掃了一眼托盤，清楚的看到了那張紙是賤契中的罪身契，當下她瞧向謝慎嚴。

謝慎嚴掃了她一眼，轉頭看向面前的那些人，慢悠悠、聲音非常溫柔地說道：「妳們在我謝家府門中，都不是一日、兩日的了，老者不必說，就是年歲小的，也至少是伺候過兩、三年的。我自認妳們都是聰慧的、明白的，知道我謝家最看重的是什麼，所以我也沒多花心思在妳們身上，因為我把妳們都看作是我最放心、最不用去顧慮與顧忌的人。但是，今天看來，我錯了。」他說到這裡停歇了一下，眼慢慢地掃著院中人。

林熙偷眼瞧看謝慎嚴，發現他沒有怒目，更沒有暴戾，有的是不變的和暖，只是眉眼間竟浮著痛心之色。

當下她詫異了——他，是真的在，痛心嗎？

此刻的林熙已經分辨不出他的痛心是真是假，而此時謝慎嚴已經言語起來——

「在我最糟糕的時候，我迎娶了林氏，與她結為夫妻，我託她的福，熬過了最難的日子，雖然她還年小，不曾與我共枕，可是在我心中，卻是尊她、敬她的。雲露和凝珠，妳們是誰給開的臉，做了通房？」

雲露當即言語。「是奶奶。」

凝珠不言，只人是一副落魄的模樣。

「妳們與我同房時，我交代過什麼？」

雲露紅了臉，人還是老實言語。「不可癡心妄想，要尊著謝家的規矩，尊著奶奶。」

謝慎嚴看向了凝珠，凝珠嘴唇哆嗦了起來。「不可癡心……妄想，要、要……」忽而她雙膝向下一跪，腦袋就往地上磕了起來。「老爺，這不干我的事，我沒有癡心妄想，我也不知道怎麼會這樣，那避子湯我喝了的，我都不知道怎麼會這樣！」

「不要吵。」謝慎嚴聲音不大，語速不快地丟了這麼一句話出來。

凝珠的聲音戛然而止，她的淚在流淌，身子趴在地上，只剩下顫抖。

「有些事，也許不是妳的錯，但是結果卻擺在那裡，所以即便妳無辜，妳也得承擔。」謝慎嚴說著起了身。「謝家的血脈不容輕怠，謝家的規矩不容挑戰，我同妳們說過，不要癡心妄想的，妳們最好都警醒些！」說著他伸手敲了下桌几。「謝家歷代沒有一個庶長子出現，我這裡更不會開先河的。凝珠，妳是在我祖父跟前伺候過的人，應該明白接下來會怎樣，這裡有一碗墮胎藥，妳喝了吧！至於後路嘛，謝府已經不能容妳，要不妳自剪髮入了庵堂，要不，我就只有將妳發賣了！」

「老爺，凝珠真的沒有起過此心，我真是不知為何會這樣，求老爺您……」

「妳伺候過我祖父的，最是清楚家裡規矩的，妳覺得我會因為妳的求情就寬恕妳嗎？」謝慎嚴依舊是溫柔言語，但這字字溫柔之下，卻是一點溫情也無。

凝珠聞言頓了頓，隨即竟跪得筆直，而後她衝著謝慎嚴認真的磕頭後，言語道：「我到底福薄，還以為能服侍在您身旁，卻不想……我若剪髮，雖可歸於庵堂，卻難免叫那些貪心之人以為日後還有僥倖。我願意自求發賣，只是老爺也不必為我認真尋那去處，我離了謝府，自會尋一無人地，了了這賤命的！」

凝珠說完又轉頭看向林熙，衝著她一個磕頭。「奶奶是有福之人，日後若有同我這般敢癡心妄想的，奶奶只管叫她們照著我今日之路走，我在黃泉路上，會替您好好招待不軌之人！」

凝珠說完，立時撐身而起，朝著桌几奔來，便喝下了那碗湯藥，而後她轉身就奔去了自己的屋裡，掩上了房門。

院落裡靜悄悄的，謝慎嚴一言不發的坐回了椅子上，根本沒叫著散，於是大家都這麼候在這裡。

林熙此刻心裡有些微微的不適，因為她很清楚凝珠並非是真正起賊心的人，逼死一個無辜的人，這很不應該，她覺得自己應該阻止，但是她不會那麼做，因為一旦阻止了謝慎嚴，那她打的不僅是謝慎嚴的臉，更會讓自己無處可立。

有些事，明知無辜也會做，因為人總是自私的，她不是菩薩，她是一個要為自己而活的人。

所以這一刻她一言不發，她在內心輕嘆著對不起的同時更道一聲謝謝，因為凝珠最後的言語已經清楚的表示，她懂了謝慎嚴的意思——謝慎嚴的處置態度很直接，不管是不是妳，結果如此，妳便只能負責，沒有絲毫的溫情，沒有絲毫的手軟，他用他的無情和冷血看似一刀斷的處理這件事，卻無疑是在宣告他的絕不姑息，他更是在警告生事的人，妳別讓我抓著妳，抓著了就沒有姑息的可能。

這一刻林熙覺得謝慎嚴一點也不溫柔，她甚至覺得他有一種可怕的東西藏在身體裡，但莫名的她卻覺得這種可怕並非叫人敬而遠之，相反有一種難以描繪的感覺拉巴著她……

這就是強者的無情？王者的心嗎？

她問著自己，卻不知答案是不是肯定。

很快，痛苦的聲音從那房門裡竄出來，那聲音漸漸拔高加劇，聽得林熙扯著帕子，抬眼掃著眼前每一人的表情來降低自己對於這聲音的負罪感。

但很快，她被大家的表情給震撼了，因為在這些人的表情裡，她只看到了八成的人是憐憫與難受，還有足足兩成的人藏在畏縮表情中的是——震驚、疑惑、忿忿、以及放鬆……

放鬆？

林熙詫異不已，她望著出現放鬆表情的三人，內心心跳似擊鼓。

葉嬤嬤曾教過她，當一些人的判斷錯誤緩解了當事者的危機後，當事者會因為脫身而出現放鬆的神情，而現在這三個人都出現了放鬆神情，莫非三者都有干係？

林熙眼掃著雲露，覺得她的可能性不大，畢竟她的放鬆更大程度上應該是對手的消失。

林熙看向古嬤嬤，這個一臉黑氣不會笑一般的老婆子，竟然眉眼裡滿是放鬆，可是古嬤嬤是深得謝慎嚴信賴的人，否則當初就不會管著他的庫房了，這樣的人，會弄出這種事來嗎？若從謝慎嚴這裡說起，可能性也不大，但是……古嬤嬤現在沒管庫房了，而一切都被她接手管捏著，古嬤嬤會不會因為這個要弄出點什麼來，下了她的面子，或是壞了她的口碑好再拿回去？

林熙斷不清楚，把目光又轉向了何田氏。

管事們的頭兒，有必要弄出這種事來嗎？壞了她的路，何田氏能得到什麼好？何田氏又是為著什麼要這麼做？

林熙腦中胡思亂想的做著分析，而此刻整個院落裡都充斥著凝珠痛苦的叫嚷。

忽而丫頭裡面的采薇動了，她上前一步衝著謝慎嚴相求。「老爺，凝珠姊姊她……我、我想去幫幫她！求老爺准許！」

謝慎嚴沒有作答，而是看了一眼林熙，一直在分析情況的林熙這才意識到自己的置身事外，不過眼見如此，她倒更不願意蹚進這渾水裡，她看向了謝慎嚴，一副他作主的樣子，謝慎嚴這才衝采薇點了頭。

於是采薇折進去幫忙，謝慎嚴又同古嬤嬤開了口。「您也去瞧瞧吧！」

古嬤嬤應聲進去後，周嬤嬤也不僵著了，當下就衝身邊的兩個丫頭指揮起來。「快去燒水，再去弄些茄葉來！」

這些人忙活起來，其他人便湊著看。

立在林熙身邊的夏荷看著大家都忙活起來，姑娘卻不叫自己人上去幫忙，有些不解，她輕輕的碰了下林熙的肩頭，提醒自己這邊是不是也得忙活起來，可林熙卻不言語，當下她也不再動作，同花嬤嬤一道老老實實的站在那裡。

就在這個當口，院落外一聲招呼傳了來，竟是太太身邊的方姨娘過來了。

「姨娘怎麼來了？」謝慎嚴瞧著她來，臉上浮著淡笑而問，那方姨娘略欠了身子這才言語。「太太聽著您把人都攏了來，又遲遲不見散的，便叫我來瞧看，怎麼這邊有人在用刑嗎？」

她問得雖有疑惑，眼神卻已經轉向了凝珠所在的房間，畢竟那聲聲痛苦的音律全然無遮掩的向外竄著。

「有人狂妄，輕了禮儀規矩，我正協林氏循例處置呢！姨娘請回我母親，不必她操心的。」謝慎嚴說著，當下便轉身一臉正色的望著凝珠的房間。

方姨娘當下也就不再多言，應了聲後，便是退走了。

大約一刻鐘後，凝珠的聲嘶力竭立時小了許多，再後面連呻吟聲也無，隨即古嬤嬤走了出來，身後跟著的丫頭倒出一盆子血水來，一切似乎都過去了。

「事已了了，請老爺放心！」古嬤嬤說著揚了手，手中一個不大的布包，雖是攥團，卻也不及包子大。「這個，怎麼處置？」

「依照規矩來吧！」謝慎嚴說完這話，眼神便落去了何田氏那裡。「妳是管事的頭兒，今兒個弄出這種事來，誰有責，妳自己看著處置吧！」說著，他起身看了林熙一眼，林熙便起了身，隨即跟著謝慎嚴離開了附院，而這過程中，也沒見徐氏又再遣人來問過。

回到了屋中，林熙以為謝慎嚴會同自己說什麼，誰料一回來，他卻叫著人備水沐浴，林熙立時擺手，夏荷同花嬤嬤便退下張羅，自覺的留給兩人言語的空間。

林熙搓了搓手，思量著如何開口，畢竟凝珠墮胎墮下的可是謝慎嚴的孩子。

謝慎嚴卻見她搓手的樣子，直接抬手抓握了她的手，而後將她一把拉過，摟在了懷裡。「明明就不慌不忙的等著我收拾攤子，這會兒卻又躊躇什麼？別說妳是後怕與不安。」

林熙聞言嘆了一口氣。「我不是後怕，也不是不安，你許我的，我信，自然要留給你完成你的承諾，我如今躊躇也不過是思量那畢竟是你腹中骨肉，你竟沒一絲猶豫，別是面上痛快了，心裡還惱著我，當我逼你……嘶……」手腕子上的痛讓林熙的話戛然而止，她望著謝慎嚴，不明白好端端的他為何捏痛自己。

謝慎嚴盯著她，話語很慢。「有心算計還是算計外人的好，與我，妳犯不著浪費，痛快直說就好！我與外算計已累，與妳不想多費勁兒！」

林熙抽了下嘴角，低了頭。

好吧，她只是很想讓自己待在一個安全的地兒上，將來這事若煽起風浪來，自己能置身事外而已，可是這傢伙看穿了還不配合著來，竟然一點都沒客氣的拆了她的臺。

「我謝家不是不明事理的人，我爹看著閒散，但也算是當世大儒，我母親更是名門閨秀，深知禮儀規矩之重，如今我十三妹大義風光，我謝家豈能出些骯髒？別說這個當口，就是沒這前因，堂堂千百年傳承的世家，怎敢有庶長子來擾秩序？若沒這點心硬，世家血統早毀，家業早亂，何來今日的磐石之態？」謝慎嚴說著手勁徹底地緩和了下來，他揉了揉林熙的手腕子。「妳耍滑頭想什麼都躲了，我能理解，畢竟妳現在空有名，自己心裡也沒底子，可是遲早妳是一樁樁一件件都跑不掉的！這次我因著諾，全都收拾了，也由著妳的意思，不讓妳摻和。可是這件事並不是如此就能完的，後續，妳得擔，因為妳是我的夫人，是我謝慎嚴的嫡妻，懂嗎？」

林熙聞言點了頭。「我懂，可是你一刀斷下，不就是想要阻了查下去的念想嘛，怎麼又……」

謝慎嚴的眉眼裡閃過一抹光澤。「妳倒清楚我的盤算，知道我這是阻，不過，兵家有云，兵者，詭道也，實則虛之，虛則實之，夫人就不能體會這其中深意嗎？」

林熙眨眨眼。「要我查，卻還要讓對方以為不查而免得警惕防備，是這個意思嗎？」

「嗯，應對時，妳真假難辨，最好的就是無防無對，何況……以妳現在的狀態，未必能大張旗鼓的去查，有些事，水深得超過妳的想像，所以這一刀斷，與其說是我阻了念頭，還不如說，我希望妳在安全的情況下，摸清楚這事。」

「安全……」

「對，安全。大張旗鼓不見得就是好事！我問妳，適才我處置這樁事時，妳可瞧出點什麼眉目沒？」

林熙瞧出了眉目，可她沒法說，她沒辦法和謝慎嚴說那微表情的事，所以她想了想搖了頭。

謝慎嚴的眼裡閃過一抹失望，隨即抱了一下她說道：「是我要求得多了，妳慢慢來吧！」

林熙看著謝慎嚴眼中的失望，立時覺得自己的情緒都低落起來，不過她覺得這樣也好，她需要更多的時間來讓自己明白肩頭責任的分量，以及觀察摸索和學習出最好的處世之道。

「既然妳沒看出什麼來，那就以後多花點時間跟在我娘跟前吧，相信假以時日妳也會看懂這裡面的門道，也會明白進退之間的微妙。」他說著鬆開了林熙。「去取我換的衣裳吧！」

林熙應聲，親自動手給取了衣裳，隨後謝慎嚴便去了浴房洗澡。

他離開後，夏荷進了屋，湊在林熙耳邊，臉有憂色的悄聲言語：「姑娘也不叫著我們進去瞧看，這孩子到底打下沒誰知道，再說了，您就不怕日後別人嚼舌根說您心冷？」

林熙聞言卻是淡笑了一下。「我若叫妳去了，一來不信夫君與謝家府中人，二來，一樣少不了流言蜚語，怕是說我得好賣乖或是假惺惺呢！我倒不如撇個乾淨的好！」這是她真心的打算，只有把自己撇乾淨了，別人才不會盯著她，那她也就真能抽時間出來摸清楚這背後的事。

夏荷見林熙如此言語，眨巴眨巴眼睛後，臉上的擔憂就下了一半，兀自嘟囔著。「真沒想到姑爺倒利索，處置時半點猶豫都沒，真跟外人似的。」

林熙聞言眉眼一挑，心中道——外人？對啊，我身在其中顧慮太多，反倒看不清楚這裡面的門道，若我是外人關注此事，到底這是誰的盤算，怕也好瞧出端倪來。

「對了，姑娘，您說要撇乾淨，那凝珠出去的時候，您也不搭理了嗎？」

林熙當下指尖敲了敲桌子。「依著規矩見一面也是應該的，不過既然我要撇乾淨，那就乾脆做到底，不見！」

凝珠的房間裡，血氣殘留，采薇和古嬤嬤兩人在她跟前，一個動手擦抹收拾著床榻上的狼藉，一個則端著碗湯藥扶著她慢慢飲下。

「好苦的藥……」凝珠喝了兩口堅持不下去，推了開來。

古嬤嬤瞪她一眼。「誰家的藥是蜜一樣甜的？喝！」

凝珠望她一眼，蹙著眉。「喝了又怎樣，反正都已是死路一條，我索性省了這罪吧！」

古嬤嬤聞言把藥碗放在了床頭的小几上，抬眼瞧望著凝珠。「妳別怨爺，妳是個什麼出身，妳自己清楚，原本安安生生的等著四奶奶生了嫡子，再慢慢地伺候些年頭，最終也能錦衣玉食的過完此生，只可惜，天不遂人願，偏生妳有了，哎……」

凝珠一把抓了古嬤嬤的手。「什麼天不遂人願？那藥我次次都喝的，從沒敢壞規矩的落下一碗！我如今有了身孕，那是有人拿我做刀！」

古嬤嬤當即抬手捂住了她的嘴。「還叨叨？妳在院子裡苦求的時候，爺是怎麼說的？妳是跟在老侯爺跟前的，知道什麼叫取捨，我看妳先頭已知收斂，還道妳聰慧，這會兒妳又張揚什麼？」

「我、我冤！」凝珠拉下了古嬤嬤的手，抬手抹淚。「我更委屈，這般嚥下了，就沒機會知道是誰害我……」

古嬤嬤嘆了一口氣。「知道了又怎樣？就憑妳這麼一個破落的，還能爭出個子丑寅卯來？老爺給了妳選擇的機會，妳也聰明知道怎麼選，妳這般痛快地認了栽，免了夫人的麻煩、老爺的難堪，更免了一場風波，妳也算禍福相依，熬出頭了。」

「什麼？熬出頭？」凝珠詫異的望著古嬤嬤。「嬤嬤妳說的什麼話，我不懂……」

「妳不懂？」古嬤嬤挑眉。「那妳倒大義了？」

「是不是大義，我不敢說，我會選擇這條路，認下這苦，是因為我最遭罪的時候，進了謝家，老侯爺待我雖不是女兒，卻也沒當下賤的僕人用過，我的日子比一般人家的小姐還過得舒坦，雖然奶奶進門，我成了通房後，有些不愉快，但當權者要的平衡不就是兩廂為鬥嘛，我在老侯爺身邊伺候，早就耳濡目染豈會不明白？我也樂意和那雲露不待見，換個天長地久求個安穩，等著有朝一日奶奶能明白我沒那爭鬥的心，豈料……豈料我反倒被人做了棋子，弄出這事來！若不是為了那份尊我的恩德，我勢必今日就是撞死在院子裡，也要弄清楚是誰害我，證實我無妄想之心。但，我季紅就算是罪民，流於賤籍，卻也是有學之士家的女兒，怎能不報恩？」

古嬤嬤打量著凝珠。「這麼說，妳倒真是高義了。」

凝珠轉了頭。「嬤嬤不必這麼言語，如今我已是笑話了，不過，您那句熬出頭是什麼意思？」

古嬤嬤眨眨眼。「老爺叫我進來伺候，妳不懂嗎？」

凝珠搖頭。

「孩子已經拿下，妳若留著，少不得事情還能再起風雲，妳死了，便是都安生了，只是這件事上如妳所言，還有隱情在。所以……在先前老爺問過妳懷孕屬實妳承認後，他便到了我這裡，一面叫我去把管事們尋來，一面囑咐了我，若妳識大體知道進退，拿下孩子後，送妳湯藥，保住妳這身子和命，若妳不知好歹，趁著拿孩子時，便拿去妳的命！妳是個聰慧的，不管因為什麼，總之選對了路，現在妳就好好喝著這養身的湯藥，靜候明日的安排，而後等出去了，妳隨著妳的話真真假假的『死』上一回，日後這世上便沒妳這個人，妳也能脫了賤籍去，還做妳的季紅或是季什麼去，再不是凝珠了。」

古嬤嬤的話讓凝珠當即頓住，許久後，她使勁的掐了自己一把，然後便激動地抓著古嬤嬤言語。「我要謝謝老爺，我得謝謝老爺大恩！」

古嬤嬤的眉一蹙。「才說妳聰明，這就糊塗了？」

凝珠一愣，隨即笑了。「我喝藥，喝藥！」說著自己端了湯藥碗開始喝藥。

一旁的采薇一臉笑容地言語。「我就知道四少爺的心地是最好的。」

古嬤嬤當即轉頭瞪她一眼。「再好，也沒妳的事！」

采薇一頓，隨即低頭。「我知道，我也不會癡心妄想的，他的眼裡沒有太多的兒女情長，唯一有，那也是給奶奶的。」

古嬤嬤點點頭。「妳清楚就好！」

采薇嘆了口氣，捉著帕子在水盆裡滌擺。

凝珠放下了藥碗，滿臉興趣的衝著采薇言語。「采薇，妳能明白就是最好了，咱們這種身分，知足才能長久，不該自己的千萬別去想，想了就會失去得更多，連僅有的也保不住！妳是跟著爺最久的，爺的性子妳也清楚，如果有朝一日妳能做了通房被老爺收了，可千萬別去一根筋的和奶奶較勁兒，她是嫡妻，是不能傷的本！」

采薇當即苦笑。「沒這天的，要不了多久，我就要出去了。」

凝珠驚訝，古嬤嬤則挑了眉。「誰告訴妳的？」

「奶奶和我說的。」采薇說著擰了帕子，嘆了一口氣。「哎，這是我的命！我原本以為爺會給我一個容身地，我不求名分，也不求關照，只求在他身邊就好，可是，容不下，便只能離，我苦著沒關係，只要爺開心就好。」

「爺的意思呢？妳沒問？」古嬤嬤眨著眼睛。

「這就是爺的意思，他半個月前還問過我，是想嫁到農戶裡做個正經妻子，還是去那富貴家裡做個妾呢？」采薇一邊說著、一邊抓著帕子擦抹著手邊的家什。

「妳怎麼答的？」凝珠詢問。

「我說都成，隨爺的意思，怎樣順爺的安排，對爺來說好，就怎樣來。」采薇說著臉上浮現一抹淡笑。「能回報他一絲總也是好的。」

凝珠的眼裡立時盈了淚。「這謝府裡，我就妳這麼一個還算交心的，想不到一根筋到這個時候，若是奶奶知道妳這份癡，能容了妳就好。」

古嬤嬤立時瞪眼。「胡說！才教人家知足知本，怎麼亂言了？」

凝珠立時往自己臉上拍了一下。「我一時妄言了。」

古嬤嬤瞪著眼還要言語，采薇卻開了口。「嬤嬤，不必再來與我言語，其實對於入爺房中的事，我已經絕了心了！實不瞞妳們，若是以前，憑著豁出命去，我也想要賴在爺的腳邊的，可是，奶奶已經清楚的告訴我，不留我的是爺不是她！我本還抱有念想，可這些日子我伺候在爺的身邊，爺在書房裡，有時作畫是奶奶，有時看書也會笑，問起笑什麼，說的還是奶奶的事。最近他上心奶奶得緊，以至於午覺夢中，有時也會笑起來，自是又掛著奶奶了，他的心都只落在奶奶這裡，就如同我的心只落在爺那裡一般，我自然知道怎樣做才是最好。所以，嬤嬤省了那些話吧，為了他好，我寧可一輩子做個浮萍，由著他的安排，好也罷，壞也罷，都無所謂了。」

古嬤嬤聽到這裡，閉上了嘴巴沒說什麼。

凝珠倒是喟嘆起來。「我道爺無情，其實爺有情，只是，他的情早已落在一處，我們不知而已。郎心如鐵，無情於旁，癡心一瓢！」

第六十章　手段

翌日，謝慎嚴大早上同林熙一道去給父母請安，行禮之後，徐氏便慢條斯理地問了起來。「昨兒個晚上立規矩如何？」

謝慎嚴當即作答。「已經處置了。」

徐氏瞟了一眼一旁當擺設的林熙，衝著謝慎嚴言語。「你好歹是家中的爺們，這院房裡的事，大可由熙丫頭去處置嘛！」

謝慎嚴淡淡一笑。「她也算初來乍到，我擔心她不清楚咱們世家的規矩力度，故而出來處置，也是要她看一看，以後類比也好有個分寸。」

謝慎嚴這般言語，不但把林熙給拉巴了出去，順道連自己老娘的話也給堵上了。

徐氏的嘴角抽了一下，衝著謝慎嚴就嗔怪的剜了一眼，而後才看向林熙說道：「你能指點著固然好，但很多東西總得上手了，才知深淺！熙丫頭，妳嫁過來，也幾個月的光景了，這日子也得認認真真地過，是以該妳抓的得抓，該妳管的得管，就算什麼都不懂，也得站出來瞧著學著，這才能成，妳總不能把自家的爺們捆住手腳，讓他圍著妳轉不是？」

林熙立時上前欠身。「婆母教導得是，熙兒也深知將來還有諸多要學要看的，所以熙兒希望婆母能多帶帶熙兒，讓熙兒跟著您多學點才好！」

她這般言語，徐氏聽來舒坦，當下點了頭。「妳有這份心最是好的，我會帶著妳的！」說罷看了眼身邊的安三爺。

安三爺沈默中已作表態，只言語道：「沒什麼別的事了，你快回去用點吃的，去韓大人那裡吧。哦，對了，我那裡有幅字畫看著似莫真人的真跡，你幫我拿上去叫韓大人給品鑑品鑑吧！」

說著安三爺起了身，謝慎嚴自然允諾跟著去了，立時這廳房裡便是徐氏和林熙兩個人了。

廳房裡沒了外人，徐氏也自是拿足了婆婆架子的，身子略是鬆散了一點，便看著林熙問道：「昨晚到底是怎麼一回事，和我說個清楚吧！」

「小子，你倒有些擔當！」安三爺同謝慎嚴一到院落中，便衝著他言語。「不過，這是怎麼回事？怎麼弄出這紕漏來！」

謝慎嚴蹙了眉。「凝珠有用藥，古嬤嬤一直有盯著我院裡的人，她說凝珠沒起意。」

「那這……」謝安的眉眼裡閃過一抹犀利之色。「莫非是……」

謝慎嚴點點頭。「我處置凝珠時，有留意眾人神情，何田氏不急不躁實不應該，若論她的身分出了這事，她便該立時動手處置，可她卻一副受驚的樣子什麼都沒做，而後既不求也不站出來，完全想讓自己撇清，只可惜越是這樣，我越覺得不對，只怕是這幫老根子爛了根了……」

「所以你把這事就此斷了？」

「對，以退為進，畢竟還不到動的時候。」

謝安點了頭。「的確動不得，最近這個當口多一事不如少一事，這個凝珠也算倒楣，你祖父很是看重她的才華呢，這麼一來……」

「爹爹不用擔心，我該做的都做了，母親大人比孩兒更會處置，相信很快這件事就能揭過！」

「自然是揭過最好，我就怕你娘一心要培養你那媳婦兒，拿這事練手啊！」

謝慎嚴一愣，忙衝著父親欠身。「爹爹快去攔一攔吧，娘那性子向來急，萬一真……」

「行了，你去吧，我會攔著的，不過你那媳婦子，也的確得跟著你母親好生學一學了，畢竟今時不同往日，以後她可是要陪你一起的人啊！」

謝慎嚴點點頭。「我知道，她……可以的。」

「這麼說，她已經自求發賣出去後再了斷？」徐氏望著林熙詢問，人卻淡淡地，眼裡沒有什麼情緒可以給林熙捕捉。

「她是這麼說的，夫君也准了的。只是雖是出去後了斷的確乾淨得與府中無關了，但是，最後如何卻也難說。」既然要來學習，就得讓師傅覺得你是個好苗子，所以這會兒林熙還是把自己想到的說了出來，畢竟凝珠願意死，這在她看來是不合理的，誰不希望活著呢？若是她，真到了這個地步，就是做姑子也不想死啊！

徐氏掃望了林熙一眼。「妳能這麼想是好的，所以……」

「咳咳……」

安三爺從後堂傳來的咳嗽打斷了徐氏的言語，隨即林熙聽到了公爹的聲音——

「夫人啊，妳先來幫我一下，我上次交給妳的紫金印章，妳給我收去哪兒了？」

徐氏一愣，當下衝林熙指了下跟前椅子，自己就折身去了後堂。

林熙乖乖的坐在那裡等著，片刻徐氏回來，她立刻起身候著，徐氏衝她指點要她坐下，人便言語。「我剛才說到哪裡了？」

林熙垂著眼瞼。「說我能這麼想是好的……」

「對，妳能這麼想是好的。但是，有些事卻也得特看，那凝珠能願意出來死，其實是有原因的。」徐氏說著把凝珠是怎麼由千金小姐變成罪民賤民入府的事講了一遍，最後才說道：「論她的姿色和才學，若是落在別處，少不得最後在瘦馬與玩物中徘徊，論及哪一個不都是辱沒了門楣的？從我這裡出去，自己圖個乾淨抹脖子也好，上吊也好，在外道來，都與我謝家無尤，但這件事我們真就沒干係嗎？總要領她護著名聲的情誼，關照她家中還在別處的姊妹不是？」

徐氏這般一說，林熙便懂了凝珠的取捨，畢竟她自己遇上這種事已經逃不掉的話，自是索性拿自己換同根姊妹的另一出路了，於是對於凝珠所持的不解也自是消弭了。

「所以眼下這樁事，就這般處置了便是，至於為什麼懷上了，妳可以慢慢地查！熙丫頭，妳是謹哥兒的媳婦，當初也是我作主要妳給丫頭開的臉，也許這事上，我看著這門心思最重，但我今日把話也給妳丟個敞亮，這事上沒我的手腳，明白嗎？」

林熙望著徐氏那一本正經的臉急忙應聲。「婆母這話重了，打我知道這事起，就真沒想著是您的意思。」

「哦？」徐氏挑眉。「怎麼說？」

「我是沖喜進的門，彼時夫君身子孱弱，前途未卜，婆母張羅著開臉，也是怕萬一無後，多個念想，做兒媳的怎會不懂這香火所繼的大義？所幸家門壯碩高風，夫君得福熬過難關，兩個通房雖收在身邊，他卻也愛惜我照顧我，願用避子湯護著家門的血脈，許我無有庶長子的承諾，這是熙兒的福。這幾個月來，婆母身為長者，自是看在心裡，從不攔一把說一句，默許有之，做兒媳的又怎能不懂婆母的看護之意？我真真得了大福氣了，怎會不知好歹把這事算在您的頭上？」林熙說著不好意思般的抬了頭。「說句大不敬的話，就算婆母不待見我，想與我為難，也斷不會拿這種事來玩笑，畢竟家族血脈何其重要？尤其如此的厚重家世，更是要千載萬年的呵護才成啊！」

徐氏望著林熙，臉上滿是滿意的神色。「妳知道就好，所以這件事既然處置到現在這一步，就是時候，撒上塵埃，掩埋過去了，只等個一年半載的，都被拋卻腦後了，咱們才能來細細算計，看是誰在這後面搗鬼想要壞了我謝家家門的厚重，妳說對嗎？」

林熙點頭相應，畢竟謝慎嚴已經早先一步提點過了。

於是林熙就這樣在徐氏的身邊，聽著她開始細數當年她經歷過的種種，直到日頭高照，肚子咕嚕叫時，才在徐氏的笑容裡，一臉羞澀的告辭而去，而她走後，徐氏由內堂直奔了相連的書房到了安三爺的身邊。

「婆婆的癮可過足了？」安三爺執筆作畫，見她來便是笑著問話。

徐氏白他一眼，直接伸手抓了他的筆。「才沒工夫和你說這些，我只問一樁，一直得這麼由著她老人家折騰下去？」

「妳也說了她是老人家，忍忍吧！」

「忍？我不是不忍，你看我也好，嫂子也好，還是弟妹幾個，誰沒忍著？可她怎麼能睜眼看著這種事出來？這不是……」

「日子太平，她又拿不住妳們幾個，來個小的，起意也正常，就當給熙丫頭練手了吧！」

徐氏都做了掩埋此事的批示，凝珠當天就被一輛馬車拉了出去，東西也未收拾，只與院落中的個別幾人匆匆道別。

她走前也曾到林熙的院落前求別，只是夏荷按著林熙的意思說了不見，凝珠在外跪著磕頭一個後，便是離去。

當天晚上，古嬤嬤捏著那布團去了謝家後院的苗圃裡，尋了一處臨水近亭的一棵樹下，將其埋了。她埋好後去了書房見了謝慎嚴一道，大約一盞茶的工夫後，人便退走。

到了第二天上，何田氏開始動作了，作為八大管事的頭兒，面對這種紕漏，總得有個交代，於是院房內的整治開始了。林熙卻果斷把自己摘了出去，每每何田氏來請示應該怎麼整改、怎麼檢討時，林熙用不變的笑容和言語打發了回去。「妳可是謝家的老人，這些事妳比我清楚該怎麼應對，且按照規矩來吧，不必問我，一切妳看著辦吧！」

於是就這樣的，整改的事由著何田氏自己折騰，七、八天後，也就偃旗息鼓了。

林熙冷眼看著，默不作聲，成日裡除了去徐氏那裡聽她回憶當年或是分享貴婦的傳言消息外，便是在房裡繡著繡圖，眼瞅著十四姑娘的婚事就要近了，忽而林家差常嬤嬤送了消息來，竟是康正隆這位大姑爺因著吏部的傳喚上京，即日便會到京城了！

林熙聽到消息的時候尚在刺繡，當聽到康正隆親自來了，並且即日就到時，手便被針給扎到，刺出一片血紅來。

她蹙著眉吮了手指，便衝常嬤嬤道：「我是不是現在回林府一趟？」

常嬤嬤搖搖頭。「七姑娘現在就別回去了，橫豎是您大姊夫來而已，今日您不招呼也沒什麼，何況裡面的事，太太和您的祖母會處置。老太太叫我跑這一趟，只是要七姑娘您知道這回事，好給姑爺先打個招呼，畢竟康家是個遲早要面對的問題，明日裡擺下家宴時來坐坐，也是希冀著大家和氣而已。」

常嬤嬤的話中話，林熙自是明白的，畢竟當日就是她提議借靠謝家來震勢虎威的，只是沒料到康正隆竟然自己跑來了，那也少不得要走個過場，先把康家穩住，讓其安生些年歲。

「我懂的，嬤嬤這就回去照顧我祖母吧，至於明日的宴席，我會同夫君一道過去的。只是務必定在晚飯時候，白日裡，我那夫婿只怕當差走不開。」

常嬤嬤見林熙這般說了，當下便告辭了去，林熙差著夏荷相送，自己就這般窩在了桌邊。四喜提了茶壺進來準備倒茶，卻看見常嬤嬤已不在，便是驚訝。「常嬤嬤呢？」

「她回去了。」林熙說著把繡繃子放進了籃子裡。

「這麼快？」四喜詫異，林熙衝她一笑。「不過是打個招呼說大姊夫即日到京，叫著明日我同老爺過去，好一家人坐一起吃頓飯而已。」

四喜點點頭隨即臉上堆了笑。「大姑娘是不是一道回來啊？那您是不是得準備點什麼東西？」

她進林府時，大姑娘的事已經過去，何況當日只有內院伺候的才知道，外院壓根兒就沒聲張，所以她倒是個不知內情的。

林熙臉上的笑僵了一下，隨即搖頭。「大姊姊身子不好，大約不會跟著吧，行了，這裡沒妳的事，下去吧！」

四喜見林熙似乎不喜，以為是為大姑娘不能來而不高興，當下也不敢多話，提著水壺給壺裡添了些水，便退了出去。

屋裡沒了別人，林熙便自己坐去了床榻上，脫了鞋，抓了被褥捂著腿腳，人就斜靠在了床頭的雕花壁上。

他竟然這就跑來了，明日裡還要見著……不，我不能激動，婆母尚且都在教我審時度勢，我如今不過一個謝家的少奶奶，掛著一個六品的安人銜罷了，能奈他何？倘若此時就翻了臉，我尚未給謝家生有一男半女，只怕地位也會受損的，還是得先穩住他，讓他給我些時日，只要到了時候，我便要他把欠我的都還來！

她這般想著，心裡舒坦了一些，瞌睡卻因為這麼靠著湧了來，便索性連衣裳也沒細脫，只脫了外間的罩衣，便鑽進被窩裡迷瞪去了。

這一瞇就瞇到了酉時初刻，謝慎嚴打外面回來，瞧見屋裡沒人，便繞去了屏風後，但見林熙睡在床榻上，被褥半蓋在身上，露著大半個身子，便無奈的搖搖頭湊到了跟前，想要抬手去扯她的被褥給她蓋好，豈料此時卻聽到林熙的口中黏黏糊糊的冒出一個詞來——

「你等著！」

謝慎嚴挑了眉，不太確定自己聽對了沒，他打量林熙，卻看到她於睡夢裡雙眉緊蹙，雙手的指頭緊攥著被褥，似在角力著什麼一般，便疑心她是不是作了較真兒的夢。就在此時，林熙的眉頭一擠，人身子一顫，隨即竟睜開了眼，癡目呆呆的一頓中急促的呼吸，隨即她的眼神落在了謝慎嚴的臉上，立時跟小偷被抓住了一般的神情，充滿了心虛之感。

謝慎嚴見狀嘴角一撇。「夢到什麼了？」

林熙眨眨眼，乾巴巴的應對。「沒、沒什麼。」

「是嗎？」謝慎嚴說著把臉湊到林熙的臉蛋前。「可我聽著怎麼不是這回事？」

林熙抬眼。「你聽著？」

「對啊，妳一直在說夢話啊！」謝慎嚴說著手指勾起她的下巴，盯著她的眼。「妳夢到什麼了啊？」

林熙呼吸幾下後才做了回答。「夢見、夢見遇到一個惡人，他誣陷我作惡，我爭辯不過，最後只能，跳井。」她不知道自己到底說了什麼，而謝慎嚴這個傢伙又太聰明，倘若她要是強行扯謊，萬一與她的夢話不符，道出了什麼差來，豈不是反倒尋事了？所以她選擇了實話實說，剛才的夢的的確確是她重溫了當年投井的一幕。

「跳井？辯解不過便跳井？想不到看著挺聰慧的一個丫頭，在夢裡竟這麼笨。」謝慎嚴說著指尖在她的下巴上蹭了蹭。

「笨？」林熙一愣，當年她為了林家的名聲不被毀掉，不得不跳井，他竟說她笨！

「怎麼妳不覺得笨嗎？」謝慎嚴說著眼掃著她眉眼裡的不悅輕輕地說道：「惡人分幾種，良心未泯，一時衝動的；內心不堅，形勢所迫的；舉止與內心早已墮落不遮的；道貌岸然的……應對他們可不相同，不知妳遇上的是哪一種？」

林熙眨眨眼。「道貌岸然的。」

謝慎嚴呵呵一笑。「還說妳不笨？遇上這種人，妳就不該跳井成全了他，相反妳該抓住他，用更髒的污水潑上他……」

「我抓住了，我也說了，事實都是他做下的，可是沒人信啊！」林熙瞪著眼十分的認真。

謝慎嚴的眼裡閃過一絲微妙的詫異，人卻還是言語。「那就更不能放棄，道貌岸然的人愛惜他的名聲，若爭辯不過已不能讓自己回復清白，那就索性承認這罪名然後拉他一起下水，說著所有的壞事都是兩人一起，橫豎把他扯進來，甚至讓他比自己更過分。只要妳壞了他的名聲，他為求清白，最後也只能證明妳的無辜。道貌岸然的偽君子，可比那實心實意的真小人與一時形勢所迫者好處理許多。」

林熙聽著謝慎嚴的言語一時呆滯住了。

這些年重生於妹妹的身體，她活的每一刻都在努力的修正上輩子的錯誤，但是她的內心卻總認為自己當年的死是為大義，是為了林家和自己最後的堅持，卻不想這在謝慎嚴的面前，換來的只是一個笨字！堂堂世家子弟，世家未來的繼承者，一個把規矩和禮節都掛在嘴邊的男人，竟然告訴她對付這種人，就要拉上對方一起下水，這實在叫她難以想像。

「幹麼一副吃驚的模樣？」

「你真這樣想嗎？名節二字難道你不……」

「別亂說，我從來就很在乎的，只是有的時候，妳得知道什麼叫不破不立，還得知道什麼叫以惡制惡！」謝慎嚴說著捏著她下巴的手掌向上一撫，摸上了她的臉頰。「妳這夢，夢得挺有意思，不妨和我細細說說，我好告訴妳怎樣應對啊！」

林熙眨眨眼，搖頭。「不必了，橫豎只是一個夢，何況這會兒具體怎麼回事，我根本不記得了。」她說著眼掃到外面的天色，伸手抓下了謝慎嚴的手。「我這小覺睡的，都這個時候了，還是趕緊起來一道用飯吧！」當下她掀開了被褥起身。

謝慎嚴順手抓了衣架上的罩衣給她，看著她將其套在身上。

林熙穿戴好後，本欲和謝慎嚴說明日的事，誰知這頭一抬起，就看到謝慎嚴直直的盯著自己，而順著他的眼光，她低頭便掃到自己的胸部，立時蹙眉羞澀的側身。「下流！」

謝慎嚴聞言一愣，隨即呵呵笑了起來。「我這又不是非禮勿視，怎算下流？不過是君子愛美，鑑賞一道罷了！」

「鑑賞？」林熙抬手護了胸部。「哪有鑑賞這裡的？還說不下流！」

謝慎嚴呵呵的笑著。「夫人錯了，我看夫人小荷開到幾時，這當算風流！」說著他伸手抓了林熙的肩，扳著她轉了過來，而後直接動手扯開了林熙的雙臂，大大方方的看了幾眼，而後對著林熙那脹紅的臉頰說道：「桃花可開了！」

林熙立時懵住，先前說著荷花所指她尚且明白，怎麼一開口又桃花了？桃花又指什麼？就在她懵住的時候，謝慎嚴的身子往下一俯，唇便落在了她的唇上，微微的一個吸吮之後，他衝她輕笑。「桃花還是粉色的好，鑑賞不亂心，這開成血色，倒是要亂心了！」

謝慎嚴說罷鬆了她，自己轉身脫了外面的正服，抓了一件常衣往身上套不說，更繞過屏風走了出去喊著擺飯。林熙的眼光落在了一旁的妝檯上，看清了自己那張紅霞似的臉，終於明白了謝慎嚴所言的桃花指的是什麼，再回想他那句亂心的話，更是臉頰發燙，羞得低頭了。

飯擺好後，燒著臉的林熙出去低著頭同謝慎嚴用了餐飯，飯食下肚，中間也不曾言語，她那燒勁才算慢慢淡了，只是臨到了放筷子的時候，謝慎嚴忽然衝她來了一句等一下，便朝外高聲問了句。「煨好了吧？」

立刻有人應話，不多時，一碗湯羹送到了林熙的跟前，林熙看了眼謝慎嚴，丫頭也把蓋子拿開，裡面湯水中躺著燉得爛爛的豬腳一枚以及些許芸豆。

「前些日子我在韓大人那裡時，聽到李兄說起他妹子這些日子的進補，便覺得這春末夏初的也給妳弄些吧，免得逢年過節的回去，若是看著沒長出些肉來，只怕要怨我虧欠著妳了。」謝慎嚴說著衝林熙一笑。「快吃吧！」

林熙這下去的燒勁立時如同迴光返照一般，就湊了上來，當下也說不出什麼話來，只是舉著調羹喝了幾口，便乖乖的享受了。

這湯大約燉煨了一天，濃香滿溢，肉皮子更是爛爛地入口即化，反倒吃起來味道甚好，林熙把這一湯盅解決乾淨，便覺得肚子已經圓滾滾，口中唸道：「要是知道有這個，那旁的我就不吃了。」

謝慎嚴銜她笑言：「以後日日都有的，旁的也得吃，只是不必吃得那麼多而已。」他說著放了碗筷，叫著收拾，兩人一道淨口淨手後，便坐在一旁吃茶。

林熙看著下人收拾，這才同謝慎嚴提起那樁事。「我大姊夫不知因著什麼事叫吏部傳喚，上京了，今日我娘家來人招呼了一聲，說著即日就到，明日應該晚上會設家宴，我們要過去坐坐才好，你，應該可以吧？」

「可以啊，反正晚上也沒什麼事！」謝慎嚴說著昂了頭一副思索的模樣。「妳大姊夫是姓康的吧？我想想，叫什麼來著？」

「康興、康正隆。」林熙脫口而出，說完才意識到自己嘴快了些，略是心虛的看了一眼謝慎嚴。

謝慎嚴卻沒轉頭看她，而是手指在太陽穴上輕點了兩下說道：「想起來了，好像是揚州那邊放了差的，吏部兩個月前因韓大人接手，對各地方官員都有個輪期上京述職的安排，以備年末的京查，明年好適當的做些調遷。」

林熙見謝慎嚴沒在意，心中緩了一口。「哦，原來是因著這個啊！」

謝慎嚴看著收拾的丫頭都出去後，卻突然回頭看向了她。「妳是個什麼打算？」

林熙一怔，不知該如何言語。

謝慎嚴見狀又問：「狐假虎威總有目的，只是收拾兩個侍妾的話，恐怕用不到我謝家的名號！」

林熙立時記起回門那日她同長桓的言語，他在月亮門外聽了個清楚，當下捏了捏拳頭。

「此時不到發力的時候，還得忍，可是，就這麼忍著我卻又心裡不舒服……」

謝慎嚴眨眨眼，把腦袋湊到了林熙的跟前。「妳大姊到底是在還是不在了？」

林熙聞言心裡一驚，心中徹底清楚，當日的話謝慎嚴真是聽全了的，便咬了下唇低頭小聲言語。「已、已不在了。」

謝慎嚴的手指在桌上畫了畫。「怎麼不在的？」

林熙沒法言語，若是沒先前的夢，或許她還敢說什麼投井的話，可是先前才夢了，她如何敢提？何況，這到底也是可大可小的事，雖然謝慎嚴口口聲聲的言語裡，似乎對名節不那麼計較到無垢，但這也只是她的猜想，她如何敢賭？

是以她糾結了一下後搖頭。「不清楚，大姊不在時，我還小。」

謝慎嚴看著林熙那樣子，嘆了口氣。「妳問著兄長可信妳大姊的清白，足可見妳心裡是清楚的，但妳今日既然不願意提，我也不逼問妳。只是夫人，每個人有自己的秘密我理解，但是如果妳希冀著別人幫妳度過關卡，就最好不要用苦衷來遮掩秘密。若是不能知根知底的，這幫助總有限，甚至也可能最後的結果不是自己想要的。」

林熙的嘴角抽了一下，這叫做不逼嗎？

「若真要想保住秘密，就最好不要假手他人！」謝慎嚴說著手指在桌上又敲了幾下。

「說吧，希冀如何？是卡著難做，還是哄著穩住，又或者……」

「他是地方官，已做了兩任，若是能再許他一任又或者別的什麼好處，想來總能商量的。」

謝慎嚴眨眨眼睛。「不要想著第三任，要知道，外放官若能做上三任，那便不是一般的人，妳若想日後與他為敵，何必把他羽翼送上？還是回頭我與他說道招呼，看能在京城裡給他謀個差事不。」

「京官？」林熙蹙眉。

謝慎嚴見狀立時笑了。「怎麼？」

「地方官在外手中捏權，便不容小覷，可到了京城就只能低頭做小，這京官他會樂意嗎？」林熙有所擔憂，這些年，她父親努力向上衝，也才堪堪追上了大伯而已，足可見這外放官實得是大於京官的。若是在京為官，不能有希望衝上高處，自是在外做官才是好，那康正隆做了兩任揚州的地方官，豈會不知好處？

謝慎嚴伸手捋了下自己下巴上的那點鬍鬚。「憑他的家世、學識，以及業績，如今所處便是他仕途的終點，一輩子再跳幾個坑，都是如此，他若是個四、五十歲的老者，自然京官是絕不稀罕的。可是他也才二十多，未及三十，若我讓他有所希冀問鼎更高，妳說他會不會稀罕？」

「你？你只是在韓大人身後而已，難不成你說什麼官銜就能什麼官銜了？」

「只要不是大到需皇上親自點頭的職位，其他的嘛……呵呵，我可真行的！」謝慎嚴說罷衝林熙昂了下巴。「要知道，國之重未必在官，而是在國之肱骨！我謝某不才，沒什麼實權，但是我偏偏姓謝！」

翌日中午，謝慎嚴便早早折回，林熙見他早回還有些詫異，謝慎嚴回了一句「反正今日無事」，她便也不多言，待到未時初刻，兩人整了衣冠這便出府往林家去了。

因著先頭林熙的意思，林家一早同康正隆知會的是晚上設宴，以至於林熙他們到時，康正隆並不在林府上。

若按照姻親道理，其實康正隆來，便可歇在林家的，這也算走親戚，外人瞧著這一家人也是熱絡的。只是不知他怎生想的，昨日到後，人都沒到府上來，只差人報了信來，說自己在驛站歇息，待這兩日把事辦完了，再過來拜見。

林賈氏當即心中悶得慌，只當這康正隆為著當年的事，還臊著林家的臉，便叫人去說了第二日設宴的話，還特特交代了幾個女婿女兒的能來都來，於是下人回來時，便道大姑爺說了，明日一準到。

是以林熙同謝慎嚴回府時，便瞧見了家中人那不安的臉色，顯然康正隆的前來是因著什麼一點都沒遮攔——想以林可不軌之事要脅要官。

「四姑娘這會兒還坐著月子，出不來的，那四姑爺不知會不會來。」禮數一罷，林賈氏就靠著軟靠嘟囔起來，那意思生怕是謝慎嚴一個還鎮不住。

林熙看了一眼謝慎嚴，謝慎嚴當即言語：「明達那暴脾氣也就祖母您這好性子受得住，我倒覺得他不來才好，要不然沒四姨子給拉扯著，還不知要把那位大姊夫怎生驚住。」

老太太一聽這話中捧，立時面上就笑了。「他那性子也真是直生生的不拐彎，文人墨客哪個受得住？罷了，不來就不來吧！」

當下林賈氏便衝著謝慎嚴問起最近的情況來，待話語說著說著便順到了林熙那六品安人的封上來，立時人就亢奮不已。

一家人湊在一起說了一陣子話，三姑爺同林馨便到了，依舊是看起來的和美，卻架不住兩人眉眼下的冷漠，在林熙眼中看得十分清晰，而臨近申正末刻時，六姑爺同林嵐也到了，兩人進來時，卻有些奇怪。

六姑爺堆著笑容滿面，一個人衝在前面，林嵐掛著笑追著步子跟在後面，就是行禮，也是曾榮先招呼著衝廳中家長言語，林嵐跟在後面晚一拍的福身行禮，沒了頭回來時兩人的共同進退，委實叫林熙多看了林嵐兩眼。

不知這幾個月裡林嵐怎生應付那位婆婆的，總之她的眼下浮著青色，顯然是操心不少，有些憔悴。她塗抹的厚實粉層不但沒把那點浮青遮住，還讓她臉色白慘慘的，再加上她脖頸處因為消瘦而明顯的青筋，以至於讓林熙好奇，到底這些時日她受了什麼罪，怎麼成了這個模樣？

「嵐兒，妳怎麼……清減了？」到底是自己的閨女，林昌就算是對她恨鐵不成鋼，瞧著她這般也還是忍不住開了口，只是他這話問得不是時候，六姑爺就在跟前立著，這般問，豈不是有打臉的嫌疑？

林賈氏當即剜了林昌一眼，這個兒子就是這點不好，橫豎是個沒眼色的，若是大兒子在，焉能問出這話來！就是心裡再不滿意，也得憋在肚子裡，揀姑爺不在時才能問啊！

林嵐伸手扯了扯身上略有些寬鬆的衣裳。「沒什麼，前些日子受了風，病了一場，因而如此。」

林昌聞言這般，自是點點頭。

此時陳氏急忙衝著六姑爺言語。「嵐兒自小身體就弱些，做姑娘時，也涼到過，她這一不好的，倒也累得你掛心了！」

陳氏這般客氣，只為不讓六姑爺難堪，只是萬沒想到，曾榮臉上的笑容淡了一分，衝著陳氏言語極為客氣地說道：「岳母這話倒重了，若是她真有什麼不好，夫妻一心的照顧也是應該，只是……」話音這麼一轉，他掃了一眼林嵐。

屋內的人卻已經感覺出明顯的不對來，陳氏正欲接話問，林嵐卻開了口。「只是我總這般粗心大意受了涼，害得夫君分心照顧不能用心讀書上進，實在不好。今日夫君出門時都說我這般消瘦下來，少不得要被娘家心疼，結果……」她說著似是歉疚的看向曾榮，隨即手便搭在他的肩頭輕搖了一下。「是我不好，害夫君擔心了！」

曾榮掃了林嵐一眼，終究沒再言語，但是那眼角出現的紋路清楚地告訴林熙——他對林嵐這搭在他肩頭的舉止有多厭惡。

「妳知道自己老病著不好，那日後就多多注意身子，六姑爺是個實誠人，妳就少叫他擔心吧！」林賈氏此時說了一句後，便衝林昌言道：「這都酉時了，時候上也差不多了，你快去安排人到驛站知會一聲，把人接來吧！」

按說這種時候，該是康正隆自己求上門拜會的，可是康家現在占著理，林家輸著氣，只能做小，自是硬不起來的。

林昌應了一聲，當即起身去外安排，林賈氏便衝三姑爺言語道：「你們大姊夫過來少不得費些時候，也不必都在我跟前受著的，你們去下棋也好，遊園也好，自去樂呵，把這幾個孫女先還我片刻吧！」

立時三個姑爺笑著行禮應聲出去，廳內便剩下了林家人兀自寒暄。

三個姑爺在林府的園子裡小轉了片刻，就在一處涼亭裡寒暄，說了沒幾句後，杜秋碩忽然尿急，匆匆去方便，謝慎嚴見狀便看向了曾榮。「我看你適才在廳裡欲言又止的，莫不是心裡不痛快？」

曾榮抽了下嘴角嘆了一口氣。「這一個多月我憋悶至極！」

「發生什麼事了？」謝慎嚴眼露關心。

曾榮看他一眼後，捏了拳頭。「你說對了，她不一樣，這心裡彎彎多了去了，我娘那麼不容她，才一個多月的工夫，她就哄順了。我原本以為能好生過日子，豈料，我母親瞧她孱弱想說調些藥給她吃，結果發現她、她宮寒！」

「不會姨媽就不容了吧？」

「我娘還是心疼她的，想著調，可惜就是請來御醫也說寒重難調希望渺茫，我娘只好尋思著弄兩個通房，免得誤了香火，可才一個月的工夫，她就同那兩丫頭一起莫名其妙的害病，而後她是憔悴了，可那兩個丫頭卻死了！」

第六十一章　康正隆的討價

大廳裡沒了幾位姑爺，林賈氏當頭就衝林嵐招呼了過去。「六丫頭，現在沒了外人，妳說實話，不會是曾家太太還為難著妳吧？」

林嵐一副不願多說的樣子，淡淡地回應。「祖母不必多操心，不過是老樣子而已，沒什麼，我受得住。」

她這說話的清冷口氣立時激了林賈氏，她不悅地瞪了林嵐一眼。「不識好歹，就妳這樣回話，別說半年，就是一年怕妳婆婆都消不了氣！」

林嵐冷哼了一聲轉了頭，完全不打岔了。

林賈氏見狀也沒心情與她多說，轉頭看到了一旁坐著的林馨，便出言詢問。「妳呢，同妳夫婿可還好？」

林馨苦笑了一下。「老樣子吧。」

林賈氏嘆了口氣。「那藥可吃著？」

林馨微微怔了一下，而後盯著鞋面子言語。「吃著呢，只是，吃了也白吃，遲遲不見有動靜。」她說著驀地眼圈就紅了。「我沒四妹妹的福氣！」

陳氏聞言立刻言語。「胡說，妳會有福氣的，妳聽我一句勸，心裡別老惦念這事，這老天爺最喜歡逗人，妳越是想，祂就越不給。妳那四妹妹是個屬猴子的，渾透了的沒心沒肺，老天爺才逗她給了個來拖著她，叫她收斂、叫她長心眼呢！妳好生吃著藥調著補著，心裡卻得放開，不去想著，到時候老天爺瞧著妳不那麼念想了，定會給的！」

林馨聞言看著陳氏。「真的嗎？」

陳氏點點頭。「當然是真的，我可問了王御醫的，這是他和我說的，而且仔細想想我懷他們幾個時，正是忙上忙下的時候，真沒一個是我日日求的。」

林馨當下似被指點了迷津一般，點點頭，臉上的苦色也去了一半。

眼見這兩個好著，林賈氏便把眼神落在了林熙處，張口卻發現沒什麼可問的，畢竟她好不好的，誰看不見呢？吃穿用度不用問，夫妻感情，連圓房都還早呢，問什麼感情？而這人的福氣也擺在那裡的，都六品的安人了，還想怎樣？倘若這會兒得的是個四品的恭人，那連老太太自己都不大坐得住了，畢竟她當年也是因著林家老爺子的光耀得了一個五品的宜人，那二品的夫人封則是歸屬了她的婆婆，林老爺子的娘親！

「關於康家的事，妳同妳夫婿言語了嗎？」沒什麼可問的，那就自入正題，林賈氏一臉的期盼。「他可答應幫著言語？」

林熙點了頭。「提了提，他說留任地方官還是別去念想，以大姊夫的家世，還是太難，反倒是京城裡謀個差方便適合。」

「京官焉能留得住？」陳氏和林熙的想法一樣，當即懷疑。

林熙忙把謝慎嚴那話的意思轉達了，陳氏這才不作聲。

林賈氏則是點了頭。「這七姑爺不愧是世家子，想得還挺深遠，熙兒啊，妳以後在謝家，做事多動動腦筋，學著點，可也得盡可能的周全，別莽著！」

「是。」林熙將才應了聲，外面便有了管家同林昌的言語聲，雖是不清不楚的，卻能聽出林昌的不快。

隨即門簾子一挑，林昌皺著眉頭進來。「這小子譜可擺得夠大，當真在揚州發跡起來，竟目無尊長了！」

「怎麼？莫非他不來了？」陳氏起身相問。

「人家倒不是不來，而是我差了人去知會，結果人家說和考功司吏長正相談甚歡，要晚點到！妳說說這不是擺譜是什麼？」

吏部尚書之下，司職的便是侍郎為副手，還有幾個類似秘書的郎中，其下因著職能分工設有四司，分別是——掌考文職之品級及開列、考授、揀選、升調、辦理月選的文選清吏司；掌封爵、世襲、恩蔭、難蔭、請封、捐封等事務的驗封司；掌文職官員守制、終養，辦理官員之出繼、入籍、復名復姓的稽勳司；掌文職官員處分及議敘、辦理京察、大計等事務的考功司，那康正隆來，見的自是這考功司的人。

林昌此時說得是一臉鬱色，林賈氏卻眨巴了下眼睛說道：「你惱什麼？誰讓咱們是欠著的？何況人家見的是考功司吏，這會子上來不就是吏部傳喚的嗎？人家也算見得正經，就算是有心敗咱們臉色，那也是『名正言順』！昌兒，你今天最好忍著些，為著你兒子能討個好人家的千金做媳婦，為著你的幾個女兒能在夫家站住腳，也不能叫可兒的事，這會兒爆出來！」

林昌聞言嘆了口氣，悻悻地坐了下去，林熙卻依然是滿心的怨與抱歉了。

半個時辰後，康正隆終於來了。

當他穿著一身常服被引到廳內見林家家長時，她們這幾個姑娘都先避諱的去了後堂，就著屏風偷眼瞧看。

林熙輕撥了遮屏的綢簾，從屏風上的鏤空花紋裡向他望去。

六年的光陰，她已不是林可，從一個六歲女童長到了十二歲；而他，此時已是二十六的年華，正是意氣風發之時，加之他那副好皮囊，看上去依舊是一副風度翩翩的模樣，只是這些年也許是因為外放的緣故，歷練了吧，總之眉眼舉止看上去都少了那時的輕浮，多少看著有些成熟之氣了。

「一別數年，大姑爺還是那般的風流倜儻啊！」康正隆行禮問了好之後，林賈氏便堆著笑的言語，那口氣自然親切，宛如沒發生過什麼一樣。

康正隆淡笑了一下。「老太太就別說笑了，我躲那『風流』兩字都尚且來不及呢！」他話中的暗語，立時就像針一樣刺了這廳裡的人。

林昌同陳氏對望一眼，一個忿忿扭頭，一個羞愧低頭。

林賈氏到底是經過世面和風浪的，對這句話，完全當沒聽出味道來，笑著繼續言語。「這些年沒見，兩家因著距離，也的確有些生分了，年初的時候我便念叨著，除去兩家的姻親關係，當年也是很近的門戶來著，是以叫長桓寫了封信問問，思量著就算有些事阻斷了兩家的一些關係，卻也未必就阻了兩家的情誼，你說是不是啊？」

康正隆點點頭。「老太太這話在理，只是到底我們現在在揚州，遠了些，累您掛念了！我這趟上京，乃吏部傳喚，也算巧了，順路來坐坐。自然的有些事也就順帶著，想討個日子。」

林賈氏笑著點頭。「是該討個日子，原本我去信的意思也是叫著問的，不知你們是個什麼意思？」

康正隆眼掃了下林昌同陳氏，開了口。「我娶林氏過門的時候，才將將雙十，未承想出了那檔子事，這些年為著兩家的臉面和情誼，我也與人道林氏身子不好，休養靜養。可是如今我也雙十過六了，再有幾年光陰，可就而立了，膝下卻還無嫡子，是以……」

「懂了，打算近日就宣告出來，好早點傳宗接代開枝散葉對嗎？」林賈氏忍著心裡的擔憂，保持笑容的言語。

「是有這個想法，只不過，我這人是個重情義的，先下聽聞大舅子準備說親事，幾個小姨子又都相繼出嫁，似乎這事若這時宣告，怕會誤了大舅子的婚事，因此嘛，我正為難著呢！」康正隆說著臉上掛了一抹犯愁的苦色，眉眼卻在幾位家長的臉上掃來掃去，那意思真真是再明顯不過了——坐地起價，等著你來討還！

林賈氏見康正隆話已亮出，立時掃了一眼林昌，林昌便只得堆著笑言語。「多謝你為林家計，你這份情我們也會領的。欸，你這趟來京城，先前又見的是考功司吏長，怎樣，京察已是無憂了吧？」

康正隆搖搖腦袋。「我在揚州已做第二任，以我的年歲，做那第三任的是從未有過，是以我不敢想。可是家父家母自入揚州後，頗喜那地氣候，更與左右鄰朋十分投緣，最近這些日子，一想到兩年後便得隨我離開，就每每嘆息，我是真想盡一份孝心，讓他們能安樂自在！」

林家人早清楚康正隆這話後面的意思，可若真論起話事的能力，他林昌尚無這個本事，但好在有兩個半的權勢之家的女婿，真要插手，也不是沒有一點商討的餘地，於是當下他捋了把鬍子問道：「考功司的吏長是何打算？」

康正隆攤手。「不知，我早上與吏部走了一趟後，下午便在驛站候著，後得了傳見了吏長，可說了半天也沒見有所動的意向，只怕是難啊！欸，聽聞我那幾個小姨子所嫁都是侯府之級，不知岳父大人可好幫著言語，給想想法子？」

這一聲岳父大人，康正隆叫來好生自然，可聽在林昌耳朵裡，卻叫他五味雜陳，他強忍了內心一時的酸楚，順著話招呼道：「自是一家人何必兩家話，能盡心相幫的，怎能不幫？這不因著知道你來，你那幾個小姨子都已偕夫而來，只是除了四姑娘，她這會兒正坐著月子呢，出來不得，是以缺了她罷了！」當下林昌出言叫了幾個姑娘的排行，這三位後堂聽聲的便一道應著出去了。

當年林可出嫁時，幾個姑娘裡也就林馨知事一些，自然還能眉眼相識的應對兩句，至於林嵐，她早對林家從內心就厭惡，更自知自己夫君的家門能耐這裡是湊不上半點的，是以只是點了個頭，就在一邊處著，既不為娘家考慮的招呼，也不管自身與他是否再有親戚關係。反倒是林熙，原本這個應該最模糊的人，應該最好奇的人，對康正隆倒是正經的見禮一拜，喚了聲大姊夫後，隨即立去了陳氏的身後，根本沒過多打量，卻也沒輕著亂著禮數半分。

林家的姑娘，相貌不差，康正隆早也知道，只是林熙這個年歲，正是抽條發育的當口，又被謝慎嚴用心的餵養，不但身材看著略有些圓潤，臉蛋更是看著跟熟殼雞子（注一）一般，白滑彈軟。今日裡她雖沒刻意打扮，卻也見著貴氣，小小年紀這麼裹在貴氣裡很是惹眼，那康正隆本又是個好色的，自是多看了她兩眼，直到林昌不滿的咳嗽之後，才收斂了眼神，還口中為自己鋪著臺階——

「我這幾位姨子裡，當數這個小姨子最是無有印象，想不到這才幾年光景，人不但都這般大了，竟還先時（注二）為了人婦。」

林熙沒有打岔，林昌更是掛著笑，略略說了當時的情形所迫，而後林賈氏道了一聲還是

注一：熟殼雞子，意指剝了殼的熟雞蛋。
注二：先時，意指早於十四歲出嫁的。

宴席上言語吧，這才一行人挪去了花廳的飯桌前。

此時林昌叫人去把幾位姑爺請來，林家的幾個兒子也都到了，長桓因著還是散館，不好覓得時假，是以這會兒才從翰林趕回來，當下也非常識大體地忍著同康正隆寒暄，說著等下得多喝幾杯的話。

長桓正拉著康正隆言語間，三位姑爺到，那康正隆聞聲，便轉頭瞧看，待看到進來的三人都是華服加身、相貌堂堂時，便立時直身，而待目光落在最是英俊華麗的謝慎嚴跟前後，人卻肩膀向上一抬，自己先欠了身。

「你們來了。來，我給你們介紹一下，這是三姑爺，乃是杜閣老的……」林昌坐著介紹，康正隆同人行禮，口中客氣言辭不斷，偏到了林昌一指謝慎嚴要介紹時，他卻搶了話的上前兩步。「這位應是七姑爺，謝家的世子爺吧？」

謝慎嚴笑了一下，身子驀然向後退了一步，欠身言語。「大姊夫說笑了，我乃謝家三房的長子，於家門中排行四，哪裡是什麼世子爺？」

康正隆一副說漏的表情，同謝慎嚴飛著眉眼。「瞧我這嘴兒，雖說是遲早的事，卻也不該這麼說的，等下我自罰三杯！」

謝慎嚴眨巴了一下眼睛，衝著他十分直接的言語道：「大姊夫倒是個妙人！就您這玲瓏心黃鱔舌留在那一地為官委實可惜了，倘若是在京中為官，興許三年五載的便能大富貴啊，哈哈！」他說完一轉身衝著林昌笑言：「您說是吧，岳父大人？」

林昌立時笑著點頭。「你說是自然是了。來來，大家既然到了，就坐下一同吃酒吧，有些什麼也等先喝高興了再說！」

林昌立時推搡著康正隆讓他坐在偏上首的位置，這樣大家才好依序而作，豈料康正隆卻忽然一臉歉色。「有道是遠親近鄰，這些年在外為官，可比不上常在身邊的列位，於這位置，我實在羞赧，坐不得，我還是揀個下首吧！」他說著自己就邁步往下首走不說，還口中念叨：「你們在岳父岳母身邊的挑擔可得替我多多照顧他們二老，哦，還得伺候好咱們這位老太太呢！」

說話間，人磨蹭到了下首，抬手一拉椅子坐下了，立時除了謝慎嚴，其他兩位姑爺便是嘴角帶著嘲意的掃了謝慎嚴一眼——這位大姊夫選的位置，大家只要按著順序坐過去，自是謝慎嚴就坐於他身邊的，這頓飯打的什麼主意，談的什麼買賣，那兩位姑爺又不是傻子，焉能不懂？

林熙看著康正隆如此急不可耐，心知這貨的成熟也不過是僅限於外表而已，當下心中忽而冒出個想法來，今兒個若是四姊夫也到了，這康正隆會扒拉著哪個呢？莊明達那火爆性子，看著康正隆敢這麼挑揀，只怕是會扯著嗓門質問過去——「你什麼意思，是看不起我嗎？」

康正隆可以這般露骨，但不代表林家人會隨著他漠視了規矩，當下不等謝慎嚴開口，林賈氏便衝著康正隆言語。「行了吧，你若坐去那裡，是要我這幾個姑爺到院外吃飯不成？快些坐過來吧，莫為難了人家！」

康正隆立時客氣。「老太太，我這是……」

「大姊夫還是過去坐吧，都是一個席面上，酒一樣喝得到，倘若大姊夫是怕喝不高興，大不了，席後我們再乾一罈就是了！」謝慎嚴這般說了，康正隆自是順勢應聲去了自己該去的位置上，於是眾人按身分落了坐。

丫鬟們上來伺候淨手、淨口，而後用餐。第一杯酒下去後，康正隆就過分熱情的開始和眾人親近，半點沒有先前連門都不登的冷色，而看著他的舉動，謝慎嚴自始至終都保持著溫文爾雅的樣子。直到酒過三巡後，林昌同康正隆一道去方便時，謝慎嚴才轉頭衝林熙一笑，一邊舉箸為她挾菜，一邊十分輕的小聲言語。「知道他為何今晚這般熱情嗎？」

林熙掃了一下大家，見沒人留意自己，忙是小聲作答。「還不是見到了你唄！」

「自大的人是看不到自己所失的，只有讓他知道什麼叫沒有希望，甚至絕望，才會知道得先抓住能抓住的，哪怕是稻草也不放過！」謝慎嚴說著，又去挾菜。

林熙則覺出點味道來，最後掃了眼大家後衝謝慎嚴輕道：「該不會下午那個吏長的見面……」

謝慎嚴眉眼裡滿是笑色，衝著她眨眨眼睛。「不笨。」說完轉頭就同身邊的曾榮招呼著碰了一杯酒，不和林熙再言。此時林昌同康正隆兩個搖晃著身子回來了。

林熙當下偷眼瞧看康正隆，無端端的內心有種舒爽的感覺。「怪不得自己那般主動的就談到條件上來，原來是這樣。」隨即她又看了眼謝慎嚴，內心的舒爽變成了喟嘆——這就是世家、權貴，當真一句話能叫別人跑斷腿啊！

這一頓飯吃至酉正末刻，林賈氏是時候的唸著喝高了，便由陳氏起身相送，幾個姑娘也就一道自覺地退了出來，留下那些男人們在那裡言語談話。

「行了，也不必守著我了，妳們難得回來一趟，該瞧的去瞧，該看的看去吧！」一出了花廳院落，林賈氏便清醒言語。「只是妳們也都清楚今日的事是個什麼事，為著妳們的前途未來，也得記清楚，是妳們大姊身子孱弱久病在床，既不能為康家添後，也不能前來省親，可明白？」

三人立刻應了，林賈氏便滿意的回了福壽居，由常嬤嬤扶進去歇著，那林馨便告罪去了生母那裡，林嵐沒機會見生母，可也不會在這裡待著，便言語著去屋裡歇歇也就走了，於是林熙便同陳氏一道回到了主屋的院落裡。

「母親不必擔憂了，大姊夫那般湊著我家四爺，足可見心裡的盤算，一時半會兒的，是不會傻著言語了。」林熙知道母親那不能舒展的眉是因為什麼，自是開口勸慰。

陳氏聽了，抓了林熙的手。「話是這麼說，可是妳也聽到了，他是一心盤算著再做揚州的官爺呢，我只怕姑爺給他做的打算落了空，人家瞧不上啊！」

林熙衝著母親淡笑。「您那姑爺可是謝家的四爺，您就別擔心了，他一準能叫大姊夫心甘情願的！」明明自己起初都是擔憂的，但是今日裡這頓飯一吃，她所有的擔憂與顧慮都消失了，她清楚謝慎嚴一旦有什麼想法，便會做到好，而她不得不承認，自己對他的相信與放心。

陳氏見自己的女兒如此斬釘截鐵，眉眼落在她身上打量一頭後，抬手摸了摸她的耳髮。「能信著自家男人那就最好，只不過，他是世家子，熙兒妳拿不住的，所以日後還是留心一些給自己，莫把什麼都付出去，末了跟娘一樣。」

吃了大虧的陳氏用自己的教訓提醒著林熙的留一手，林熙焉能不懂，她點點頭。「放心吧母親，我知道分寸的，何況，我還小，與謝家的事，我不過是個旁聽的、列席的罷了，而且我那些嫁妝也耗損不上的。」

陳氏一聽也的確沒話可說，母女兩個對望一眼後，陳氏壓低聲音說了一句話。「林嵐她生母的身子怕不成了。」

「怎麼？」

「平日養尊處優慣了，到了莊子上大約過不得吧，再加上孩子那事許是傷著了，正每況愈下呢。前幾日我聽著她病倒，差人去莊子上瞧看，那郎中回來說，應是熬不過兩冬的，只等著耗盡了。」陳氏說著眼裡莫名的透著一種傷感，好似往日的憤恨與厭惡全都沒了，只剩下可憐同情。

林熙瞧著母親那樣兒，知她到底心軟，便伸手抓著母親的手揉搓著。「人在做，天在看，做下那麼多孽，終歸要還的，這也算報應，是她的命，到時，能這般熬盡去了，倒也算好，我只怕府裡冒出什麼流言蜚語來，倒傷了母親的名聲。」

陳氏聞言一愣，挑了眉。「這府裡自她去了，就安生了，誰還替她盤算著？」

「是不是替她盤算，我不知道，只是覺得，母親身邊也未必就安生了，那位姨娘，母親忘了嗎？」

陳氏搖頭。「忘是忘不掉，我也自妳告知我之後，慢慢地遠了她，可是這幾年，我瞧著也安生沒見什麼事啊，而且長佩讀書上還算上進，平日也老實，前兩日她還來同我求告，說給長桓瞅媳婦的時候，也順帶給長佩瞧個門當戶對的好相看一二，我才應了。」

林熙聽著一時也不好說什麼，莫非萍姨娘自母親疏遠後，便明白錯誤改過自新？加之珍姨娘做了例子，震懾或是警告了她，是以她老實下來了嗎？

捏了捏母親的手背，她衝陳氏言語。「若是她真的相安無事，那是好的，不過母親還是防備著點吧，雖然我也希冀著您別太累，但防備些總也是對的。」

陳氏點點頭。「這些我省的，妳這丫頭就別來說教我了，還是多掂量著自己吧，妳那房裡的兩個通房可還安生，沒給妳尋出什麼么蛾子吧？」

林熙笑了一下。「都挺安生的，前陣子有一個送出去了，屋裡只有一個通房了。」

「送出去了？」陳氏挑眉。「怎麼？」

林熙湊著母親的耳朵略略說了那件事，不過她可沒說凝珠是被陷害的，只是說那丫頭有了孕被郎中發現，正好撞上謝慎嚴回來，人家就直接處理了，她就是個列坐的，跟著轉了一圈而已。

陳氏眼圈立時就泛紅。「到底是大世家，知道什麼叫規矩，知道什麼叫嫡庶血統，倘若妳爹有這一半的清醒，我也不至於憋屈了這些年。好熙兒，憑妳夫君這般知事，我便不用擔心妳了！」

母女兩個在屋裡說了會子話，陳氏覺得時候差不多了，便同她一道出來，剛到花廳院子口，就看到三姑爺同六姑爺兩個，竟然在花廳前，就著廊下燈籠下棋，而敞開的廳口清晰可見七姑爺同康正隆正勾肩搭背的摟在一起。

陳氏立時看了一眼林熙，眼裡透著喜色，顯然是覺得自己的女兒能尋到這麼一個肯為岳家辦事的夫婿，實在是太有福氣。

這個時候，長桓扶著喝高了的林昌從茅廁裡出來往花廳裡趕，眼瞧到母親同七妹妹在此，便上前打了招呼。

陳氏立時扯了扯林昌的衣袖。「老爺差不多了，都這個時候了，他們也該回去了，你去催著出來，我去叫人把那兩個姑娘也喊出來吧。」

林昌點頭應著，扶著長桓進了花廳，陳氏就招呼了丫頭去請兩位姑娘，下棋的姑爺聽了聲，立時也停了棋，索性說著彼此這盤棋的得失。不多時，廳裡那兩個在林昌的言語下，笑呵呵的起了身往外走，依舊是勾肩搭背的模樣。

「謝老弟說的都是肺腑之言，我聽來實在震撼，你放心，取捨之間我已有數，就按先前說的，還請老弟你多多費心！」康正隆摟著謝慎嚴的肩膀言語親切無比。

謝慎嚴沒有半分不耐，甚至還很親熱的低著腦袋，湊在他肩頭跟前。「你放心，大姊夫的事，那就是我的事，咱們一家人，應該的，應該的！等這事辦好了，大姊夫可要帶上我那大姨子上京來，好叫我媳婦不那麼念想著。」

康正隆一頓，隨即笑著點頭。「是是，那必須，必須！」

此時見他們出來，那兩位姑爺也收了陣仗，大家湊一起說了幾句，三姑娘便來了，當下大家湊在一起，胡亂的這個說幾句、那個問一下，就等著六姑娘過來後，三家都可以告辭回去。豈料半天林嵐都沒到，於是說話的六姑爺便心不在焉了，衝著一旁的丫頭言語。「去，催催妳那奶奶，磨磨唧唧的做什麼呢！」

丫頭答應著向外跑，將才出去就遇上了過來的林嵐，一道折了回來，那曾榮當即就瞪了一眼林嵐，林嵐忙賠著不是。「適才吃了兩杯酒醉了，不覺就合眼迷瞪上了，丫頭來催，因怕亂了髮失禮，梳妝了才來，耽擱了。」

曾榮聞言抽了下嘴角，扭了頭，這邊林馨便言語。「好了，時候不早，我們也得回去了，免得太晚了不好，還是趕緊去老太太那邊行禮道別吧！」

於是大家順著話一道過去，行禮道別後，也就各自乘車離開，尤其那謝慎嚴離開時，康正隆還拉著他臂膀一句一個謝老弟的招呼，而後等人都走了，他倒也滿面春風的同林昌和陳氏告辭，至於大姑娘那事什麼時候宣告出來，他是一個字也沒提。

他告辭後，林昌帶著陳氏又到了林賈氏跟前，長桓陪著一道，把席間上的話說了一遍。簡單的說，就是七姑爺講了幾個他父輩同僚是如何平步青雲發跡的故事——無一例外都是京官起始。康正隆動了心思，一個勁兒的訴著自己的無門無路，口中牽扯著彼此的姻親關係，於是七姑爺也張口閉口的說著咱們既然是姻親關係，必然幫忙的，而後歡樂散場。

「看來，他是動心了，餘下的只能瞧看著了。」林賈氏此時放了心，便叫著累了攆了他們回去。

夫妻兩個從屋裡一出來，陳氏叫了人扶著老爺回去歇著，自己把長桓叫到了身邊說道：「你七妹夫把這事穩下來後，你的婚事就趕緊敲定吧，我不想有什麼變故的，是以你早做準備，到你父親休沐的日子，我便叫他上門提親，之後你也好去下定求字。」

長桓的臉頰上顯出一抹不好意思來，他點點頭。「是，一切都憑爹娘的意思。」

長桓走後，陳氏便叫著丫頭備水的準備洗漱了歇著，豈料洗漱時，伺候的丫頭猶豫一番後湊過來低聲說道：「夫人，有樁事奴婢得跟您說。」

泡在水裡的陳氏看她一眼。「什麼事？」

「奴婢剛才去六姑娘的院裡請六姑娘，卻沒見她，問了灑掃，才知道她根本沒過去，便以為她是去三爺那裡，可到了三爺那裡也沒見，最後還是問了人才知道六姑娘是去了萍姨娘的院裡。奴婢急忙的過去請，才到院子口就聽見哭聲來著，可等人傳話進去，萍姨娘卻說六姑娘不在她那裡，奴婢一時糊塗又說折回去找，卻又不知該去何處。正猶豫間，瞧見了六姑娘打萍姨娘的院子裡出來，她見奴婢還在那裡，便、便塞了一吊錢叫奴婢閉嘴，說她在房裡睡著，奴婢一時也不敢多事便應了。可思量著夫人交代過，但凡是萍姨娘的事，什麼都必須講，這、這才……還請夫人原諒奴婢一時糊塗……」

「行了，妳能老實交代最好，我這次不罰妳，那一吊錢也不會沒收，另外我還賞妳兩吊錢，下次若有什麼妳知道的，立時來報，我給的賞錢只會多不會少，明白嗎？」

「奴婢明白！」

「好，妳聽著，想辦法去萍姨娘跟前的丫頭那裡打聽六姑娘為何去了她那裡，又說了什麼，我給妳二兩銀子專問這事，問得清楚，我單給妳賞銀便是五兩，可知道了？」陳氏一臉警惕的言語，那丫頭立時答應，於是陳氏叫了章嬤嬤進來，同她說拿賞錢的事，兩人便出去了。

陳氏一人在浴桶裡陰了臉。「好會演戲的秀萍，哼，我倒要看看妳打的什麼算盤！」

別看謝慎嚴和康正隆在林家那是一副哥倆好的模樣，一回到謝府自己的院子，當即謝慎嚴就叫著備水洗身，待一身酒味去除，他才舒坦的立在屋裡執筆作畫，直到林熙也洗了出來，夫妻兩個便散著髮坐在一處。

「今天讓夫君受累了。」林熙輕聲言語著，送上清茶一杯。

「應該的。」他說著接過，抿了一口後，放下了茶杯，抬手撥弄著她那濕漉漉的髮絲。

「放心吧，這邊我且幫妳穩住了，至少三年內，不會有事的。」

「三年？」按照現在康正隆的情況，還有將近兩年的時間就得換地兒，林熙所抱希望也不過兩年而已，畢竟到了那時，康正隆做了京官就會明白和自己所想不一樣，自然會不客氣的。

「放心吧，我給他安排的那個位置，是個大好的位置，他上去後，怎麼也得待上一年才好動作，不會傻得給自己找麻煩的。」

「是什麼官職？」

「都察院經歷。」

「什麼？」林熙大驚。「這不是重權之位嗎？」

謝慎嚴呵呵一笑，把林熙往肩頭一摟。「不錯，此官雖是正六品，卻因屬於御史臺而人見人羨，只是，經歷不是誰都能坐的，等到了那位置上真做起來，才會知道自己的斤兩，倒時焦頭爛額也怪不到我！」

第六十二章 成人

兩天後康正隆親自遞了帖子想要上門拜訪，不過謝慎嚴沒准，而是直接就在吏部得空見了他一面。當日下午，康正隆就去了林家，告別了二老，說得回揚州繼續任職，關於大姑娘的事，先放著吧，等日後他到了京城了，再說如何。

他這般言語，林賈氏便知道成了，當即就衝康正隆言語一句。「賢婿，我們林家如今也算對得起你了吧？你可得給我們林家留點臉啊！」

彼時康正隆立時保證。「您放心，那兩個不懂事的，在我上京前，就處置了，今後保證不會再有這檔事了！」

康正隆拿兩個侍妾的處置表了態，林賈氏自然順著這話誇他為兩家恩義著想，聲稱自己會多多敦促孫女婿的關照，於是大家的買賣談成了，康正隆心滿意足的離開了京城回往揚州，林昌也做足了樣子，叫著長桓親自送了康正隆離京。

幾日後，林昌在和林賈氏及陳氏的又一輪磋商後，終於敲定了長房媳婦的人選，提著禮物去了按察使洪大人家上門提親。

按察使洪大人可是正三品的官，他夫人秦氏也來頭不小，是縣主之女，總之按照門當戶對來說，林家是夠不上的，但一來林老太爺有點薄面，二來林家的七姑娘嫁給了未來要繼承爵位的謝家三房長子，這不夠門當戶對，也夠了。何況那長桓如今也是散館，過些年下來，混跡出來，可就能直入內閣，拿個女兒出來「投資」也是很英明的選擇，所以與其說是林家選中了洪家，不如說是洪大人自己透了口氣，願意下這份賭注。

因著這個情況，林昌滿面紅光的回來宣告著成功——洪大人允諾把自己的三女兒嫁給長桓！

於是當晚林賈氏就興致勃勃的對著長桓一番說教，意思只有一個——雖然這個長孫兒媳不是什麼曠世美人，卻也體面端莊，大戶出身，教養極好，配你不虧，你更撈到一個好的丈母娘家。

長桓聲聲應著由著老太太唸了一個時辰，才得回去，回到屋裡，陳氏也巴巴來囑咐了一遍，長桓早聽出話中意思，出言表態。「今日聽祖母同娘親言語，孩兒明白，這洪氏可能不是什麼美人，興許相貌有些無鹽，但大丈夫娶妻娶賢，只要她是賢慧的，能持家，能孝敬父母與我一心上進，便是最好，別的，不求。」

陳氏看著兒子懂事，使勁地拉著他的手。「你是我的心頭肉，若是依著以往，我定要給你尋個貌美如花的，可是這些年，我卻什麼都想明白了，尋那貌美如花的不如尋那一心持家的，能叫著我兒上進，能把家事弄得安穩，才是正經。想她洪家，按察使的老子，做事更知規矩分寸，再有縣主家出來的娘，更知道怎麼叫著規矩，是以我們選的她。」

「母親不必說這些，兒子絕無半點埋怨的意思，兒子能娶到洪氏，已是得了便宜的，豈能厚著臉皮賣乖？」

陳氏瞧望著兒子，心中踏實下來。「除了你大姊，你和熙兒兩個都是最最窩心的，我這也算熬出來了。」

長桓看著陳氏，嘴唇一哆嗦，唸了一句話來。「娘，大姊未必就不好了，那大姊夫我瞧著也不怎樣，過去的事已經過去，娘就別再唸大姊的不對了。在兒子心裡，大姊依然是我知道的大姊，縱然任性驕傲，卻也不會不知好歹。」

陳氏聞言愣了愣，終究只是嘆了一口氣。「過去啦！」

日子一晃就到了十四姑娘出閣的前夜。

謝家設下家宴，一家人吃著飯菜與她說著吉利話，酒後飯終一家人又挪去了花廳裡坐著言語，老侯爺看著十四姑娘，抬手召喚，便有丫頭捧著托盤走了進來，捧於她的跟前。

「丫頭，妳呀心比天高，我是知道的，只可惜，妳是個女兒身，這輩子要想有所成就，便只能指望在妳夫婿和兒子的身上。妳那夫婿，是妳挑中的，妳祖父我幫妳張羅著圓了妳的念想，剩下的就看妳自己，希望妳到了花甲之時，已經身披誥命躍在淑人之上，也不枉妳那心氣了！」

十四姑娘當下對著老侯爺福身言語。「祖父對芷兒的疼愛，芷兒終不敢忘。」

老侯爺一指托盤。「這是給妳壓底的，瞧瞧可喜歡！」

十四姑娘聞言掃了一眼托盤，抬手去了其上蒙布，立時一尊足有臂膀大小塑有十八童子的銅尊顯現出來。

這銅尊看在林熙眼裡，她實不知其貴重，而身旁的謝慎嚴微微昂了頭，其他人的眼中都閃過一抹羨慕，這足以宣告此物不凡，但是十四姑娘臉上先是出現了欣喜，繼而凝重，最後卻是一轉身衝著老侯爺跪了下去。

「祖父如此厚愛，芷兒不敢當，這商十八子尊孫女收不起。」

老侯爺呵呵一笑。「這東西的確貴重，按理也是傳兒不傳女的，但是妳自小討我喜歡，我意此尊為妳討下大喜，並叫那老頭子知道妳從我這裡出去，帶的不是什麼豐厚的嫁妝，而是不輸的底氣，是我們世家的底氣！」

十四姑娘朝著老侯爺磕了一個頭。「祖父明鑑，孫女是自願選了他，嫁過去的，倘若我帶著它去，豈不是以門風強壓？賢妻也罷，良母也罷，都是要持家助家的，我帶著去了，豈不是等於拿了金枝玉葉的喬，反叫他丟臉梗心了嗎？」

十四姑娘這話一出來，屋內幾個人變了臉色，尤其是徐氏，當即瞪了十四姑娘一眼，一副恨不得拖她走的表情。

老侯爺望著她，幾息之後，忽而言語道：「嫁出去的姑娘潑出去的水，妳還沒出這門呢，心就過去了。罷了，我還憂心妳心高氣傲不知服貼，才思量許久取了這東西給妳，可是沒想到，妳竟早早地攏住了心，收住了性兒，好，好啊！既然妳不要這個，我還把它歸在主庫裡留著傳家，只是妳想要什麼，說來聽聽，祖父我總得表表心意。」

十四姑娘立時抬起頭來望著老侯爺。「孫女所求，八年前那般，今日也那般！」

老侯爺的眼珠子轉了轉，終究點頭。「罷了，就准妳進去兩個時辰吧，明日妳還出嫁呢！」說完他衝著安三爺說道：「去吧，帶她去密雲閣吧！」

十四姑娘當即叩謝，安三爺的臉上則還顯著訝色與興奮，同樣對著老侯爺叩謝後，這父女兩人便先離開了花廳。老侯爺看了屋中其他人一眼，笑著捋了把鬍子，便叫著散了。

林熙同謝慎嚴一道回往院中，到了自家正房裡，林熙便扯了他的袖子。「那尊是什麼來頭，密雲閣又是什麼？」

謝慎嚴臉上浮著一抹淡笑，眼神明亮。「那尊乃是商周之物，謝家祖輩起始之時，便將此物當作瑰寶傳家，世代相守。」

「傳家的東西，祖父也肯給十四姑娘？」林熙詫異，畢竟傳家，便是傳兒的，除非家中無有男丁，女子招贅入門，否則此物是傳不到女子手中的。

「我十四妹，看著是嬌滴滴女子一位，長得也十分柔弱，可是她心之強，無人能比，就是我，也都尊她三分呢！」謝慎嚴說著一臉的傲色。「妳看，如此貴重之物，她不求，只求入那密雲閣一回！妳問我這密雲閣是什麼，這密雲閣是我謝家之重，是謝家千百年來藏下的書籍孤本，從竹簡到絹布，從拓片到畫卷，典籍、經書、畫本、殘卷，皆有。而此閣，只有謝家家主認可的兒孫才有資格入內觀學，並且此閣之物，不外借，不易主，還不做分家之資，只有歷代家主可握，世代相傳。十四妹是女子，本不可進讀，但祖父能允她兩個時辰，便是極大的厚愛與認可，這也是她自修之福。」

林熙聽來一時澎湃，忽然覺得十四姑娘有著她所佩服的東西，可是，是什麼，她卻說不清楚。

轉眼便是兩年得過。

八月秋月浸潤之時，雷家大擺了宴席，兩年前嫁過去的十四姑娘於端午的夜時生下了一個兒子，為雷家延續了這單脈的子孫。

雷家設宴，謝家作為十四姑娘的娘家可沒歇著，徐氏大清早就帶著林熙過去奔忙，到了午時，各位賓客所至，林熙便是以嫂子的身分，幫著張羅招呼。

兩年裡，她猛竄了一節身子，如今同謝慎嚴站在一起，也不過短他一個腦袋的高度，而她雖然高䠷，卻並不嶙峋，謝慎嚴的美食關照，讓她雖不若珠圓玉潤，卻也身姿豐滿，胖瘦恰到好處。

忙活了大半日，到了下午宴席用罷，雷家人自己鋪著收拾，她同徐氏的忙也幫得差不多了，便去了謝芷的房中歇息。

「今日累母親和四嫂幫忙了。」穿著大紅襖子的十四姑娘，束著寬指抹額，一臉嬌媚，絲毫沒有林悠那為人母後的憔悴之感。

「說這些做什麼，我同妳四嫂子再不幫襯著妳，妳一個哪裡轉得過來？」雷家沒什麼人丁，縱然雷敬之這兩年仕途漸起，可是就算置下大院子，買了一些丫頭，還是宅門太空，忙著張羅這些事，她們再不來幫忙，可就說不過了。

「若不是坐月子，倒也不至於忙不過來的。」十四姑娘說著將手邊的兩個盒子拿了起來，分別塞到了徐氏同林熙的手中。「讓母親和四嫂受累，這是我特意備下的禮物。」

徐氏眉眼一翻，抬手就把盒子推了回去。「妳犯什麼渾呢，我是妳娘，妳不給我禮，我也會幫，難道我是討妳禮的不成？再說了，妳給我送東西，這不是找著叫妳婆婆心裡不痛快嘛，哪有拿夫家東西貼補娘家的道理！」

十四姑娘眉眼皆彎，聲音依舊的嗲嬌。「娘啊，您想多了，這禮與其說是我的意思，倒不如說是我那婆婆的意思。她一早就同我說，雷家少著人脈，咱們謝家能同雷家結親便是他雷家大福，多少事都是謝家在後撐著，她心裡有數。如今累及妳們奔忙，她過意不去，可若親自籌禮，又怕您說見外了，生分了關係，便才叫我準備的。」

徐氏聞言掩口一笑。「妳這婆婆倒是個妙人，莫不是妳給她貼金吧？」

謝芷搖頭。「芷兒才沒呢！我這夫家，若論家世，算不得什麼高門大戶，也就清白小家而已，可是我這婆婆為人真誠、實誠，手腳利索又吃得起苦，拉拔著我那夫婿長大、讀書。自我嫁進門後，便把持家之事丟給了我，自己回了鄉下老家守著薄田，生怕在此累了我這世家出來的兒媳婦向她折腰，我書信請她回來，她也不來，若不是我親自去了鄉下接她來，她還要待在那邊的。」

「她那是給自己長臉呢！」徐氏挑了眉。

謝芷笑著又搖搖頭。「真不是，起初我也有此念想過，可這一年半載的處在一起，有好的，婆婆便會念著我，但凡費心勞力的，她都自己扒拉了，我看得出她的好來。娘，女兒嫁過來時，您還有所擔心，可眼下，您還擔心嗎？您女兒我，過得實在舒坦啊！」

徐氏眉眼裡都是笑意。「妳舒坦就好，反正大胖小子妳是生下來了，我不放心也放心了！」說著她瞅了眼在旁睡得呼呼的小小人兒，眉眼裡充滿著疼愛，末了一轉頭看向林熙。「妳呀，到底幾時來動靜？這都十四的人了，怎麼還沒見月事？」

林熙無奈低頭，這事又不是她想就成的，心知自己的婆婆一日比一日惦記，她也只能受著。

十四姑娘扯了徐氏的衣袖一下，衝著她言語。「您就先疼疼您這外孫子吧，等到四嫂有了動靜，來年給您生個大胖孫子時，您這外孫子就被丟到犄角旮旯裡想不起了！」

徐氏聞言噗哧一笑，抬手在十四姑娘的胳膊上掐了一把。「連妳娘都拿來玩笑，當真是在夫家寵溺過頭，沒個分寸了。」

十四姑娘立時窩去徐氏的懷裡蹭了起來，如同一個小孩子，而徐氏的臉上笑意滿滿，當即指著她說著她還不如那個睡著的小團子。

十四姑娘笑著與徐氏言語，眉眼中偶爾與林熙對上，便是衝她偷笑，林熙心知她為自己解圍，也在那裡對她點頭示謝。

眼瞧著十四姑娘那越發美麗的臉，再想想前些日子瞧見的林嵐，她越發心中唏噓，這就是命啊！倘若當時林嵐肯按照父親的意思跟了這雷敬之，至少這日子是過得愜意的，縱然要為單傳費心，但納個妾侍入門生子，就憑十四姑娘口中的婆婆舉止來看，也是不會輕賤了她的，哪裡像現在這般，兩頭受氣不說，自己也得不到半點好。

一個月前，熬了這些年的林馨終於為杜家生下了一個兒子，雖然孩子有些孱弱，但也足夠杜家歡樂的，是以大擺宴席為孩子置辦滿月，她們這些姊妹姻親的也自然被請去作客。

彼時姊妹相見，林悠大吐苦水的抱怨著會到處跑的兒子是如何鬧騰，公爹與婆母又是如何的溺愛，縱然言辭裡有些忿忿，卻也幸福。林馨望著身旁襁褓裡那個睜著兩眼望著四姨媽言語的小傢伙，自己的臉上也露出了一抹笑來，哪怕充滿著酸楚與希冀的眼神清晰的落在林熙的眼裡，她卻清楚至少現在的林馨終於從多年的壓抑裡走了出來，日後也有了期盼與依靠。

而兩個還沒所出的，便是她林熙和林嵐了。

林熙是月事未來，至今還未圓房，這不算她的問題，而林嵐，這些年藥也吃了，針也扎了，可就是沒動靜。曾家太太起初雖是被她哄了回去，那兩個通房丫頭一命嗚呼時，也真信了害病，反正仵作沒查驗出個所以然來，然後一年中再進的通房，一個遲遲不見有動靜，一個有了又流了後，也不知從誰那裡聽來了林嵐剋子之說，就開始對她大為不滿，更於年前作主為曾榮直接納了兩房妾侍。而她現下正和兩位妾侍較勁，那身形孱弱不說，更是下巴都尖成了錐子，讓她整個人看起來不但沒了原先的美感，反而有些尖嘴猴腮，越發的像那剋子之相了。

林熙後來回娘家聽陳氏念叨為長佩所選兒媳時，從她那裡聽來關於林嵐的種種，立時悠悠而嘆。「這是她自己選的路，就得擔，怨不得我們誰。」

陳氏點點頭，銜她言語。「是啊，都是她娘心思太重害了她，這壞了根，便是這輩子都沒得救了。」一說著還扯了林熙的衣袖小聲說道：「其實，香珍幾天前就嚥氣了的，可是眼下秋闈將至，長佩、長宇都在備考，我哪裡敢報？只能壓著，只等他們考完了，再說吧！」

林熙當時就嘆了口氣。「哎，但願將來喪息出來時，長宇能理解您為他的好。」

從雷家回到謝府，林熙便躲回了自己的院落裡，換那片刻的寧靜。

自入了今年，她十四後，徐氏就跟貓兒抓心般日日不安生了，原先還是不聞不問，一副不急不躁的樣子。現在除了晨昏定省問安時要問她外，但凡誰家有了孩子兒孫的，徐氏就跟被針扎了一樣，立時會叫人來詢問她的動靜，直把安心等著過日子的林熙，也問得內心略略急起來。

「姑娘，您出去累了一天了，好歹洗洗了再歇著啊！」花嬤嬤瞧著林熙那樣，只當她是乏了。

林熙卻是鬱悶地翻了被子，嘟囔道：「不了，我清靜一會兒是一會兒吧，別來吵我了。」

花嬤嬤是看著林熙這些日子怎麼被徐氏給鬧得心不靜的，當下嘆了一口氣，無奈地走了出去，衝著挺著肚子的夏荷言語。「這樣子不成，還是得找個郎中給姑娘瞧瞧，總不能這麼一直鬧騰著。」

夏荷當即撇嘴。「真不知有什麼好瞧的，我當姑娘那會子，都是要十六了才來的，姑娘也不過十四而已！」

花嬤嬤聞言一愣，嘆了口氣。「是這樣沒錯，我都是十五之後來的，可是咱們那會子都沒嫁人，不用急，姑娘卻是已經做了兩年多的奶奶了。」

兩人對視一眼無奈的搖搖頭，花嬤嬤便說著明日去請專司婦科這一項的老醫女來問問。正在言語間，忽聞房裡林熙的傳喚聲，兩人便立刻應聲趕了過去，結果一進屋，沒瞧見人，床上也是空著，正詫異呢，淨房裡傳來林熙的聲音——

「快去給我拿換洗的衣裳，還有叫人備水，水，熱著點。」

花嬤嬤聞言湊了過去。「才說叫您洗著，還不願，這會兒倒是身上黏糊不舒服了吧！」

淨房的簾子一挑，林熙一臉笑容的走了出來，衝著花嬤嬤面色飛紅。「跟那沒關係，是我身上終於來了。」

花嬤嬤一愣，隨即笑得跟朵花似的。「天可憐見，我家七姑娘總算是成人了！」

林熙好生洗了一個澡，換了衣裳，束了那月事帶子，才臥進主屋對過的廂房被窩裡，四喜就跑進了屋裡來。「奶奶，太太來了！」

古人女子月事可不似現下方便，多半就是窩在床上耗時日的，因為古人的衣裳裡，可是沒有內褲的，即便是束了月事帶子，依然還得鋪在床上，置換著草紙與灰包挨過那幾日去。是以此時就算妳是主母，也不能歇在主寢裡，得搬去客寢，免叫血氣沖了男子的方剛，成了觸霉頭。

於是當徐氏進得房裡時，林熙便只能窩在床上欠身行禮。「婆母您來了。」

「我一聽到消息自然要來了，我這盼星星盼月亮的，可算等到妳成人了！」徐氏一臉的喜色，當即坐到林熙身邊，囑咐起月事期間要注意的種種，說了約莫一刻鐘的工夫，才歡喜地說著。「我叫灶房給妳燉了雞湯，好好的補養著，等妳乾淨了，便會為妳和謹哥兒張羅圓房的事，妳可得好好努力，叫我早些抱上這家孫子！」

林熙紅著臉低頭應聲，徐氏便滿意而去，到了黃昏時分，這兩日陪著韓大人忙著人事調動的謝慎嚴回了謝府，循例先去母親那裡磕頭，自是知道了林熙成人之事。結果人回到了院落裡，望著客寢的門窗便是眉眼含笑，隨即鑽進了書房，片刻後便叫著丫頭給林熙送進來了一樣東西，竟是一把檀木圓梳，立時把林熙羞得低了頭，不過她手捏到木梳上那並不光滑的刨面後，詫異起來。

丫頭這才言語。「奶奶，爺說了，這是他親手為您做的！」

林熙聞言口中當即言語。「我說呢，怎麼這麼棘手。」

「我以為還要等些時日的嘛！」窗外忽而有了謝慎嚴的聲音。「瞧著可喜歡、若是喜歡，這就拿出來，我給妳刨得光滑些，若是不喜歡，我就再做個！」

林熙羞得紅著臉把梳子塞進丫頭手裡。「快拿出去吧！」

第六十三章　帳前花開

雖說這並非她人生頭一回經歷，但上輩子是上輩子，這輩子的身子就是吃養得再好，初潮也還是不大舒服的，林熙捂著肚子枕靠著幾個軟墊，就這麼在榻上歪著。

「姑娘，莊子裡夏麥交上來的租子，我家那口子已經拿去置換成了銀票了。」夏荷把鐵匣子打開了鎖，遞交到林熙的手邊。「一共是三百二十多兩銀子。」

林熙懶懶地看了一眼，斜眼望向了四喜，四喜當即拿過瞧帳點算，林熙便看著夏荷說道：「妳家那口子不錯，這兩年莊田的進項總是見長的。」

「是這兩年風調雨順，我家那口子也不過盯事而已。」夏荷一臉的喜色。

「我說過的，做得好的就有賞，到了年關跟前，會多支妳十兩銀子的。」

「姑娘厚道，麥客下地（注）時，您就給撥了一道賞了。」

「怎麼，妳不要？」林熙眉眼透著笑。「妳要大方我沒意見，可也得想著妳肚子裡的小傢伙啊，就當為他攢媳婦本吧！」

夏荷立時紅了臉。「姑娘給賞我自接著，就是不知道是攢的媳婦本還是嫁妝。」

注：麥客下地，麥客就是麥子成熟的時候，專門幫別人收割麥子的人，這是一種職業；下地意指開始進田收割。

林熙衝她笑。「我聽花嬤嬤說，妳懷相不錯，會是個兒子。」

夏荷笑著摸了肚子。「那就借姑娘吉言了。」

林熙抬手捏了幾張草紙灰包進了被窩，眉毛一抬。「欸，那些婆子管事的，還往咱們那邊跑嗎？」

「自前年姑娘要咱們冷淡著瞧著後，那些人吃了幾天冷餐粗飯就沒出現了，不過，總是一到了莊稼收和種的時候，就來這裡瞧望，我家那口子但凡問，她們只說看看，不言其他，至今不說跑得多勤快，但這兩個時段裡總是隔三差五還是要來一趟的。」

林熙鼻子裡哼出一聲來。「看來是想和我磨性子，看誰沈得住氣呢，甭理她們，就這麼耗著！」

「可是姑娘，您這麼耗著總不是個辦法啊，我家那口子問得清楚，她們那些都是侯爺夫人底下出來的人，您原先多少歲，能裝小打混，現在可都成人了，還能混著嗎？」

林熙一撇嘴。「我才十四，就一定算大的了？正經路數的，這個年歲也都沒見得就出閣了呢！再說了，這事上，我現下是沒法討明白的。若因著此事去問到老太太跟前，人家怎麼處置，我都落不到好，可若不問，順著她們，我倒不是被捏著了？我呀還是裝什麼都不知的混著，等我幾時跟妳一樣挺著肚子了，再把這事拿出來說道吧！」

「姑娘是真忍得，想我當初跟著姑娘過來時，葉嬤嬤還弄了花嬤嬤過去特意關照，讓我們幾個記著姑娘沖犯時拉上一把，結果哪裡有姑娘沖犯的，竟是我心急了！」夏荷說著笑了起來。

此時五福挑了門簾子進來，手中拿著一封信箋。「姑娘，林府上捎來的信，說是莊子裡帶上來的。」

林熙聞言一愣。「莊子裡……是嬤嬤，快，拿來給我！」

五福把信箋遞上去，林熙立時拆了瞧看，但見紙上其字狂草如男子筆墨，卻偏是她熟悉的字跡——那時練字，葉嬤嬤雖各種字體都曾寫過，但贈予她的教導書卷無不是這種狂草之體而寫，而且總有些字會漏掉一些筆畫，如同別字。

來信的內瓤只是一頁，短短三行字，字跡狂草已不見別字。「天屬秋臨冬，雖有雨至，已然燥熱乾火，需小心將養，最宜在家溫湯。」

林熙唸完了這三行字，人卻發了懵，一旁的夏荷聽得直眨眼。

「然後呢？這就沒下文了嗎？」夏荷問道。

「是的，沒了，就這麼些。」林熙本能回答，人卻依然是懵的。

「這葉嬤嬤有意思，兩年多裡姑娘惦念著去了多少封信，都跟石沈大海一般沒個回應，就是姑娘要去莊子裡瞧看，人家也一早叫人說著別去，如今姑娘真不去了，她又來封信關心起來，怕是這半年裡見姑娘不親近著，心裡不踏實了吧？您說她沒事拿的什麼喬，有意思嗎？」四喜在旁不滿地發著牢騷，畢竟自己的主子惦念著，人家葉嬤嬤卻不領情，她瞧著早是一肚子火氣，這會兒自是不客氣的揶揄著。

林熙聞言立時衝她瞪了過去。「別胡說，嬤嬤那般冷著並非是拿喬，她只是不喜歡那些虛的。」

「虛的？姑娘對嬤嬤哪裡就虛過？」四喜不滿地言語。「逢年過節的念著不說，時不時的還要咱們太太多照看著，哪裡是虛的？」

林熙當即撇了嘴。「妳呀，不用為著我打抱不平的，我都沒惱，妳惱什麼？我自小是受嬤嬤教導的，她那性子就是如此，有什麼說什麼，沒事也懶得打交道罷了。」

「那這會子她倒想起打交道了，又算什麼呢？巴巴的教著姑娘將養，可這些道理，我們伺候的難道不知嗎？」

林熙聞言低頭瞧著手裡的這頁信紙挑了眉。「她應是想著提醒我什麼……」

四喜當即要開口，夏荷卻抬手扯了下她的袖子衝她搖頭。「閉上妳那嘴吧，少說兩句沒人當妳是啞巴，我們都知妳是護主忠心的，可妳也不能希冀著別人得和妳想的一樣不是？再說了，姑娘都說沒什麼，妳還忿忿什麼？去，好好算妳的帳，好等下入庫。」

這筆銀兩是她家男人照顧的莊糧進帳，為了避嫌，自是要過四喜一道手的，加之她現在挺著肚子，要不了幾個月就得窩在家裡生產，之後還有月子、奶日的要過，總不能叫姑娘沒個體己的守著庫，這才把四喜拉巴著操心這事。可這丫頭，心眼不小，人也過於精明，有些事上總是想得太過，倒叫夏荷憂心。

「五福，取紙筆來。」林熙此時開了口。

五福立時準備，不多時把紙筆擺在了榻上的小几上。

林熙捉筆答了——「勞嬤嬤掛心，熙兒定會注意身體好生將養，於家溫湯，還請嬤嬤也注意身體，來年等您興致高時，咱們一起瞧春景。」

林熙放了筆，五福便吹了墨，裝於信封匆匆的拿著出去了。

屋內一時安靜，只有四喜撥弄算籌的聲音，而林熙則盯著葉嬤嬤那封信，目露一絲不安之色。

夏荷見林熙面色不好，湊上前去。「姑娘您這是……」

林熙眨眨眼，伸手揉了下肚子。「沒什麼，不舒服而已。」她說著卻伸手把那封信塞去了軟靠之下，閉上眼一副假寐之態了。

第五日上，林熙終於乾淨了，沐浴淨身之後，搬回了主寢。

徐氏聽到丫頭所報，高興地叫人送了一只合歡枕、一對鞋墊和一疊子素白錦布來，這叫著圓房的意思可是再明白不過了。

林熙羞著臉的接了錦布，由著方姨娘把那合歡枕擺在了自己的床頭上，而後人被請到了床上坐著，由著方姨娘脫了她的繡鞋，把那對鞋墊抽換在了她的繡鞋裡。

「太太可等著您和四爺的好消息呢！」方姨娘放下繡鞋在腳踏上便笑著離去，留下林熙紅著臉望著腳踏上的鞋中鞋墊在那裡燒呼呼的。

那鞋墊子正中的繡圖，乃是一男一女的春宮圖，摟抱交合起著引導之意，只是她又不是沒經過人事，還需要著參考揣摩的，當下便紅著臉的趕緊把錦布放下，穿上了鞋子。

吁出一口氣，轉頭再看看那合歡枕，再看看錦布，這心裡不自覺地就想到了謝慎嚴那張越發好看的臉，心中立時就晃蕩起來——今夜便是了嗎？

飯菜擺在桌上，酒杯更靠著酒罈，二十年的女兒紅只為讓今夜更加的美。

林熙穿著大紅色的繡雙魚裙裳斜身坐在桌前的椅子上，此刻她綰著朝雲近香髻，側插一支鳳頭釵，正面用一把檀木圓梳裝飾，正是謝慎嚴為她打磨後的那一把。

「姑娘真好看，咱們老爺回來，一定會看直眼去。」四喜瞧望著林熙那美豔妝容同身邊的花嬤嬤言語，花嬤嬤笑著點頭。「那是自然，咱們姑娘那可是嬌花一朵。」

林熙瞧著她們兩個這般言語，紅霞立飛於頰，偏著頭說道：「好歹妳們還是我自己帶來的，何苦羞我呢！」

「姑娘這話說的，我們哪裡是羞您，是替您高興啊！」

「就是就是！」四喜響應著花嬤嬤的言語，捂著嘴地笑著。

此時五福走了進來，花嬤嬤立時衝她言語。「怎樣？姑爺可回到府上了？」

五福搖搖頭。「還沒見人呢！我問了管家，管家說，老爺還沒從吏部出來呢！」

「什麼？」花嬤嬤一愣看了下外面的天色。「這都黃昏了，怎麼還沒出來，以往再忙，這會兒也到府上了啊！」

林熙聞言抬頭言語。「花嬤嬤您急什麼啊，這京察已起，吏部要對官員升遷置換的，有得忙！他這個時候還沒出來，也正常。」

「得，咱們姑娘可不急呢！」四喜聞言笑著搭茬。「那老爺現在還沒出來，這菜要不我先收下去給熱著？」

花嬤嬤點了頭。「對對，還是先收著熱著吧！」

於是四喜喊著五福叫了丫頭收菜，一頓忙活，眼瞧著飯桌上轉眼只剩下酒和碗筷，林熙的心裡莫名的有些空落落的感覺。

「雖說這些日子姑爺都是黃昏才回來，可到底今天不一樣嘛，怎麼著也該早些！」花嬤嬤嘴裡嘟囔著，拿了剪子湊去了燈火前，修著燭芯。

林熙看她一眼，無奈地笑著搖搖頭。

眼看著都戌正時分了，謝慎嚴還沒回來，花嬤嬤怕林熙餓著肚子，端了一碟才蒸出的桂花糕送到了她的面前。「姑娘，時候不早了，要不，您先用點點心？」

「沒事，我不餓。」林熙搖搖頭，隨即繼續低頭看著手裡的書卷，這般靜靜的等著。

眼瞧姑娘這麼候著，花嬤嬤不滿的嘟囔起來。「真是的，這都什麼時候了，前面怎麼還沒動靜，不成，我去瞧瞧！」她說著把手裡的盤子往四喜手裡一塞，自己就奔了出去。

林熙抬頭看著晃動的珠簾，眨眨眼，又低頭瞧看去了。

她看似不急不躁的等著，其實內心並非如此。

起先她是羞澀的，畢竟今夜的意義不同，可隨著時間的推移，日落西山，月出雲端，她反而擔心是不是出了什麼事。

但這種念頭她不敢有，是以她抓了本書努力的壓著自己的心神，力求安寧，可無端端的卻又想到葉嬤嬤那封意味深長的信箋來，這心更加的不能安寧了。

「四喜五福，快，快去把飯菜弄出來！」才出去的花嬤嬤快步折了回來，臉上透著笑意。「跑腿的回來了，說爺的馬車正往回趕呢！」

林熙聞言，內心吁出一口氣來，便笑著翻書，等到飯菜上桌時，她的肚子聞著香氣很不爭氣的咕嚕叫了起來。

「快吃個墊著吧，免叫姑爺回來聽見！」花嬤嬤笑著給林熙再次捧上了桂花糕，林熙這次沒推辭，取了一塊塞進了嘴裡，一面享受著清香的花味，一面等待著同父母磕頭後過來的謝慎嚴，可誰知這一等，則是足足等了一個時辰。

當謝慎嚴一臉凝重的回到院落時，但見主屋裡燈火通明，才似回神一般。

院子口上等著瞧的花嬤嬤見是他回來，立時言語。「老爺哦，您可回來了，奶奶可等了這許久呢！」

謝慎嚴臉上閃過一抹抱歉之色。「今兒個事太多，誤了，她用餐飯了吧。」

花嬤嬤搖搖頭。「沒，一直等著您呢，我這就叫人去把熱好的飯菜送進去！」花嬤嬤說著引在前頭，動手掀起了珠簾進去，剛要張口，就看到林熙坐在飯桌前，抬著胳膊撐著腦袋，迷瞪上了。

花嬤嬤見狀掃了一眼身邊的謝慎嚴，十分不掩飾這份不滿，謝慎嚴當即衝她擺了下手，花嬤嬤便扭著頭出去了。

謝慎嚴邁步走到飯桌前，輕手拖了繡凳，讓自己坐在她的跟前，抬眼掃望著林熙這瞌睡的模樣，卻瞧著她粉面春容的，不覺就抬手摸上了她的臉。

「嗯！」觸摸讓林熙受驚，立時睜眼醒來，眨巴兩下眼睛看清楚是謝慎嚴時，忙不好意思的低下頭。

謝慎嚴的手指滑到她的下巴上，往上一勾，讓她望著自己，衝她言語。「累夫人久等了。」

林熙蹭地一下站了起來。「沒、沒怎麼等。」她低下頭，十分不好意思地抬手蹭著臉——倘若沒睡著，自己也算是等的，可現下自己睡成這般怎好……

謝慎嚴的手指勾了勾，讓她再度抬起。「餓壞了吧？」

林熙搖搖頭。「你呢？」

「本是極餓的，還好在祖父那裡墊了點點心，等下一起用吧！」說著他鬆了林熙的下巴，伸展了雙臂，林熙立時忙著給他換了便衣，這邊花嬤嬤也招呼著人端了吃的進來。

「菜在爐子上煨了幾道了，怕是味重。」花嬤嬤提醒著，卻難免話中是個責怪的意思。

林熙聽著，忙是看她一眼。

謝慎嚴便笑著言語。「今日是我的錯，忙得把什麼都忘了，害妳這般苦等。」

林熙笑著搖搖頭。「你忙的都是大事，我不過晚點吃罷了，無妨的。」

這夫妻兩個都不計較了，花嬤嬤自不會沒事尋事，瞧了眼姑娘那紅色的袍子，便自覺地招手，帶了屋裡的人都退了出去，連伺候吃飯的也不留了。

屋裡一沒留人，林熙便率先紅了臉，為了掩蓋自己的窘色，她一面抬手為謝慎嚴布菜，一面詢問：「今天到底忙什麼，怎麼到了這個時候？」

謝慎嚴抓起酒壺先給自己倒了一杯，抬頭喝下後這才言語。「這陣子忙著京察本就事多，誰知道跟前上的事兒漏失……」他看了一眼林熙，衝她一笑。「算了，先吃飯吧，回頭再和妳細說。」

林熙點點頭，兩口子便一起用餐，謝慎嚴大約為表歉意，倒也給林熙挾不少菜，可人餓過頭了，並沒多少食慾，加之一想到今晚的意義，林熙心裡莫名的有些惴惴，自然這飯菜就沒吃下去多少。最後還是謝慎嚴見她這樣，乾脆將酒罈子破了，把酒倒入壺中，繼而一抓給兩個酒杯滿了酒，便衝著林熙舉杯。「走一個（注）吧！」

林熙雙手捧了酒杯，與謝慎嚴相並，繼而飲酒入喉，這甘冽的酒水若說在謝慎嚴的口中是香醇，那到了林熙的嘴裡就是辛辣了。

瞧著她眼淚花子湧出來，謝慎嚴笑著抬手去抹她的眼。「妳呀妳，這可是上好的女兒紅啊！」

林熙低了頭，將把酒杯放下。「再好也沒用，喝不來。」

謝慎嚴聞言抓起酒壺又給林熙倒了一杯。「沒有什麼喝不來的，多喝幾杯，妳就喝得出滋味了！」說罷又給自己滿上，拉著林熙對飲。

林熙對酒無多大的愛好，但謝慎嚴倒酒她又怎能推？結果陪著喝了一杯又一杯，最後含著眼淚紅著臉頰，盯著謝慎嚴死死的瞧，就是不說一個字。但要是謝慎嚴給她斟酒，不等謝慎嚴開口，她就會抓著酒杯往嘴裡倒，儼然已經喝高了。

眼看林熙已經不會等自己碰杯，謝慎嚴無奈地笑了笑，放下了酒壺，自己抓了酒罈子竟就那麼仰頭喝了起來，七、八口下去後，酒罈子見了底，謝慎嚴意猶未盡一般擱下了酒罈子，就昂著頭準備再喊酒，可掃到林熙那紅彤彤的臉頰和直勾勾的眼，他卻頓住，繼而抬著手就往她的臉上摸。

「等了快三年，妳可是，花開了。」他輕聲說著，手指在她的眼角眉梢上遊走。

林熙似乎討厭他的手指阻礙了自己的視線，抬手一把將他的手抓下，雙眼還是直勾勾的瞧著他。

「妳，看什麼呢，這麼專心？」他一邊問著，一邊伸出另一隻手去摸她的臉。

「看你。」林熙說著臉上漾出一抹笑來。

注：走一個，意指喝一杯。

謝慎嚴的手指點在了林熙的鼻子上。「那看到什麼了？」

林熙眨眨眼睛，使勁地搖頭，繼而言語。「除了好看，什麼，都看不懂。」

謝慎嚴聞言一愣，隨即笑著言語。「可我覺得，還是妳好看。」他說著手指從鼻子往她的唇上滑，豈料林熙此時正好伸出舌頭來舔嘴唇，結果舌尖帶著濕熱直接舔上了謝慎嚴的指尖，謝慎嚴的身子一抖，隨即喉結一個上下，那手指尖便直接探進了林熙的口中……

林熙喝高了，她雙眸裡除了閃光之外，更有迷茫之色，謝慎嚴的舉動，讓她懵了，她幾乎是本能的把那指頭嘬了一下，結果就如同點了火引一般，謝慎嚴直接抽了雙手，繼而一個起身彎身，便把呆呆的林熙給抱了起來，直向屏風後去。

紗帳層疊懸掛，紅色的床鋪上擺著醒目的白布和那合歡枕，謝慎嚴的眼掃過它們再看向抱在自己懷裡的林熙，他的猛勁立刻收斂，溫柔而輕巧的將林熙置在了床上，而後抬手勾起了林熙的寬袍衣襟，從胸口直順到腳踝處。

輕取繡鞋，再取布襪，當那白皙的腳丫子被他大掌握住一半時，林熙的鼻翼裡發出哼嗚，隨即自己縮了腳，一副嬌嗔的模樣，鼻音濃濃的言語：「嗯，癢。」

謝慎嚴看著林熙那嬌媚的模樣，只覺得自己壓抑的火在升騰，他深吸了一口氣，起身脫去了自己的常服、鞋襪，而後才躺到了林熙的身邊，直接擁了她，將吻送上。

他的吻，深淺不一，時而在額頭耳垂處輕點，時而在脖頸鎖骨處深吮，林熙迷瞪著雙眼，身子軟綿綿的躺在那裡，這會兒的她只知道自己像一朵雲，飄忽忽的。

在這樣的飄忽忽中，她不知過了多久，當胸口處一種似痛似癢的感覺湧上來時，她睜著自己的眼，努力的抬頭瞧看。可瞧見的只有黑色的瀑布，她探手摸過去，手指插入了他的髮中，他則從柔軟裡抬頭瞧望，四目相對。林熙瞧看到的那一雙眸子，帶著情慾帶著愛戀更帶著炙熱，立時她像被燙到了一般，身子打了個哆嗦，隨即她感覺到了涼，這才發現，自己大半個身子，已經與衣物分離。

霎時，小腹竄起一股子酥麻，那久違的感覺清楚的提醒著屬於她的慾望，下一刻嗓子裡便不受控制的發出了音符。

這音符便是邀約，一直努力壓制自己慾火的謝慎嚴像是得到了准許一般，立時雙手滑向了她的腰間。

裙面被扯開，褻褲被褪下，隨即它們紛紛落於地，當她不著片縷的躺在紅被中的白布上時，那一身雪肌在屋中有些昏黃的燈光下粉中可見剔透，如寶珠一般瑩潤，如膏脂一般凝玉。

謝慎嚴的唇落在了她的小腹上，隨即他將自己身上的衣服褪了個乾淨。

他伏在她的身上，親吻，揉搓，吸吮，只弄得林熙的嗓音哼嗚不斷，如同敲響了戰鼓。

當那炙熱的堅挺抵著她的私處，想要找到入口時，林熙那模糊的意識有了一瞬的認知，然後這一瞬之下是他的探入。

「啊！」痛感襲來，那份炙熱，那份壯碩，叫她皺眉飛淚，她不自覺的緊緊攥起了手指，卻不知自己的指甲已在他的肩頭留下了痕跡。

那弓起的身子，那流淌的眼淚，宣告著她的痛，謝慎嚴皺著眉停下了動作，他強忍著那種緊窒的感覺，不讓自己再動一下。

好半天，林熙的腰身才緩落於鋪，謝慎嚴抬手抹著她的眉眼，輕聲言語。「忍忍就好了，我會慢慢的。」他說著，慢慢開始了動作，一點點的等著她適應。

很快，林熙的眉鬆開了，他才舒緩了自己的眉。

他摟著她，將動作加大，將速度深度加碼，慢慢的，帳內充斥著林熙的歡愉之聲與那木床咯吱咯吱的低語聲交相輝映……

紗帳半垂，床鋪凌亂，薄被下，兩具赤裸的身子緊擁在一起。

也許是疲憊，也許是酒醉，林熙倒在他的臂彎裡呼呼地睡著了。

外面已是秋日，而室內的春意卻是那麼的濃。

謝慎嚴瞧望著她，嘴角勾著笑，眼神落在她的眉眼上，而手指輕輕地撫弄著她的臉頰，許久後，才輕聲言語。「幸好在船上妳沒犯傻，要不然……」露了破綻，所有精心安排的一切就毀了。他嘆了一口氣，將唇印在她的額頭上，而後才躺好，將她緊緊擁著閉上了眼睛。

不多時，床帳內只有兩人熟睡的呼吸聲。

剛進寅時，林熙便習慣性的睜了眼，她呆呆的看了看床頂，才轉頭看向了身邊的男人，結果身邊那張美顏的睫毛一動，隨即睜開，林熙不自覺的立時閉眼，卻是晚了，那一副裝睡的樣子看得謝慎嚴一笑，舌尖就掃了林熙的唇。「還沒醒的話，我不介意清早再品一次美人香。」

林熙的臉當即泛紅，隨即腦袋就往一邊扭，結果被謝慎嚴把腦袋扳了回來，只能羞答答的往他懷裡埋。

謝慎嚴的臉上滿是笑意，他伸手摸弄著她的頭髮。「凡事總有第一次，習慣了就好了。」

林熙聞言更加的往被窩裡縮，結果鑽得太深，手肘碰到了堅挺的某處，立時驚得她又鑽了出來，而後趴在床上，把自己的臉往床鋪裡埋。

「妳這是做什麼？難不成日後妳都不打算給為夫看妳這張臉了嗎？」謝慎嚴說著把林熙翻了個身，繼而在她的臉上一吻，然後瞧著她死閉著的眼說道：「好了，妳要害羞那妳就歇著慢慢害羞吧，我今日還有得忙，可得起了！」

他說罷便鬆了林熙，撐身坐起，林熙聞言則睜開了眼望著他的身側輕道：「今日不是休沐的嗎？怎麼，你有約？」

謝慎嚴轉頭衝她一笑。「休沐是沒錯，可吏部歇不下，我也歇不下。」

林熙聞言便也起身，撈著衣服往身上套。「怎麼今年的京察忙成這樣？當初你跟著韓大人時，正逢新一輪的安置調任，也沒見如此忙啊！」

謝慎嚴穿套著衣裳。「那時韓大人雖然成為了首輔，但吏部本就是他的管轄，熟門熟路的也沒什麼變動啊。」

「變動？」林熙挑了眉，隨即明瞭過來。「可是韓大人他要致仕了？」

謝慎嚴轉頭看向林熙。「知道我昨兒個為什麼回來得晚嗎？前日裡韓大人的母親差點就過世了，那御醫救了人回來，這氣雖是又喘上了，但人已經熬到了油盡燈枯的地步，已斷她出不了這個月了。他母親若是過世，韓大人自是得丁憂的，而眼下又是京察調換的時候，皇上又遴選了新的人手接手吏部，我們這些幫襯的便得跟著一起轉，除了原本要做的，還得理順接手的，哪裡閒得了？」

「怪不得你昨晚會在祖父那裡遲遲不歸，看來大伯也要榮升了吧？」韓大人要丁憂，內閣裡的幾位自是要依次向上，雖然照道理，進了內閣就是排資論輩，於謝鯤之前還有好幾位。可是這戶部一早皇上就丟給了謝鯤兼著，擺明了內閣首輔是定給他了，就算內閣的選擬是內閣自己的意思，但最後批准的還不是皇上？其他內閣又個個「老奸巨猾」一肚子城府的人，沒誰會不開眼的想和皇上對著幹、非去首輔的位置上蹲兩天的，畢竟你蹲上去了，皇上不樂意就會拿著芝麻大的事當西瓜的收拾你，把你扒拉下來讓位，你那不是自找苦吃嘛！

是以林熙一早就在謝慎嚴當年的言語裡明白過來，這會兒也知道應是大房要分家的時候到了。

「沒錯，昨晚就是為這大伯的事，說道得久了些。」謝慎嚴說著趿鞋起身。「月底的時候，這事就會落下來，到了年初，大伯就會自立門戶分出去。到了那時，祖父自會向驗封司報備，我爹便會為爵位承襲之人，而我，就由謝家三房子弟變為謝家未來的世子，妳也就是世子夫人了。」

林熙深吸了一口氣。「我知道了。」

謝慎嚴銜她笑。「我還沒說，妳就知道了，這甚好。」

林熙低了頭不言語，倒是謝慎嚴抬手摟了她的肩頭。「別想太多，不懂的就和我娘學就是，反正是個世子夫人又不是侯爺夫人，倒不必太緊張的。何況我父親身子極好，等到我能繼承的那一天只怕是七老八十的時候，妳跟著我娘學個四、五十年也總能出來的。」

林熙無語的看了眼謝慎嚴，抬手把腰帶塞了過去。「是，我一定爭取在六十歲的時候學出個皮毛來！」

第六十四章　年關驚變

一個人在官路上除了講究實力也得講幾分運氣，韓大人顯然是運氣不夠的類型，熬到了六十一上才做了首輔，做了還不到三年，母親就撒手人寰，於是不管他是內心真的願意還是不願意，都得痛哭流涕的磕頭上書以請丁憂，而後皇帝陛下形式上的挽留了一回，在他上書第二次懇求之時，沒有任何意外的批准了。

與韓大人背運相反的便是謝家大房謝鯤了，知天命入內閣不說，前輩們主動讓位，那聯名推舉的摺子一天一道，三天後，皇上下了旨，准了，於是謝鯤成為了內閣首輔。半個月後，封爵的聖旨就傳到了謝家。謝鯤得封「柱國」，爵掛侯列，待同郡王，自立門戶，後代世襲之，稱護國侯。

聖旨一下，謝家自是門庭若市，而有了這聖旨和賜下的宅子，分家一事便也定於年關之時——和和樂樂的過一個團圓年，年後分家也不衝撞。

於是謝家大房太太忙著打點新的宅院，三房太太徐氏則忙著接手。林熙這個才圓房「轉正」的謹四奶奶自然跟著跑，結果忙忙鬧鬧的剛進十一月，謝家大房的新宅子就收拾利索了。於是在十一月初八的這天，謝家府上的老老少少並著謝家的親戚們，便被齊齊邀約到了謝家大房未來的府宅作客，也算先踩踩門檻，聚聚人氣。

林家上下也應著邀約，齊齊的來了，由於林熙未來的地位變化，這次林家得到的招待程度規格也自是不低的，不但全家上下被招待得周全，就連陳氏也都被徐氏手拉著手的帶進了後花園裡的百花廳中，參加了只有絕對顯赫身分才能參加的「座談會」。

這權貴之家的貴婦人們個個都是機靈的主，眼見陳氏邁進了屬於她們的圈子，自然明白這之後表達的意思，於是眾人客套的與之言語，所幸陳氏出身並不差，又得過葉嬤嬤當年順帶提點過，倒也應對自如，不卑不亢的很得貴婦們的喜歡，於是在御花園裡遊戲玩耍了半晌。忽而大房太太薛氏親來相邀，說著在館堂裡備了瓜果，叫眾人歇歇腳，稍晚好去搭起的戲臺子跟前聽戲，眾人這才互相牽拉著說笑的挪了過去。

到了館堂口，陳氏退後半步跟在徐氏身後，眼瞧別人如何，而後她才邁步進入瞧著如何，剛剛坐定便聽到了男子的聲音，一愣之下不覺大驚，眼見跟前的婦人們都十分淡定，她便也保持著微笑不變，同大家一道坐在那裡，而後趁著吃茶用果的工夫，四處留意，細細瞧看，這才明白是怎麼回事。

像她林府，遇上大客臨門，或是親朋聚眾，都是男女各處一廳，外在外耍，內在內敘，而這館堂卻不同。這館堂，實際是個兩面的堂廳，朝內的一面為婦女家眷所在之地，正中置著高排羅漢榻，背靠著碩大的木質屏風，而其兩列陳著四張大椅子夾著小几，兩兩相對；朝內的西側一架矮排羅漢榻，以及六張椅子，東側則是一面長身銅鏡，一對寬背椅子伴著小茶几。

這些家什皆是紅木所造，滿是沈穩見喜，舉目望去，椅背雕刻著祥雲嵌著玉石，那腳踏處則雕刻著蝙蝠，處處有著福壽吉祥之意，看起來精緻卓越，但抬頭可見的頂梁卻是圓柱梁杆，除了軸接處有兩隻吉獸外，別處則連一絲雲瓣都沒有，只有珠圓玉潤之意而已。

而另一面向外的堂廳所坐便是男士，本來陳氏無緣知道對面的裝潢，只因她的身分，坐不到正中去，便臨著曾徐氏坐到了西側榻前的位置上，恰恰是能瞧見那邊的，便瞧得那邊梁頂是方正不說，其上還雕刻著葫蘆藤花的甚為精美。

再眼掃那椅背上，元寶疙瘩圖配玉石，小几上也都雕刻著元寶疙瘩，處處彰顯著男人們要的錦繡前程，要的福祿之心，便立時覺得自己在林府這些年，就從沒把心思往這上用過，頓覺自己這大半生耗在了林昌身上，終了什麼也沒得上，要不是女兒爭氣，讓她今日和權貴們能在一起，怕是到死都不知道權貴們這些不起眼處的精細排場。

她一時內心亂亂唏嘘，也未曾留意身邊人的低聲說笑，待回過神時，便感覺眼旁光澤異樣，轉頭看去，就看到曾徐氏一臉不悅的望著自己，便是一個機靈衝她笑言：「親家為何這麼瞧我？莫不是我哪裡弄花了？」

曾徐氏扭了下嘴巴，冷哼了一聲，繼而昂了下巴。「林家太太好架子，先前同別人聊得暢快，我這裡同妳說話，妳倒裝聾作啞了。」

陳氏聞言忙是賠笑。「妳誤會了，我這土包子沒見過世面，第一次來瞧見這堂館，便看直了眼，真沒聽到妳同我言語，不知親家方才同我說什麼？」

曾徐氏見陳氏這般言論自己的糗事，便知陳氏並未故意不理，面上倒也有了一絲緩和，衝她低聲言語。「我是問妳，妳家那個六丫頭，到底是個什麼心？」

陳氏一聽這話，立時有些懵了。「親家所問，我有點不懂。」

曾徐氏翻了下眼皮。「妳家那六丫頭，進了我曾家門這些年，也沒動靜，我請了多少郎中，花了多少藥錢，也沒補出個影子來，是以我給榮哥兒作主納了兩房妾，妳們也是知道的，這實不是我要傷了親家的臉，也是為著我曾家的根脈。」

陳氏淺笑了一下。「我知道，也從未對此事有半句言語啊。」

「妳言語我也不怕！」曾徐氏開口就搡了一句，說完後，卻意識到自己要說的不是這個，又衝著陳氏說道：「我問妳那話是因為這兩個妾侍中有一個有了身孕。前些日子，她生母不是死了嘛，披麻戴孝的在屋裡哭了兩日，便來和我訴求，想說等那孩子生下來，過到她名下將養，我本欲答應，畢竟她也是主母。可是嘛，看著她那張臉，我這心裡又不踏實，便說問問妳，到底妳家這六姑娘是個什麼人品，這孩子過得還是過不得？」

陳氏望著曾徐氏，一時張口結舌無法言語。

若平心而論，她自是會攔擋著不叫那孩子過繼過去，免得被林嵐那黑心的給帶壞了，但是她若這般說了，豈不是等於抽自己的嘴巴，敗壞了林家的門楣，可要是為著林家的門楣說了假話，將來孩子過了去，再學壞了，這曾徐氏找上自己，自己又該如何？

她糾結的望著曾徐氏，蘑菇了半天言語了一句話出來。「我並非嵐兒的生母，有些話說不得，親家何必為難我？」

曾徐氏聞言便要言語，可隔壁外堂裡，男人們的聲音卻越來越大，似在爭論著什麼，立時讓這邊女眷的聲音壓下去了許多，登時大家便能聽得清那邊所爭為何——

「長幼有序，這是自古定論，豈能無視？」

「這並非無視，嫡庶為大，論嫡才能正統，豈能由著庶出跳梁！」

「庶出也分生母貴賤，生母賤，子賤；生母貴，子貴……」

「這話可不對，母憑子貴因何而來，說的便是此類庶出，真正母貴子貴的必是嫡妻！」

隔壁的言語所持說的什麼，這些達官貴婦們豈能不懂，立時個個變了臉色，紛紛咳嗽起來，徐氏更是直接看向了大嫂薛氏，薛氏便高聲揚著催問——

「來人，快去瞧瞧戲臺子可搭好了沒，瞧把這幫老爺們急得，都替群相唸白唱詞了。」

丫鬟們立刻應聲，屋內的貴婦們聽見那邊鴉雀無聲，個個都吁出了一口氣，卻不料這安靜時分，卻有一男聲平平而言。「賢者治天下，仁者得民心，要我說，不論長幼，不論嫡庶，為賢為仁者才是正經，不過這是我謝家立族之本，卻非皇家所論，各位在我這裡爭持我也能理解，只是各位，我們是臣子，上書已見乃本，無可非議，但也請謹記為臣之心！天子立國本，君無戲言，若有不定，爭也是在陛下面前爭，這叫磊落，何必在我這兒提及？我這裡不過私宅，政事怎可提半字？豈不知忠心一片也會因小小不羈而負罪？各位若是連這點本分都做不好，還是速速離去，我這裡可請不得！」

「首輔勿惱，我們也不過一時閒論罷了。」

「是啊，一時閒說，閒說。」

外廳那邊三三兩兩言語聲，內廳這邊則是鴉雀無聲，一時間倒很是尷尬，薛氏皺著眉掃了一眼徐氏，徐氏便起身招呼言語。「諸位，前日裡，我翻整我那嫁妝，竟把做姑娘時，最愛的一闋曲譜翻了出來，如今一晃二十多年了，竟難得我有操琴之心，不知有幾位姊妹肯捧場？」

貴婦人們立刻高聲迎合，薛氏忙陪笑著叫丫鬟把自己的琴取來，不多時，徐氏便跪坐於榻上操琴，那琴音渺渺倒也緩和了兩廳內的尷尬與緊張。

一曲琴音終了，內外叫好間，丫頭來報，戲臺子已搭好，當下立時由薛氏邀約，眾人外出就座，這才使得各位貴婦同自己的爺們坐在了一起。頭戲頭闋自是暖場的，開場便是一齣熱熱鬧鬧的八仙過海，但見各位貴婦達官們對著戲臺指點言語，可無不是說教著剛才的事兒。

陳氏因著是跟著徐氏被她拉進來的，這會兒自是同林昌坐在末尾相觀，而其兒女子婿的，則是趕不上頭輪戲，還在別的院落裡熱鬧，是以她倒是正兒八經的同林昌看戲。眼看一闋唱罷，張果老倒騎驢而出，她便對著老生的戲沒什麼興致，掃眼看了下周圍，這才發覺主席位上只有徐氏同謝家三爺在，而這謝家大宅的主家兩口子，謝家大爺和其妻薛氏倒是不在。

當下心中一驚，伸手扯了林昌的衣袖，同他輕聲言語。「你方才可沒言語什麼吧？」

林昌眼看著張果老小聲作答。「我能言語什麼？那裡可沒我發話的分兒！」

陳氏放心的吁出一口氣。「那就好，這貴人們言語實在可怕，一個不留神可就說不清了。」

豈料林昌聞言身子一頓，繼而轉頭衝她言語。「糟了，我八成惹上麻煩了。」

「麻煩？」陳氏不解。「你又沒說話。」

「可我、可我是皇子侍講，皇上又讓我留心百官對儲君之事的看法，如今他們公然議論政事，我又在旁……」林昌掃了眼周圍都在言詞竊竊的人，小聲同陳氏說道：「我這知情不報，算不算欺君？」

抄手遊廊裡，薛氏一臉憂色的望著謝鯤。「老爺，您向來精明，怎麼今日偏生要說那麼一席話，把事兒揭過不好嗎？」

「揭過？」謝鯤搖搖頭。「今時不同往日，我是內閣首輔，國之儲君未定，自然少不得這幫人在我跟前議論，我若睜一隻眼閉一隻眼，只會叫陛下失望，那我如何穩住我之所得？」

「可是你這麼一席話，卻叫大家尷尬，這……」

「尷尬總比犯事好，我這話句句本分，皇上挑不出我的錯來，而官員中總有利慾薰心者、蚍蜉游弋者，就算捅上去，我也無錯半分；相反我若攔了、遮掩了，反倒惹事。」謝鯤說著苦笑搖頭。

薛氏嘆了一口氣。「哎，你就不怕這麼一席話出來，皇上便要你表態，或者囑你重託嗎？」

謝鯤眨眨眼。「夫人，妳知我為何要拚出這一條自立門戶的路來嗎？」

薛氏望著他，臉上充滿驕傲的光澤。「我夫傲氣，鐵骨凜然。」

「那妳知皇上為何早將戶部交於我手，好讓內閣前輩相讓？」

「這……皇上愛才……」

「呵呵，裝糊塗！」謝鯤淡淡的笑了笑。「族之大義，全者必有捨，今國之未來難算，儲君空欠十餘載，早已埋下禍根，族業必將有波瀾，我知，謝家上下更知。我身為謝家長子，自有責為謝家賭一路輸贏，成王敗寇，謝家總有相扶，族業才能屹立不倒！」

薛氏聞言捏了捏拳頭，隨即笑了。「老爺何必和我說這麼多呢？你們男人的事，我這個女人家才弄不懂，愛怎的怎的，我只知和你一路便是。」

謝鯤銜她點點頭。「走吧，去招待賓客吧，我只希望結果得出的這一日，不要來得太早。」

賓客盡興後，自是到了散去的時候，林熙送完了一些同輩的少奶奶們，便自是去了花廳處，接著祖母母親等人一路相送，但她卻敏銳的發現，母親的笑顏裡有著忐忑，而父親的眼角眉梢裡則滿是掙扎和猶豫，似遇到了什麼難題。

可是她要問，卻有些難，因為身邊來往的林家人裡，有不對盤的林嵐，考慮再三，她把疑問壓在心頭，送了家人上車。等到把陳氏與林昌都攙扶上了馬車後，才一副突然想起的樣子開了口。「哎喲，瞧我這記性，前陣子您那七女婿才從庫裡弄了一些皮毛出來說叫我孝敬您的，我卻鎮日跟著奔忙，竟把這事給忘了，不如娘先把祖母伺候回去，稍後我使人來接您到府上挑揀可成？」

「嗐，皮毛而已，也不慌這一日……」林昌在一邊擺手，顯然沒心思理會。

林熙立刻攥了母親的手。「不成，不敢再拖了，趁著還有個把月，趕緊趕出衣裳來，年關時穿著也好，若是再耽擱了，回頭叫慎嚴知道，怕是要數落我的。」

當母親的怎會不心疼女兒？尤其這個女兒讓自己現今這般有臉，陳氏立刻應承。「好了、好了，我知道了，這就先回去伺候妳祖母歇下，妳忙完了，遣人來吧！」

林熙應聲放了簾子，退開來，看著馬車走遠，這才折了回去，陪著應付。

大約半個時辰的工夫，都相送得差不多了，林熙這才跟著徐氏等人回往謝府，留下薛氏同大房的人做著一些收拾——畢竟，還沒正式分家，這個時候還是不能宿在這邊的。

林熙上馬車前，就招呼了五福，五福應聲，便招呼著兩個婆子，吆喝著馬車去往林府，林熙則陪著回到府上，於徐氏跟前聽她念叨了一圈，這才回到了自己的院落裡。

她叫著花嬤嬤和四喜去翻了皮毛出來，將挑揀了幾張送過來，四喜便引著陳氏到了。

「娘，您來了！」林熙自是出門相應，陳氏叫著章嬤嬤上前，只見她捧著一尊佛像，倒叫林熙一愣。

「這是我給妳拜求的一尊送子觀音，本思量著開了年再送過來，但今日妳叫著我來，我怎好空手上門，滿手離去，叫人說我算計妳婆家，便乾脆一併請了來早早與妳，至少禮尚往來的，也沒話柄出去。」陳氏細緻，想得周全。

這話一出來，林熙才驚覺自己先前只顧編理由，倒也的確莽了些。

「謝謝娘為女兒掛心。」她說著望了一眼那尊佛像，當即雙手合十衝著拜了，才叫花嬤嬤接了去。「利索的收拾一下，弄個龕堂出來。」

花嬤嬤笑著點頭。「姑娘放心吧，老身省的。」當下笑嘻嘻地捧了去。

林熙這才將母親迎進去，四喜已經倒了茶，並將皮毛往前擺，結果林熙卻衝她言道：「外面盯著，別叫人近了。」

四喜當下應聲退了出去，林熙便拉上了陳氏的手，同她並坐於榻上。「今日我瞧娘眉眼裡似有不安，不知是不是發生了什麼事情？」

陳氏聞言一愣，隨即擺手。「沒有沒有，我、我只是頭一回和那些權貴們在一起，不大習慣，怕什麼地方出了醜。」

她這般說著，眼神卻是閃爍，林熙見狀越發肯定是有什麼，便言辭懇切。「娘，熙兒是您的骨肉，雖是嫁出去了，可到底和您連著心，有什麼，女兒還能不察嗎？您就有什麼說什麼吧，總不至於真把我當了外人！我到底是姓林的，您又何必瞞著我？還請娘告訴女兒真相，莫要欺瞞著，否則，女兒心中不安，娘也不得寬心。」

陳氏望著林熙，眉眼中更難對視，似扭捏一般的猶豫掙扎了片刻，這才輕聲輕語的把白天裡遇到的事學說了一遍，末了才言：「妳爹因此犯了愁，生怕當時有別人報了上去，他這受了囑咐的，卻不吱聲，實會落個欺君的罪名，可若真要說了，卻又是難免壞了親戚關係，不仁不義了。」

林熙聞言嘆了一口氣。「娘，爹爹現下是什麼意思？」

「妳爹正沒主意的在屋裡愁著呢，依照他的意思還是報上去的。」

「那您呢？」

「都是親家的，怎能報呢？我們林家現在的風光，謝家撐了多大的面子，這不明擺著的嗎？要我的意思肯定不報，真有什麼事，我們也在九族內的，還能跑了？」陳氏說著挑了眉。「不仁不義的事，我不支持。」

林熙當下衝母親笑笑。「娘是我心中最敬佩的人，記得四姊姊出事時，您雷厲風行硬是給四姊姊拚出了一路幸福；六姊姊使壞，您為著大局，為著一家的名聲，隱忍相對；爹爹憐香惜玉，祖母慈強兩沾，您硬是在這等環境下，侍奉好祖母，掌好了家，還讓我們兄弟姊妹的各自嫁得好，娘，您實在不易！」
陳氏眨眨眼睛摸了帕子出來擦抹。「到底經了人事，便是知事了，竟還誇讚起我了。」
「娘仁義，這事知道攔著爹爹，要我說，這事就當不知是最好，可萬一要是皇上問起爹爹來，爹爹卻得實話實說。」
「什麼？」陳氏詫異。「妳瘋了，謝家可是妳的婆家，就是他大伯也是妳婆家人啊！」
林熙望著陳氏。「女兒沒瘋，您聽女兒細說。於仁義的道理，爹爹自然是裝聾作啞，才是對的，皇上不問，他也不存在什麼欺君，可若皇上問了，他還作假，那不是結結實實的欺君了嗎？而細細想那大伯所言，並無錯，皇上還沒作決定的事，臣子們再是議論也不該在朝堂之外。皇上若是下了旨，為臣子的自是要照做的，這字字句句，哪句不對呢？」
「可是妳祖母打幾個月前收了葉嬤嬤的信後，便囑咐我們言辭小心，政事莫提。那時妳祖母說，後宮裡，皇后和貴妃掐得緊，指不定哪路的輸贏呢，這話固然皇上跟前算對，但與後宮那兩位……」
「娘，大智若愚是為何？」
陳氏一愣，隨即醒悟了。「傻人有傻福，我本就不是精明的人，何必去想得那麼多。」
林熙點了頭。「是的娘，咱們終歸到底都不過是臣民罷了，這事上，成敗之論並非在我們，而在皇上，他授意誰便是誰，有什麼對錯，也是皇上的意思，我們何必杞人憂天？想得太多，反倒難以邁步，最後弄不好兩廂得罪，倒不如什麼都不想，簡單的應對，日後就算被算帳，也知我們是無心眼的，倒也不會真真的與我們計較。」

陳氏點了頭。「妳說得對，我回去後，就會同妳爹好生說一下這法子。」

「娘可千萬別說是我說的，只說是您想的，若是怕爹爹不聽，倒也可以去尋大哥，他心思縝密，說出來，爹爹也會思量，想來倒不會是拗著的。」

陳氏應了聲。「知道了，我會叫長桓同我一道言語的。」

林熙聞言放了心，這才動手拉巴著陳氏去選皮毛。「這些都是二伯從邊關叫人捎回來的，都是極好的東西，聽說貢品也不過比這種好上一點，穿戴出去，既不會寒酸，也不會踰矩，娘倒是可以放心，給祖母做上一套襖子，年關上也寒不著骨頭。」

「難為妳有這份孝心！」

「這是女兒應該做的嘛，娘您看這張如何？銀貂的皮毛，做個暖籠護著手也好……」

「我就省了吧，妳大嫂她從前個月才送了我一對，是她嫁妝裡帶出來的皮毛，又是親手做的，雖然比不上這個皮毛好，可這是她的一份心意，我不能冷著她，妳這份心啊，我領了！」

「娘對大嫂很寬厚啊。欸，大嫂和我大哥如何？」

陳氏的臉上立時透出一分喜色來。「妳大哥可沒隨了妳爹那身憐香惜玉的毛病，這成親後，兩人好得很，雖說洪氏不醜，但談不上什麼好看，可妳大哥倒是知道什麼叫敬重。妳嫂子懷上娃兒到現在，也有七個月了，別說我給安置丫頭了，就是洪氏親自選的兩個丫頭，人家也都沒碰，把妳嫂子暖得心窩裡一股子熱，成日裡變著法的哄著我們全家老少，今日這個明日那個的。」

「我婆婆知道大哥娶的是洪家女時，就同我說『親家是個明白人，妳大哥有福！』，現在看來，我婆婆這話還真是中的。」

陳氏笑著點頭。「妳婆婆可是徐家有名的才女，這些年人家也都寬厚待妳，沒真叫妳吃什麼委屈，妳可得好好伺候著，學著點洪氏，一心的把妳公婆哄高興了，這才是孝道。」

林熙點頭應聲。

陳氏便抬手摸著林熙的耳鬟。「這人啊，各自有命，妳能遇上這麼個好婆婆是個有福的，不像妳四姊，她如今的日子……哎！」

林熙皺了眉。「怎麼？她又張羅著要給四姊夫收房？」

「沒，自那會兒她提了出來，叫自己兒子給否了後，她倒也沒在這事上糾纏，就是少不得要挑三揀四的衝妳四姊念叨。妳也知道妳四姊那性子，念叨久了，這心頭上就是火氣，要不是她早年吃了虧，不敢再莽著，只怕早鬧騰了。這會兒的都是每個月借著去上香的時候，約了我在禪房裡訴苦，哎，看著她那樣，有時我也挺後悔的，真覺得倒不如把她嫁到門當戶對的人家去，至少不必這麼壓著自己。」

林熙瞧著母親眼中淚光閃呀閃，只能伸手為她撫背。「人各有命，您雖然談她沒那婆婆緣，可到底姊夫對她還是好的，您看，他不還否了收房的事嘛！」

陳氏點了頭。「妳這四姊夫，有的時候真叫人頭疼，跋扈衝撞，沒個禮數，妳爹不止一次背後說他胡來，可是這些年下來，我和妳祖母倒是越發的喜歡他，縱然他那性子一上來叫人受不了，可他至少實誠，沒壞心，也沒那諸多算計叫人盤算。尤其這事上，我還當悠兒只能認命，勸著她想開，豈料妳那姊夫，竟然連他娘老子的話都敢反，跪了兩日把這事揭過去，倒真真叫我心裡有了著落，知道妳四姊，也不是太糟糕。」

林熙嘆了口氣。「是這樣沒錯，也正是如此，四姊姊才沒了婆婆緣。」

陳氏一愣隨即不語，畢竟這是事實，倘若自己的兒子因護著媳婦打了自己的臉，那她第一個怪的必然不是自己的兒子，定是媳婦，總覺得是她害得兒子不乖，而將心比心之下，陳氏忽然覺得，這事也沒什麼好值得慶幸的了。

母女兩個這般一時無言，一同翻著皮毛，半盞茶的工夫陳氏才說起了曾徐氏今天問她的話，林熙一聽蹙了眉。「這曾家太太犯忌諱的問娘這個，只怕真是心裡糾著呢，哎，若是論姊妹情誼，自是該幫著她把孩子討到膝下，也能穩了她的位置。可是一想到她那沒心腸的樣子，我就覺得還是別的好，免得她把曾家毀了，日後叫人家罵我們林家。」

陳氏聞言眨眨眼，忽而抬了頭。「我省的了，十五那天上香時若再碰到她，我便直言吧。雖說家醜不外揚，但到底作孽的事，還是少一樁是一樁吧。」

陳氏回去後，便尋了長桓，母子兩個談了半個時辰，才去了書房同林昌言語，林昌同長桓爭論了好一陣後，乖乖妥協。

三日裡，他分外小心，生怕有什麼異動，但結果是無有異動，皇上更是問都沒有問起。就當他徹底放下心，把這事都要忘了的時候，十一月二十這天，皇上忽然召見了他，於承乾殿裡問起了他。

林昌心中那個驚，如同雷劈了他一般，規規矩矩老老實實的，回憶著把當時的情況一五一十的說了，一個字都沒落下，而後就埋著頭候在那裡，只覺得自己的背後濕漉漉的，而心撲通個沒完沒了。

等了半天，等來的是皇上一句「下去吧」，林昌從殿裡退出來時，只覺得腳跟發軟，晃蕩回了案前坐著，便覺得渾身都涼颼颼的了。

一坐便是等，等著看有無什麼風聲，結果午時才過，他就從同僚的口中得知，皇上一早上召見了不少人，等他把這些人細細的過了一遍，立時發現，都是那日裡在堂廳裡坐著的。

這下，他心慌了，急忙忙的衝去了書庫那邊，把正在分編史冊的長桓給叫了出來，拉在一邊角落上咬著耳朵把這事說了。長桓聽了眨眨眼，小聲勸他莫要慌張，靜觀其變，而後就把林昌送回侍講堂的案前，自己又回去繼續分編忙活去了，全然一副不當事的樣子，倒把林昌弄得一直思想是不是自己太沈不住氣了。

到了下午將散時，他刻意去同僚各處遛達了一圈，又去當值的太監總管跟前閒聊了幾句，得知皇上召見了一圈後，沒處置過誰，沒獎賞過誰，他才安心的離堂回家，心叫著虛驚一場。

十二月初五，休沐的日子，謝家一家人聚在一起於主院落內吃茶，老侯爺笑嘻嘻地拿了一封家書遞給了謝鯤，謝鯤便當堂讀了一氣。林熙這才知道，一直戍邊的二房，因著翻年大房要分出去，以保證這事的全家心齊，更為了彌補多年不在身邊的孝心，遣了妻子帶著孩子於十月初已經上京的回來陪著一道過年，這會兒算算日子，估計能在十二月的中旬時分抵京。

二房的家眷要回來過年，謝家一家人都很開心，尤其侯爺夫人，這位從來就跟鋸嘴葫蘆似的笑面佛，竟然難得地說了好些話，大意都是二房的不易、二房的辛苦，以及要好好準備一些東西給二房，叫他們年後回去時帶著，也能熨貼了二房的心之類。

一家人立時湊在一起說著採買些什麼給將來備著時，忽而門房上來了人，說是有貴客到，尋著大爺謝鯤。問及是誰，管家沒當著眾人面言語，直接去了老侯爺耳邊言語，隨即老侯爺的臉上浮出一抹輕笑來。「該來的來了，鯤兒，你去吧！」

謝鯤一愣，隨即放下了手裡的茶杯，整了下衣衫，對著老侯爺和侯爺夫人正經的鞠躬之後，便什麼也沒說的退了出去，跟著那門房往前去了。

此時屋中的人都是你瞧我、我瞧你，偷眼瞧看的林熙雖然摸不清楚到底是什麼人來、什麼事，但她也從眾人的臉上看出這事的嚴重性，因為大家的神色都十分凝重。就在這個時候老侯爺忽然衝謝安說道：「老三，你去張羅一下吧，看來，分家等不到年後了，你去各路招呼，三日後開祠分家吧！」

回到了屋中，忍做了一天啞巴的林熙立時衝著謝慎嚴討問：「這到底怎麼回事？」

謝慎嚴看了她一眼說道：「皇上要動作了。」

林熙眨巴了好幾下眼睛，才小心翼翼的言語。「他，是要立儲了嗎？」

謝慎嚴點頭。「對。」

林熙歪了腦袋。「這麼說，今日來的人，是皇上的人？」

謝慎嚴沒有直接回答，而是衝著林熙說道：「大伯是首輔，自也是未來儲君的第一擁護者，皇上決心立儲，自是要先把我大伯拉在他麾下的。」

林熙了然的點頭。「立了好，省得這樣沒個定數的亂著。」

「好？」謝慎嚴搖搖頭。「好個鬼，這是要尋著風雨來！」

「怎麼？」林熙望著謝慎嚴一臉不解。「不是你們常說國無儲君，難有安定的嘛！」

謝慎嚴的眼睛瞇縫了起來。「這話沒錯，但那是要早立，誰王誰寇一早清楚，也沒得那些事。可是偏偏不兩清著，由著這會兒兩相較勁的撐著，局面倒也算穩當，畢竟相持不下嘛。可這個節骨眼上卻想起立儲了，這不是非要安穩不穩嘛！哼，有心立了，可那也得能鎮住才成，若是鎮不住，只怕是腥風血雨見天的湧啊！」

林熙撇了嘴。「皇上正值壯年，有什麼鎮不住的。」

謝慎嚴眨眨眼。「未必！若他真是鎮得住的，只怕還會拖著，等著心中之選羽翼豐滿，只可惜拖不下去了，這便急了，巴巴的給著多放些籌碼，想著穩住，但真穩得住嗎？遇上根深柢固的，只會是一場逃不掉的人禍！」

林熙聞言再說不出什麼話來，畢竟謝慎嚴與她沒有半句隱瞞，這話語雖直卻是事實，至少讓她明白在未來的日子裡，有著一場血雨腥風在等著。

「那，宮裡向大伯授意，我們是不是就得……」半晌後，林熙問了這話出來，對於未來，顯然再不能把自己當成一個看客了。

「我們也得站隊，只是大伯站去了那邊，我們就得看顧著這邊，兩手準備，總能押中一脈的。」

「我們是押，皇后那邊嗎？」

謝慎嚴衝她點點頭。「謝家大族押的自然是根深柢固的。大伯爭下首輔之位來，也自是明白走的是當紅之途，這兩者誰贏誰輸，其實很難說，咱們也只能瞧看著。」

林熙眨眨眼，人往謝慎嚴的跟前湊了湊。「可是按照現下的情況，皇上屬意的是三皇子，由大伯力撐著，必然也能豐其羽翼，但我們和大伯相對，這不是一家人兩家算了嗎？大伯與我們之間日後怎麼相對，還有，若是這事有個變數，一朝覆盤，我們要是押對了，那大伯他們又如何？」

謝慎嚴伸手摸了摸林熙的臉。「捨與得，本就是如此。」

「可到底是一家人……」她還想言語，謝慎嚴的指頭卻按在了她的唇上，繼而望著她，指頭順著她的唇摸弄了兩下，低頭將唇含住，吸吮幾下後，便一把抱起了林熙，直往屏風後去。

「天、天還沒黑呢……」林熙心中一撩，麻酥酥的感覺布了全身，但那白日的光提醒著她，什麼是規矩。

謝慎嚴將她放在床上，直接欺上身揉搓起來，在他亂亂的親吻裡，林熙能聽到的是含糊的回答。「黃昏已近……妳我還能有幾日這般舒坦……」

她望了一眼外面明亮的天，便閉上眼，抬手摟住了他的脖頸。

是啊，風雨欲來，家業都將要面對人禍，現在平安溫馨的每一息，都值得珍惜。

那天晚上，謝府到了亥時，依著規矩落鎖封門，但其內的各房院落卻都久久沒有調暗燈火——謝家大爺並未歸來，各院裡也都有著自己的思量。

謝慎嚴與林熙顛鸞倒鳳的瘋狂了近乎一宿，林熙被折騰到完全無力的癱在床上，也沒敢說一句不來的話。因為她知道，向來克制慾望，十分有規律規矩的他能丟棄了忍耐，能打破他固守的一切這般瘋狂，皆因他心中充斥著太多的情緒。但這份情緒是什麼，她卻一點也摸不清楚，唯一能猜想的，就是對未來局勢不明的重壓而已。

髮被他撩撥，粗重的呼吸響在耳邊，他的眸子直勾勾的盯著自己，許久才輕聲言語。

「對不起，我說了要慢慢的，結果……」自圓房之後，他便同她言語，體諒著她不過才成人，不好太過熱忱傷了她，便是五日才碰她一回，可這次倒好，一夜竟折騰了她六回，別說弄得她那裡疼了，現在整個身子都跟散架了一般。

「都是夫妻的……」林熙衝他努力的笑著。「不用和我說這個，說到底……辛苦的也是你。」

她笨拙的狂妄言語讓他一愣，隨即便笑得一臉歡悅。「妳這般小心翼翼的，竟也敢說這等詞句，不怕我定妳浪性？」

林熙眨眨眼，把腦袋埋去了他的胸膛。「出了床帳我死也不認說過這話。」

謝慎嚴聞言捧起了她的下巴，對著那紅腫的唇便是一通猛吮，林熙心道不好，思量著不會他還能來時，外面有了響動，是當值的五福傳話，說著主院管事來招呼，謝家大爺回來了。

謝慎嚴立時應了聲，叫著人備水供他沖洗，林熙撥了帳子，從屏風的鏤空裡往外瞧，才驚覺天色竟是泛起魚肚白，此時已入了卯。

「妳不必起來，歇著吧！」謝慎嚴洗漱出來瞧著林熙抓著衣服往身上套，便匆匆交代了一句，而後湊到她近前，扯掉了她才穿上的衣服，把她給塞回了被窩裡。「今兒個白天，應該不會有妳們的事的。」說完他便出去了。

林熙念著這句話思想了一下，便猜今日少不得是府上的男人們要作出個定論來，而她們這些女人只有等著結果聽命的分兒，便覺得自己想再多也沒用，既來之則安之，還是先睡好再說，畢竟昨兒個那一晚，只能抽空打盹的那種迷糊，實在沒能緩過什麼勁頭來。

於是她也不去想，抱著被子就閉上了眼，結果等她再睜開醒來時，問著身邊的花嬤嬤才知道已是未時。

花嬤嬤是老人，昨晚上屋裡怎麼折騰的，五福也是報了的，所以誰都沒敢來擾林熙。這會兒見奶奶醒了，忙把燒好的熱水弄進了浴桶裡，林熙便拖著疲唧唧的身子去泡了一通，直泡得渾身燒乎乎的，才出了水，回屋子裹了四床被褥發汗。

「姑娘，今兒個還要不要把雪水弄出來給您備著？」花嬤嬤動手給林熙抹著汗問著話。

林熙搖搖頭。「免了吧，今兒個沒那心思整這些。」她說著看向花嬤嬤。「爺有回來過嗎？」

「沒，早上出去後，就在主院裡一直待到午時，晌午便出去了，飯都沒在府裡用。」花嬤嬤把打聽到的告訴了林熙，林熙沈吟了一下，閉上了眼。

大伯在宮裡待了一宿，大清早才回來，怕是皇上交代了不少，不過這麼待上一宿，那些有眼線的，只怕也摸得到邊了。皇上只怕是有意，不想叫謝家躲了過去，哎，風雨、風雨，既然躲不過的話，來就來吧！

她正這般心裡念叨著，花嬤嬤又湊了過來。「姑娘，夏荷這月子可坐了一半了，滿月前，您是不是也賞點什麼？」

林熙睜了眼。「什麼？月子都坐了一半了？怎麼她生了我不知道？」

花嬤嬤撇了嘴兒。「妳成天的跟著太太轉悠，忙前忙後的，一個陪房的事又怎好煩著妳？如今妳這不歇下了嘛，她還沒出月子，不晚的。」

「男的還是女的？可順利？」

「女娃娃，挺順當的，疼了兩天也就出來了。」

林熙聞言眨眨眼。「叫四喜進來！」

花嬤嬤立刻應聲叫了四喜進來，當即林熙吩咐著。「從我的嫁妝銀子裡，拿出兩份五十兩的銀票來，還有早先備下的那個銀鎖子也拿出來吧！」

四喜答應著去取，花嬤嬤湊了過來。「怎麼拿兩份？」

「她生的是個閨女，她男人家裡人丁也不旺的，這兩份妳帶著，一份當著她男人給了去，說是我的恩典，另一份私下給她，萬一有些不周虧欠的，倒也能自己補貼了。還有妳去就把話點透，叫著月子好好伺候別弄下什麼虧來，將養好了，才能再添丁。」

花嬤嬤點了頭。「放心，這些我一準辦好！姑娘可真是寬厚性子，難為妳為她這麼一個下人想得那麼多，這一年裡她家可得了不少賞賜，這份恩又送上，她怕是要衝來磕頭的！」

林熙笑笑。「她要真這麼來，妳可把她給我摁住了，月子坐不好回頭算我帳上，我可虧大了！」

四喜此時捧了銀票和鎖頭過來，交給了花嬤嬤，順嘴接了一句。「夏荷姊真是得姑娘的厚愛。」

林熙看向了她。「我這人將心比心，誰待我好，我待誰好，她雖是下人，卻也一心為我，還挺著大肚子的為我奔忙，我豈會無動於衷？妳們也犯不著羨慕，只要妳們一心在我這裡，為我肯多思量，肯吃虧受忍不惹事，到了年歲時，我也會給妳們尋個好的歸宿，盡了主僕的情誼。」

四喜立時低了頭。「姑娘放心，我們幾個是您的人，不論如何都必然是要和姑娘一心的。」

林熙點點頭，閉上了眼，繼續發汗去了。

黃昏時分，謝慎嚴終於回來了，兩人一道用了飯，在院中散步時，林熙才從他口中得知，大伯昨夜被皇上拉去絮叨了一晚，一切如猜想那般，皇上準備立三皇子為太子，並意在開年時，宣告天下。

而這份決議需要群臣的支援，才能和太后與皇后的固守之派抗衡，於是謝家大爺被授命起草薦立文書——說白了就是要謝家大爺以他的名義去拉幫結派的，為三皇子紮場子下籌碼！

「那你們最後商討個什麼結果？」

謝慎嚴抬手給林熙拉了拉斗篷。「祖父不是已經交代，後日就要分家了嘛，這便是應對。」

「我知道，我的意思是……」

「不急，等旨意下來時看吧，皇后和太后是個什麼態度，我們再決定如何。」謝慎嚴說著摟了林熙的肩頭。「這個年關還不知道能不能過好。」

十二月初八，天上飄著細細密密的雪粒子，謝府上卻是早早的就開了府門，一派嚴肅之相。

辰正時分，陸續有一些轎子停在了謝府的西側門，到了巳時初刻，著了正裝候在府裡的林熙得了招呼，這才往主屋那邊去，再見了侯爺夫人和徐氏後，便跟著她們一同到了祠堂所在的院落外立著。

院落裡隱約飄出一些聲音來，卻聽不大清楚，府中管事不時的進出院落於侯爺夫人跟前低聲言語。大約半個時辰後，一掛鞭炮響起，隨即侯爺夫人帶著一干女眷，移去了偏廳，一刻鐘後，老侯爺帶著謝鯤走了進來，薛氏也走到了自家夫婿的身後，隨即大房的兒女們走了進來，手捧荊棘，一道跪在了廳中，給老侯爺同侯爺夫人磕頭。

「兒子不孝，父母在還分家，還請爹娘責罰。」謝鯤跪地言語。

老侯爺當即看了夫人一眼，侯爺夫人這才言語。「傻話，你分家是你得了榮耀，為這謝家光宗耀祖，我與你爹豈會責怪？只是你這一出去，便成一家，凡事都需細細思量，不可莽撞，更不可疏離了家人。」

「兒子省的。」

於是接下來的，便是侯爺夫人對著薛氏以及大房子女的一番教導囑咐，待這禮數行罷，廳中的男丁便退離出去，同作證的幾位一道宴席，她們這些女眷才折回了主屋的院落中。

侯爺夫人大約說多了話，回到院落裡就悶著不言語了，只在用餐飯時，破天荒的一人獨自飲下了一小壺酒，看起來喜中見憂的，結果飯一用完，人就喝高了的去榻上躺著了。

到了下午申時，賓客都離，一家人又吃了一頓飯，更象徵性的發了一車箱籠去了那邊的新宅子。等到晚上戌時，天色已黑，謝家側門大開，車馬箱籠，大房一家這才在夜色裡離開了明陽侯府。

謝家分家分得十分低調，沒有什麼太大的喧譁，但是這不代表這事大家是不知道的，畢竟驗封司的人就在跟前記錄見證，再加上那一晚謝家大爺留在宮中，清早開了角門才得以回府，這京城中那些機靈的便似聞到了味兒一樣，紛紛下帖子的互相拜會起來——可不單單是護國侯府、明陽侯府，那些侯伯家的門檻一下子便被衣襬掃得纖塵不染。

但這樣的氣氛下，林熙卻沒融進這份緊張裡去，只窩在自己的院落裡繡著她新的作品——百子圖，這是徐氏交代下來的任務，讓她繡出來做被面，以證她的心誠。所以她終日裡一面繡著，一面聽著花嬤嬤和四喜、五福打聽來的動靜，時而笑笑，時而喟嘆個兩句，也就過去了。

十二月十八，她正在屋裡繡那孩子手中的一掛爆竹，忽而方姨娘奔了來，說是徐氏有請。

林熙急忙放下了東西，整理了衣裝跟著過去，路上問那姨娘，太太這會子召喚她是為何事，那方姨娘眨眨眼睛低聲言語。「是莊家來了人。」

林悠的婆家？林熙一愣，頓住腳步。「又來相請嗎？」

方姨娘點了頭。

林熙撇了嘴兒。「這宴席的日子都過了，何必還來呢？」

原來十二月十一那天莊家下了帖子，說是十三日莊家老太太過壽，宴請各位蒞臨。

徐氏接了帖子，答應得挺好，說一準帶著兒媳婦前往道賀，可到了十三的那天，林熙還正兒八經的打扮規整呢，徐氏卻拉巴著她直接就在主屋院落裡聊了一下午關於治家的要點之類。

林熙見徐氏沒動的意思，自己也不開口，一直坐到黃昏時分才被放回來，還得了個繡百子圖的任務。

回來後她在屋裡坐了半天，揣摩著為什麼徐氏不動，為什麼莊家也沒來人催，結果到了晚上歇下的時候，才從謝慎嚴的口中得知，不是莊家沒來人再請再催，而是來了後直接被打發了——徐氏竟然叫下人謊稱，徐家老母十二日的夜裡摔傷了身子，她只好帶著兒媳婦於第二天大早往娘家奔去瞧看盡孝。

當然徐氏做事還是細緻，不但她沒去，曾家太太也沒去，顯然是得了姊妹的招呼，陪著一起圓謊作假，免了這趟宴席。

林熙當時便明白，徐氏不想在局勢未明前扯上什麼，因而便也明白自己得注意著些，可不料這才躲了個五天，莊家竟又來人了。

「方姨娘，這莊家來人請，婆母因何要叫我過去？」

「莊家來的人這會子可不是請太太過府，而是請的您。」

「我？」林熙詫異。「怎麼會請我？」

「說是他家少奶奶摔傷了身子骨，挺嚴重的，來知會一聲，請您過去瞧看一二。」

「什麼？」林熙聞言大吃一驚，急忙同方姨娘趕了過去。到了徐氏的院中，她便掃看來人，卻發現來的這個丫頭有些眼熟，想了想，才憶起那是在嚴氏跟前伺候的那個，當初還端湯送到過林悠那裡，可因此她心中反而起疑了。

這些年，莊家府上她也不是沒去過，逢年過節聚在林家府上，姊妹兩個也少不得言語，壓根兒沒見這丫頭有跟過林悠。可現下林悠出了事兒，來知會相邀的卻不是林悠跟前的人，更不是林府跟過去的人，而是嚴氏身邊的人，這倒有些跨了界。

那丫頭聲情並茂、一臉焦急狀的說著林悠如何摔傷，說得頭頭是道，可是看在林熙眼中卻是漏洞百出，那自始至終緊捏的手，那不用問便描述的種種情況都在宣告她的精心準備。林熙立時明白這次的邀請去不得，雖然不知道有什麼事等著自己，但也不會傻到要去那裡一探究竟。

林熙於是衝著那丫頭說道：「妳且回去告訴我那四姊姊，我知道她傷著也很擔心，但是眼下我身上不方便，不好過去沖了她。這樣吧，五福，妳跟著她一道去看看，幫我轉告我四姊姊，叫她好生將養，等我爽利乾淨了，便會去瞧看的。」

五福立時應聲上前，那丫頭見狀還要言語，林熙卻不理她，伸手捂了肚子朝著徐氏便是行禮求著告退。

徐氏當下一擺手。「回去歇著吧，我叫灶房給妳熬著紅糖水，喝著暖暖，這天寒地凍的時候，千萬別受涼著風，萬一有個不對留下什麼毛病來，那可要黃了我的念想。」

於是林熙當即應聲告退，把那丫頭徹底丟去了一邊，她這一走，徐氏立時三言兩語就把她給打發了。

五福陪著那丫頭離開後，徐氏衝著身邊丫頭言語。「去，到主院裡知會一聲，這莊家又動作了。」

那丫頭應聲離開，徐氏坐在大椅子上撥弄著茶杯，忽而她衝方姨娘言語。「我沒記錯的話，她半個月前不是才來過了嗎？」

方姨娘一頓點了頭。「太太沒記錯，是半個月前。」

徐氏關心著未來孫子幾時有信，把林熙的信期早就盯上了，此時見方姨娘肯定，眨巴一下眼睛笑了起來。「不賴，還能聞出味兒來！」

第六十五章 一招封喉

林熙躲回院落，心中不安之下便想著莊家弄個丫頭撒謊來請自己是圖個什麼，可想了半天，也沒想出個所以然來。不大會兒工夫，徐氏竟叫方姨娘帶人送了紅糖水過來，還帶了一句話。「好生屋裡暖著，哪兒也別去，別摻和，好好的將養身子。」

林熙立時明白婆母這話中意思，果斷表態。「知道了，我一定好生養著！」

方姨娘笑著離去，林熙卻笑不出來，她回味著徐氏的話，驀然間想起了葉嬤嬤的那封信，當下便回去把信兒給翻了出來，看著那兩行半字，只覺得心裡突突的跳。

當晚謝慎嚴一回來，林熙便把這事講給了他聽，但是對於看出丫頭撒謊的事，她沒提，只說自己見來的不是林悠身邊的人，心中不放心，而對於葉嬤嬤的信，她完全就沒提及。

「你說，她們把我弄去，是打什麼主意啊？」林熙扯著謝慎嚴的袖子問話。

謝慎嚴轉頭看向林熙。「前天朝堂上出了事。」

「嗯？」

「皇上在早朝議政時，突然昏了過去，當時群臣都驚嚇不已，但一個時辰後，皇上又生龍活虎的回來繼續議政了，據御醫們稱，皇上那是積勞過度累的。」

林熙聽著這話彆扭，當即言語。「累著還不歇著？怎麼還繼續議政？」

謝慎嚴的眼裡閃過讚賞之色。「妳能覺察出這個，不錯。皇上為什麼累著還來？不過想證實自己無礙，好叫群臣放心，可是真的能放心嗎？陛下一心為大計而撐，只是有多少人會上當受騙呢？」

林熙眨眨眼。「那她們把我弄去是……」

「未來的世子夫人啊，妳若是做了砧板上的魚，我這裡少不得受妳的耳旁風。」

林熙聞言呆呆的看了看謝慎嚴，好半天後露出一個無奈的笑容。「莊家還真看得起我。」

謝慎嚴衝她一笑。「夫人還是不要妄自菲薄。」

縱然有謝慎嚴如此言語打趣，林熙也著實不能放下心來，畢竟這通算計讓她內心不安，她第一次意識到，自己雖然只是一個府中的少奶奶，卻也會在不經意間被人當了靶子。

謝慎嚴瞧著她那樣臉色，便出口詢問：「妳不是叫丫頭跟著去了嘛，真假還摸不出影子來嗎？」

林熙眨眨眼。「五福已經糊塗了。」

「糊塗了？」

「是，她去了後，就先被晾在外的，後來是有人引她去了我姊姊的院落裡，卻根本沒機會進房去，只瞧見出出進進的好些丫頭，候了半個時辰的樣子，她才進去瞧看，就看到我四姊昏睡著不醒，伺候的丫頭說她摔得如何嚴重，睡前又怎麼念叨著要見我。」

「那這有什麼糊塗的？」

「可問題是，伺候的人都是她不認識的，沒一個是林府上過去的人，而且，她出來的時候，還聽見莊家的人數落著我的不近人情，聽著那些丫頭說我的不是……」

「她就沒說去找陪過去的人問問嗎？」謝慎嚴挑了眉。

林熙苦笑著搖搖頭。「她找了也要能見到啊。莊家府上的人說，我那姊夫聽說我姊姊摔傷了，發了脾氣，把伺候的人全部都罰在堂裡收拾呢，自是一個都見不到的。」

謝慎嚴捋了捋他那鬍子。「妳怎麼想？」

「也許我姊姊是真的摔傷了，但莊家能讓五福聽見那些話，卻不應該，莊家好歹也是侯府，斷不會約束不住下人把這些話讓她聽見，所以我覺得她們是刻意讓五福帶著那些話回來，好逼著我去，可越是這樣我越不敢去！」

謝慎嚴點點頭。「沒錯，妳想得很對，這個當口還是小心為上。這樣，我明天就請三、四個郎中來府上坐坐，她能摔到，妳也能，要病一起病，他莊家也不能怎樣！」

林熙瞠目。「這好嗎？」

「不過是比個臉皮厚薄而已，厚著些又何妨？」

謝慎嚴說完就轉身去翻看手裡的東西了，倒把林熙一個晾在那裡，直著眼睛盯著他瞧，腦中想起的卻是當年他來到碩人居時，那江湖人一般的俠氣。

「瞧什麼呢？看我臉皮可厚否？」謝慎嚴頭都沒抬的言語。

林熙一愣，歪了腦袋。「我忽然覺得和你在一起快三年了，卻並不懂你。」

謝慎嚴抬頭看向她，嘴角浮著笑。「不急，才三年，妳慢慢看，到七老八十兒孫滿堂的時候倘若還看不懂，我可以慢慢告訴妳！」說完不等林熙表態，又低頭翻看手中的文書去了。

林熙抽了抽嘴角，轉身去了一邊抓著繡繃子開始用功。

屋內一時安靜下來，偶爾有紙張的翻動聲。

當林熙完全靜心專注的繡著孩子的眉眼時，他抬頭看著林熙那側影，眼裡流露著一絲淡淡的情愫。

翌日，謝慎嚴果然說到做到，請了四撥郎中到家中喝茶，喝茶後診金帶走，病情留下，不但林熙摔了腿腳得好生將養著，就連徐氏也被發現勞心勞神，得一併好好的休憩。於是這婆媳兩個便安安穩穩的在府中養病起來，把一干邀請全部都打發了回去。

兩天後，洪氏遞了帖子說來看林熙，林熙想了想，認定這是大嫂的一份關心，便叫著四喜把人接到了院落裡，自己老老實實的躺在床上真的裝著傷著了。

「妳說怎麼就這麼巧，一個傷著還不夠，妳也不對！」洪氏進屋說了兩句客套話，便衝著林熙笑著言語。

林熙一愣，想到婆母對洪氏的讚揚，便思量她心思通透，怕是明白內裡的門道，便不好意思的低了頭。「是啊，就這麼巧。」

洪氏銜她笑著不言語，林熙覺察氣氛不對，便把屋裡的人打發出去，還叫著四喜守門，果然內外的一招呼，洪氏臉上的笑便沒了，人直接坐到了林熙跟前，一臉嚴肅的言語著。「我前兒得了信兒，昨兒個專門去瞧了四姑姑一趟，她身邊有莊家伺候的人，與我也不好言語什麼。不過我瞧著她是的的確確摔了，卻不是很嚴重，便問她怎麼這麼不小心，她說是自己倒楣，在去寺廟幫婆婆取經書的路上，轎子底斷了鉚，把她給摔下來了。」

林熙一愣。「幫婆婆取經書？轎子底斷鉚？」

洪氏點了點頭。「妳沒去是對的，她身邊伺候的一個老媽子抱怨妳都沒去走動，四姑姑沒吭一聲，顯然她不好言語。」

林熙眨了眼。「嫁夫隨夫，著實難為她了，四姊姊的性子向來直，這些年雖然懂得壓著自己，卻也不是個肯低頭的，只怕她心裡這會兒也惱著呢！」

洪氏點點頭。「誰說不是呢？為了把妳誆過去，竟這麼毒的真把她摔了，這心裡能舒坦嘛！算了，不說了，妳們兩個就好好養病吧，我瞧看好了，也就回去了。我來就是說這個，也不枉四姑姑那麼費勁的說清楚她怎麼摔的了。」

林熙聞言紅了臉。「大嫂辛苦。」

洪氏銜她淡淡一笑。「我辛苦什麼？這個年關裡，辛苦的是妳們。」她說完意味深長的看了林熙一眼，便起身要走，林熙急忙言語。「大嫂，等一下。」

「嗯？」洪氏望著林熙。

「大嫂，長宇最近如何？」自放榜出來後，結果差強人意，陳氏又告知其生母已逝之事，林熙的心中一直有些顧慮，生怕他同林嵐一樣內心不近，故而問起洪氏。

「二叔此番敗北，卻也未曾灰心，倒有心思再奮進；三叔雖然得過，不過這陣子卻沒心思讀書，婆母以為他傷懷，便也由著他。但前幾天吃酒之後竟惹了屋裡兩個丫頭，婆母瞧看著他孝期裡這麼亂來，叫著去祠堂裡跪了半宿，又給兩個丫頭招呼安頓，後來由著老太太發話，把兩個丫頭先收在他房裡。」

林熙聞言撇了嘴。「十五、六上這就收房，如此先時哪有上進的心?他又是個庶出的，這日後如何好說親事？」

洪氏掃她一眼，笑著言語。「小姑姑就別操心了，人家都是顧念著日子，巴不得把人養廢了，婆母寬厚不做那虧心事，卻也架不住人自甘墮落，他要廢就由著他吧，這樣也總比太能了好。」

林熙見洪氏把話都說得敞亮，嘆了一口氣。「他若真自甘墮落的廢了，的確怨念不到我們什麼，但架不住六姊親近，萬一受其挑唆反倒會落在我們身上，所以我寧可他好一些，日後就算煽動，也未必起念啊！」

洪氏眨眨眼。「行了，小姑子既然這麼想，我這個做大嫂的便會上心，回去我就同妳大哥提一提，叫他捉著些，督導他上進，免得成了那樣。」

「那謝謝大嫂了。」

洪氏笑了笑，便言告辭，由四喜相送離開了謝府。

十二月二十五日辰時，管家得了前站的信兒，知道二房家眷總算到了京城，立刻來報，當下謝府使人去接，又使人去知會各路。

林熙得了信兒，換了衣裳早早趕去了三房主院，不多時，十三、十四姑娘就都趕了過來，大家隨著徐氏奔去了侯爺院落，很快大房一家也趕了來。

才進巳時管家來報，八輛馬車和二十騎丁保已到了謝府側門。

當下謝安同小四爺和三爺一道出去相迎，徐氏便帶著林熙同四房、五房的人到了二門上相迎，約莫一刻鐘後，幾位爺回來，其後跟著三頂轎子。

轎落人出，當下一家人親切相擁著言語，林熙便在一旁打量瞧看。

之前她同徐氏閒聊時知道，這二伯母柳氏論起年齡來，是要比徐氏還大個兩歲的，可見到人後，林熙卻覺得柳氏怕要比徐氏能大出個七、八歲去，皮粗面糙的著實顯老得厲害。

不過她那身板卻十分的健壯，也不知道是那邊的飲食緣故，還是她本就體格如此，總之看起來，很有些粗實僕婦的感覺，若不是她身上穿著華美的錦衣，頭上戴著那些金貴的飾物，她相信，換一身粗衣簡釵的立在那裡，保准沒人會信她是謝家的二房太太。

而同她一道乘轎子來的兩個女子，兩個綰著婦人髻，林熙在其後的拜見裡才知道，這兩位一個是柳氏的兒媳婦啟二奶奶梅氏，一個則是謝家的七姑娘謝娟。

這一行人到了，自是依照規矩入內行禮，一通叩拜忙了個七七八八時，八姑娘也攜著夫婿趕到了，當下又是一通行禮，便是眼淚笑語混雜在一起，府裡熱鬧起來。

林熙同趕回來的謝慎嚴規矩行禮，得了柳氏一張雪狐皮子做的斗篷，忙叫著花嬤嬤捧了回去。這一言語的工夫便到了午時，家宴擺起自是少不得巡酒。

多年未曾回來，酒罈子一連破了七個，老侯爺都喝高了，大伯也有些醉勁兒，這三個女人家卻也沒見著有什麼醉意。

宴席撤下，老侯爺便被大爺和三爺架著回了內裡休息，侯爺夫人便招呼著柳氏去了屋裡說話，將其他的人囑咐著由徐氏帶去休息，只說餘下的晚上再細說。

徐氏招呼，自然林熙少不得跟著跑腿張羅，於是她同啟二奶奶、七姑娘、八姑娘一起到了二房原先的院落裡，幫襯著那幾車人物的安置。結果這一安置，嚇了林熙一跳，她原以為八輛馬車，至少有四輛是裝的物件，可實際上裝著物件的只有兩輛，剩下的六輛馬車裡，竟都是人。

她們都是些丫鬟僕從的打扮，清一色的女性，雖然年歲上大小都有些，卻各個身形矯健、目光犀利，叫林熙看著莫名的心裡打怵。

與她的驚訝不同的是，八姑娘和徐氏似乎早知如此，十分淡定的安置大家歇息，而後林熙便果斷的鎮定相隨，不聞不問的安置。

下午拿來休息，到了晚上又是一家人共用餐飯，但與中午的歡樂不同，晚餐卻有些氣氛凝重，餐飯結束後，一家人齊齊聚在主廳裡，醒酒後的老侯爺端坐在大椅子上，看著柳氏把那些丫頭僕婦的都招呼到院落裡。

「公爹，這些便是我帶來的人，她們大多都是紅衣軍的人，其中幾個年長的都是當年追隨我，這次便同我一道來的，一共是三十六個人，皆是驍勇善戰可信之人。」

柳氏的言語讓林熙聽著心驚，她不自覺地掃著廳裡的人，能看到的皆是他們的凝重之色。

老侯爺站了起來，他看著這些人，忽而雙手一併，竟是作揖般的抱拳，立時廳外的這三十六個人全都半跪了下去。

「諸位，妳們千里迢迢而來，老夫謝過了！」老侯爺說了這麼一句，三十六個人皆是低頭不語，但這無聲的舉動卻整齊劃一，看得林熙身板繃得直直的。

之後老侯爺坐下了，柳氏也叫著大家都起了候著，當下一家人便湊在一起言語，林熙完全就立在徐氏身後豎著耳朵聽，終於在聽了大半之後才明白過來所謂的二房回來見證分家，並盡孝道不過是掛著名頭而已。當幾個月前謝慎嚴在韓大人身邊知道他母親近日精神不好時，老侯爺就去了一封信，其上就兩個字——盡孝。

而後謝鵬一琢磨，明白了信中的意思，立刻同夫人柳氏挑選人馬，便形成了伺候者三十六，護送者二十人的隊伍，送著三位女眷回京盡孝。

盡孝不過是名，她們真正而來的目的，是在這場可以預見的風波裡，護衛家族。

「由她們伺候在各處，不會起眼也不會惹人注意，但凡真出個什麼大的動靜，也能護著血脈及傳承之物，不叫受脅見迫。」柳氏這般說著之後，就衝著院落裡的人叫著名字，而後一一念叨著她們分到各處去。

林熙就這麼瞧看著，直到輪到她時，分撥過來一大一小兩個——年長的叫葉三娘，三十四的人了，年小的馬瑤也二十一。柳氏指著她們兩個叫伺候四爺這一邊，言詞十分直白。「妳們把人給我看護好了，日後她便是謝家的世子夫人，出不得紕漏！」

兩人立時應了，退去了一邊，林熙卻不知說什麼好，只得對著那兩人點了點頭，而後掃了一眼謝慎嚴，但見謝慎嚴淡然的那麼坐著，也就乾脆繼續保持列席的姿態冷眼瞧觀。

這般耗時一會兒，分了人到各處院落，女眷們皆有女眷護著，爺兒們也有來的二十騎，分別陪著一個，總之，除卻看護密雲閣的人手最多外，其他各處總能分到一個人。

這事了了後，老侯爺一擺手叫著散了，林熙便乖乖領著那兩個僕婦回了自家院落，叫著花嬤嬤立刻把凝珠當初住過的房間先收拾出來給她們住下，明日裡再仔細安排。

安頓了她們後，林熙便在晚上睡下時拉著謝慎嚴好一通言語，說著今日怎生這等陣仗，難道變天將近？

謝慎嚴摸弄著她的頭髮，面色凝重。「莊家頻頻動作，皇后與太后卻不見風聲，妳覺得呢？」

林熙眨巴眨巴眼睛。「莫非你認為她們在計劃什麼不成？」

謝慎嚴瞇縫著眼睛，將唇俯在林熙的耳邊，輕聲言語。「會咬人的狗不叫。」

林熙立時縮了縮脖子，偎進了謝慎嚴的懷裡。「可是咱們弄這些人進來，就成了嗎？各處分得一個、兩個的，就能看護了？」

謝慎嚴伸手點了林熙的鼻子。「妳可別瞧不起這一、兩個，她們可都是沙場上奮戰過的人。」

「女子也能當兵？」林熙有些詫異。

「妳沒聽見紅衣軍嗎？」

「聽見了，可我不知道那是什麼。」

謝慎嚴笑了笑，望著床帳頂言語。「我這二伯母的來頭可不小，她本是邊匪，集結著一幫子慓悍的女子，在邊境上趁火打劫的撈些好處，叫做紅幫。後來在我二伯戍邊之時與我二伯有過交手，幾番對手後，被我二伯用武力打敗，便帶著那些人跟了我二伯。而後二伯向祖父講明此事，得了准許娶了她為妻，她帶的那些人也都大多嫁給了二伯的那些武將。之後二伯戍邊，她便陪在身邊生兒育女，但性子中還是不改悍性，二伯見狀便讓她把帶的那些人收編起來自稱一軍，就成了紅衣軍，這可是在邊境上很厲害的一支女子軍隊。」

「怪不得二伯母言語爽利，不拖泥帶水，有些豪爽呢，原來是這樣。」

「是啊，她這次選中的人，都是紅衣軍裡的好手，都是上陣殺敵浴血奮戰過的，這樣的一個，可抵得過那些沒見過風浪的兵爺七、八個呢！」謝慎嚴說著轉頭看向林熙。「不過雖是如此，妳也不必太過緊張，祖父有此準備，也是怕萬一而已，謝家大業容不得掉以輕心，有備無患而已。」

林熙聞言點點頭，嘆了一口氣。「真不知道，這個年關能不能安穩的過去。」

十二月二十七日，謝家大爺回到了謝府直去了老侯爺處，謝慎嚴也被叫了過去，直到亥時末刻人才回來，在林熙迷糊中摸上了床。

「什麼事，弄得這麼晚？」林熙閉著眼睛相問。

「皇上召見了大伯，意思著三十那天下旨宣立儲君。」謝慎嚴說著動手給林熙掖了掖被子。「行了，妳別操心了，睡吧！」

林熙嗯了一聲，靠著謝慎嚴的肩頭迷糊了過去。

夜，寧靜非常，冷風呼嘯的颳著，卻未有雪落下，當子正時分的更響剛剛敲過，忽然京城裡響起了鐘聲。

那鐘聲打破了夜的寧靜，而在這連綿不絕的鐘聲裡，睡夢中的人紛紛驚醒，臉色大變！

「這……」林熙一骨碌坐了起來，呆滯的望著身邊臉色凝重的謝慎嚴。「這是……」

「宮裡出大事了……」謝慎嚴說著一撩被子，跳下床抓著衣服就往身上套，林熙怎敢怠慢，也急急的套著衣裳。待兩口子穿了衣裳，披著髮疾奔出屋時，府中丫頭都已經臉色見白，更有管事的人急急跑來招呼，說著老侯爺急召。

謝慎嚴立時狂奔而去，林熙也自是跟著，只是她婦人家，如何追得上？而這邊四喜心細，抓了狐皮斗篷過來給她套上，可是林熙哪裡有時間慢慢穿，立時追著謝慎嚴的背影跑，四喜便抓著斗篷跟在林熙身後跑。

氣喘吁吁的奔到了主院，林熙一頭的汗水，剛衝進院落站定，就看到謝府上下之人，除了二房的人以外，無不是披頭散髮的喘息在此。

狐皮斗篷包住了林熙的肩頭，她轉頭衝四喜點點頭，低聲說道：「外面候著。」四喜立時退了出去，林熙便往徐氏的身後去。

此刻謝慎嚴同其他謝家子弟一樣都是立在院中，林熙瞧著他那單單的罩衣，動手扯下了自己的斗篷，便想過去把斗篷給他，結果就看見柳氏扔了一件大氅過去給了謝慎嚴，衝他言語。「去把汗擦擦，莫叫夜風……你沒出汗啊！」

謝慎嚴頓了一下，淡淡一笑。「這點距離還不至於。」

柳氏抬手拍了拍謝慎嚴的肩頭。「挺結實，我還以為這些年你跟著三叔一心學文，早荒廢了武藝呢！」

謝慎嚴淡笑了一下似要言語，此時四房和五房的人也趕到了，柳氏當下迎了過去，叫著人發衣遞薑湯的祛寒裹暖。

林熙瞧著這動靜，多看了二伯母幾眼，不明白她是早知要出事便這麼等著呢，還是日日都備下了東西，候著這事出來。

正在她胡思亂想間，丫頭招呼說著侯爺出來了，隨即家人依著身分規矩列位，內堂處人影晃動，不多時，老侯爺穿著正兒八經的正裝朝服在前，身後跟著同樣正裝的侯爺夫人，兩人倒是不慌不忙的出來了。

入了位，大家匆匆行禮，老侯爺一抬手免了，隨即言語：「鐘聲到了此時還未停歇，聽這動靜，怕是要三萬聲了。」

廳內之人聞言都是你看我、我看你，林熙聽了這話已經明白，能叫寺廟與宮中鳴響三萬鐘聲，必是國喪。國喪者，也就三個人選——皇上、皇后，以及太后，而眼下這是誰崩了，尚未可知。

「都不要太過慌張，等著聽宣吧。」老侯爺這話才落下，管家匆匆奔到了門口。「峻大爺來了！」

隨即一人披著斗篷帶著風奔了進來，直接跪了地。「祖父，爹爹差我來報信知會，皇上駕崩了！」

此言一出，老侯爺的雙眸閃過一抹厲色，當即人站了起來。「當真？」

「當真！爹爹回到宅子時，已是子時初刻，人還沒歇下，宮裡就來了人急急請爹爹進宮，這個封門時候還能進去，必然是出了大事。爹爹使了錢銀問了黃門，才知道亥時初刻，皇上在儲秀宮昏倒了過去，太后發了懿旨，命內閣六臣立時入宮，爹爹去時囑咐我，倘若宮中喪鐘起，便叫我來知會祖父，應是皇上駕崩。」謝峻急急將這些傳達，老侯爺便扶著羅漢榻的邊側坐了下去。「太后懿旨……但願鯤兒能應對得了。」

老侯爺這有些模糊的話，對林熙來說，並不是能全然猜透意思的，不過謝慎嚴之前也告訴了她許多，大體來說，她也能明白——皇后和太后一直是一路的，眼下太后傳了懿旨出來，顯然皇上出事後，太后、皇后已經掌控了宮闈。然而先前皇上可是召見謝家大爺說了要準備宣告立儲的事，這個節骨眼上皇上卻駕崩了，那到底謝家大爺是遵遺囑立三皇子為儲君繼承大統呢，還是妥協於太后皇后，立四皇子呢？

「爹，眼下我們該怎麼辦？」五房的謝尚皺著眉頭問。

「還能怎麼辦？等著宣告吧，這會兒宮裡只怕正波濤洶湧著呢，最後的結果，只能是看內閣贏還是兩后贏了。」老侯爺說著轉了頭眼掃眾人。「鐘聲不斷，妳們這些女眷何必這裡候著，都回去準備孝衣素服吧！」

老侯爺發了話，女眷們自是聽話的退了出來，各自回院張羅，留下爺兒們在此等著宮中下旨來宣。

林熙奔回房中，叫著四喜開庫取布，又叫花嬤嬤尋了由銀料打造的一套頭面來，物件備起，立時動手剪裁縫製，她又張羅著叫人把屋中所有喜慶之色的東西全部取下替換，一一收揀入庫。

正忙活著，就聽見外面鑼聲混雜在鐘聲裡，隱約而模糊。當下，她使人去門房處打聽，一刻鐘後，五福撒丫子的奔了過來，說著外面已傳皇上駕崩了！

林熙嘆了口氣，繼續叫著人收拾院落，務必把犯忌諱沖犯的東西都收揀妥當，免得沒事找事。結果才把一個院落收拾出個大概來，門房上卻奔來了人，竟是管家帶著轎子親自來了。

「謹四奶奶，請您快隨我移步主院。」管家指著轎子一臉急切，林熙當即詫異。

「我？」

她一個婦道人家這個時候竟被接往主院，怎叫她不驚訝。

那管家見她一臉訝色，忙解釋道：「林府上有位唐公子到訪，說是林府出事了，侯爺叫您速速過去。」

林熙聞言全然一頭霧水，但內心已是慌了起來，忙是上了轎子，由著轎子一路顛跑的往主院去。

林府上出事？這個節骨眼上會出什麼事？唐公子不就是瑜哥兒嗎？怎麼是他來傳話？

林熙滿心問著自己，一個又一個的疑惑層出不窮，可她想不出答案來，只能惴惴的扶著轎壁，在顛簸裡來到了主院。

轎子直接抬進了主院內，林熙下轎就跟著管家一道進了主廳，此時廳內，除了二房太太柳氏外，其他全是一眾的爺兒們，就是侯爺夫人也不在此。林熙一入內，謝慎嚴就起身走到了她的身邊，抬手抓住了她的胳膊，與她言語。「別慌！」

林熙眨眨眼睛，盡力讓自己呼吸平穩些，掃了眼高座上的老侯爺，掃了眼立在柱邊的瑜哥兒，她邁步向前對著老侯爺行禮，只是還未福身下去，老侯爺抬了手。「免了吧！」說完看向瑜哥兒。「你告訴她吧！」

瑜哥兒點點頭，應了聲，這才轉向林熙。

林熙心中莫名的一片安靜，連心跳似乎都止了一般，她望著瑜哥兒，全然盯著他的唇，看著他唇瓣上下。「林府被兵甲圍住，林家老爺已被『請』入宮。」

聽著那個重重的「請」字，林熙嚥下一口唾沫。「為、為何？」

瑜哥兒皺了眉。「尚未可知。」

「那你怎麼出來的？」

「我祖婆留給我一枚權杖，三個月前她寫信與我，說如果林府有變，叫我持權杖出府尋妳告知情況。」

「葉嬤嬤？」林熙後退一步，她覺得自己的腦袋裡嗡的一聲轟鳴一片。

此時她的肩頭一暖，手臂有持，她轉頭，就看到謝慎嚴在她的身側。「別慌。」

林熙深吸兩口氣，點點頭，再次看向瑜哥兒。「嬤嬤可曾與你交代過什麼？」

瑜哥兒搖頭。「沒，她只是留信叫我如此。」

「那你在林府可摸清楚什麼情況？」

瑜哥兒捏了捏指頭，看了看謝家的人，立時老侯爺抬手一指廳外。「你們可以在外言語。」

瑜哥兒轉身同老侯爺欠身道了一句謝，人便走了出去，林熙回頭看了看謝慎嚴，見他點頭後，這才跟著出了去。

兩人到了廳外，迎著謝家眾人的目光於一片燈火裡言語。

「什麼情況？」

「林府上其實並沒消息，大家也不知道到底發生了什麼事，只是祖婆信上說，如果妳問起，只能告訴妳一人兩個字——林佳。」

「什麼？林家？」

「佳話的佳。」

林熙頓在那裡，低著頭努力去想到底發生了什麼事會和林佳有關。就在此時，管家又奔了進來，身後跟著一位公公手捧聖旨，林熙同瑜哥兒見狀立刻退避開來，目送著那公公入了廳，繼而眼見廳內人跪了，她同瑜哥兒也只好跪在院中。

很快，太監宣告了聖旨，隨即交付，老侯爺立時張口招呼了人，隨即便有下人送上了素服麻衣、白絹束帶，伺候著老侯爺和五爺換上了。

而後大家就在跪地的一片痛哭聲裡，瞧看著老侯爺同五爺跟著那位公公離開了主廳。

他們離開後，瑜哥兒欠了身。「我話帶到了，先回去了，萬一再有什麼，我再來和妳說吧！」說完衝著林熙比了下揖，便向大廳那邊走了兩步，深鞠一躬，而後轉身走了。

林熙站在那裡沒有再言語一句，她只是想著，到底葉嬤嬤叫他告知「林佳」兩字是個什麼意思？莫非宮裡發生的事，還有林佳在其中嗎？

她摸不清情況的在此亂想，謝慎嚴則奔了出來，徑直走到了林熙身邊，與她言語。「聖旨召百官勳爵入宮，想來是有定論了，眼下妳府上這又是……」

「我不知道。」林熙說著抬頭看著謝慎嚴。「我好亂。」

謝慎嚴直接將她擁進了懷裡。「只要岳父大人沒摻和進立儲的事，他就不會有事的。」

林熙抬了頭。「如果、如果是林佳摻和了呢？」

謝慎嚴一愣。「林家？」

「我說的是我大伯的女兒，就是麗嬪。」林佳這兩年還是很得皇上喜歡，於年初的時候已經位列九嬪之中。

謝慎嚴眨眨眼。「她摻和？怎麼摻和？她膝下無子，有什麼可摻和的？」

的確，倘若她有子嗣，投靠一方還能在宮中混個太妃的銜兒將養終老，而膝下無子的，皇上駕崩，她的餘生便是青燈古佛了。

「我不知道，按照葉嬤嬤的意思，我爹爹被帶到宮中，就是因為、因為她。」林熙說著伸手摸弄著額頭，此刻她真的很亂，總覺得如墜雲霧中，根本弄不清楚這到底怎麼回事。

然而就在她這話說出後，謝慎嚴的眼裡卻閃過一道厲色，隨即，他竟然陰陰地笑了起來。「呵，高，真是高明！」

「什麼？你說什麼？」林熙不解的看著謝慎嚴。

謝慎嚴看了看林熙，嘆息一般的言語著。「看來繼承大統的會是四皇子了，太后和皇后贏了。」

林熙震驚的望著謝慎嚴。「不是皇上他要立……」

謝慎嚴伸手按在了她的唇上。「別說了，什麼都別再說，回去，回妳的院落縫製喪服，收斂器具，就當沒見過瑜哥兒，就當不知妳娘家被圍，安安心心的等著！還有，與誰都不要再提麗嬪，如果妳希望一切太平的話。」

林熙望著謝慎嚴，她很想問為什麼，但是她忍住了。

她點點頭，乖乖聽話的離開，哪怕這一路上心就懸吊著，也不敢多言半句。

回到了院落裡，花嬤嬤和四喜上前詢問，林熙抬了手。「什麼都別問，忙妳們的事去，讓我一個人靜靜。」說罷她進了屋，關上了門，便在這魚肚白的天色與昏暗的燈光交會裡，靠著門靜靜的思量。

巳時，京城裡百騎奔忙，無不是宣告著皇上駕崩，遺囑留詔於內閣，由內閣首輔照宣詔書，著四皇子繼位。

林熙在屋中聽到消息時，已經是午時時分，她十分震驚謝慎嚴的斷定，更震驚大伯的妥協——篡改遺詔，到底是什麼能脅迫他低頭?!

很快她的腦海中有了一個大膽的猜想，而這個猜想讓她顫抖，讓她恐慌，讓她希望這是錯的。

入夜時分，謝慎嚴終於回到了院落裡，他推開房門看著蜷縮著把自己抱成一團窩在榻上的林熙時，眉眼裡閃過一抹疼惜。

他走上前抬手撫慰著她的背脊。「沒事了，妳父親已經沒事了，正和我祖父他們一道於宮中治喪。」

林熙聞言緊閉了雙眼，她的身子顫抖著。「那麗嬪如何？三皇子，如何？」

謝慎嚴眯縫了眼睛。「麗嬪深得皇上厚愛，得知皇上駕崩後，已、已自請陪葬，至於三皇子，聽聞皇上駕崩，傷心欲絕臥病不起，此刻正在無極殿中休養。」

林熙直接倒在了謝慎嚴的懷裡——她猜中了。

謝慎嚴緊緊地擁住了她。「已經結束了。」

林熙的眼淚落了下來。「皇后贏了。」

謝慎嚴點點頭。「沒錯，她贏了，一招封喉！」

第六十六章 危機殺到

皇帝大行，舉國服喪，年關已無爆竹賀歲，有的只是鎮日的鐘聲不絕於耳——這是禮，舉國上下每間寺廟都必須鳴鐘三萬聲，一聲都少不得。

群臣皆守在宮中，無有歸家之期，位高權重的還好些，差人從府中取些內裡換洗的衣裳和吃食送去，總能在宮中偷得閒暇，歇息換洗，保持一些自身的講究與體面。那些掛在尾上的京官，便是苦了，就在宮中殿前的廣場上，受著冷風，哭罷了睡，睡醒了哭，一連七日下來，別說蓬頭垢面無有個官樣子，個個都看著是鬍子拉渣的猥瑣邋遢。

七日相守之後，宮中百官這才開始輪批輪班的換出兩撥人來回去休整，開始為期二十七天的百官服喪，以完成「遵斬衰以日易月」之制。

只有勳爵沒有實際官職的老侯爺總算得以歸家，謝尚卻因有著官職，還在宮裡耗著。侯爺回來，大洗一番，先是屋裡歇憩了三個時辰，而後著了素服素冠坐於主院，謝府上下皆來行禮問安，待大家都坐定了，謝家大爺也在自家宅內拾掇利索，前來議事，於是立在邊上只能豎著耳朵的林熙，便聽得謝鯤講了那日的前前後後。

謝鯤那日裡先得了皇上召喚，就在承乾殿，於皇上面前，將詔書草擬完畢，而後皇上蓋印燒漆，用匣子裝了，又親筆寫了封條封好，這才交給了謝鯤，屬意到了三十那天詔告天下，將立三皇子為儲君。

謝鯤弄好這些，將旨意密匣鎖於櫃中，這才歸家，而後從宅中後門溜出直奔了謝府老宅，將皇上的意思明白的告知了侯爺，侯爺心中有數，囑咐他做好一個首輔該做的事，又把兒孫叫到跟前，各自囑咐該如何如何，一直商量到亥時才散。

謝鯤從謝府回到自己新宅，薛氏自是免不得操心，當下謝鯤自然也會和夫人說起這事，結果才說罷，準備脫衣睡下，豈料黃門奔府，竟是持著總管令與後宮鳳印加蓋的懿旨來請。

謝鯤也是混跡官場多年的人，一見鳳印懿旨驚覺不對，當下使了重金從那黃門嘴裡撬出信兒來，才知道皇上竟在亥時初刻就昏倒於儲秀宮。此刻已是子時三刻，這一個時辰多的時間裡，能有怎樣的變故，可想而知。

當時他以為是兩宮發難想要乘機把他誆進宮中，逼他篡改詔書，是以留了後手叫長子等信兒來報，怕萬一兩宮逼得狠了，自己也得為著皇上遺詔梗著脖子上，以全謝家應盡之責。

可是等他到了宮裡，才知道，皇后和太后竟給他留了一盤死棋等著他。

因為他到宮裡，先見的不是太后，不是皇后，而是被直接帶到了儲秀宮前，若不是有眾多人跟著，他都不敢去，結果在儲秀宮裡，他不但看到了寢殿前，重兵環繞，也看到了寢殿內，帶血的床帳，以及床帳內的三皇子與麗嬪。

此刻這兩人竟是赤身裸體被困在儲秀宮的床帳內，一個面如死灰呆若木雞，一個則只知道求人找他母妃求救。這等場面入了謝鯤眼時，謝鯤便已經知道，有些事超乎自己的想像。

而後他被帶出了儲秀宮，直引到承乾殿，在那裡他見到了皇后與太后，從她們的言語中才得知，沒有安排幸事的皇上突發夜遊之興，在宮中逛了大半後，忽然想起麗嬪來，竟擺駕儲秀宮。因為事先沒有宣旨，更沒有準備，結果皇上的駕到不但讓儲秀宮宮女驚慌失措，更讓皇上直接在寢殿內，將正行歡的兩人逮了個正著。

皇上立時氣惱，大罵麗嬪淫亂後宮竟敢行通姦之舉，但床帳撥開，看到與自己妃嬪通姦的乃是三皇子時，立時氣血上湧，一口血就噴了出去，繼而直接昏倒在儲秀宮內。隨行的太監總管見狀立刻叫人請太醫，並有宮中侍衛控制了現場，於是當皇后聞訊而來看到此一幕時，也是大驚失色！

而後太醫被宣入殿內，皇上卻已經氣若游絲，又是扎針又是灌藥，皇上是醒了，卻是話都說不出來了，只瞪著一雙眼呼呼的喘著粗氣，而後太后也到了，只是還沒能看上幾眼，皇上便……駕崩了。

皇上大行，循例要宣，但偏生死於這樣的醜事，怎敢見光？是以太后下旨，請了他這內閣首輔，以及其他無謂內閣入宮，共商此事。

說是共商，卻不如說是選擇。

因為謝鯤與太后、皇后言談之時，內閣其他人等，尚無一人入宮。

而後，謝鯤見到了一個人，林昌。他一臉恍惚的被太監拉進來，瞪著迷糊而驚恐的眼盯著他，完全不知道發生了什麼，可謝鯤卻懂了。

如果他不妥協，太后、皇后便會把這樁醜事公布出來，皇家丟醜，群臣也會顏面盡失，而這不是關鍵，關鍵是涉案其中的林家也自會被處置。

這事若細論起來，不是謀反，不是欺君，到不了誅九族的地步，至多是麗嬪及其爹娘受死。可問題是，皇上因這件醜聞，怒氣攻心而崩，那麼誅九族似乎都是輕的了。何況，這事若爆出來，三皇子還能繼承大統嗎？背儒亂倫的他，廢黜囚禁終生便是此生唯一之路！而林家要誅九族，謝家也自然牽連其中！

謝鯤立時明白，這個選擇根本就只能妥協，哪怕他能想到這其中太多貓膩與謀算布局，但此刻，麗嬪和三皇子赤身裸體的被圍在帳中，便已經無力相抗了，何況，皇上那一口心頭血還在床帳上醒目猙獰！

如果不是這樣的情況，他謝鯤還能為著皇上所託，將詔書宣告出來，盡忠盡責，在這場奪嫡的戰爭裡，讓自己為謝家掙得一些勳爵福祉，可是現在，他卻只能妥協，因為死棋在此，他除了妥協沒有別的選擇，因為皇室丟不起這個臉，國丟不起這個臉，他謝家更不能丟這個臉！

「兒子無法，只得妥協，重擬詔書，由太后將帝印加蓋，燒漆並存於櫃中，而後才詔告天下，皇上駕崩了。隨後，其他內閣重臣才陸續到場，然後由太醫宣告，皇上因積勞傷身而引發昏厥，猝死於承乾殿！再由兒子當著百官重臣之面，宣讀了詔書。」

謝鯤說著，仰頭垂肩。「兒子無用，竟、竟落在這場陰謀中，明知蹊蹺眾多，卻也無能為力……兒子愧對列祖列宗啊！」他說著跪地抬掌抽在自己的臉上。

侯爺夫人立時起身抓了他的手。「這不怪你，你也是落在算計中的，怪只能怪林家出了這麼個禍害，竟把我們謝家也拖累了！」侯爺夫人說著看向了林熙。

立時林熙感覺到一種陰冷的感覺籠罩全身，此刻謝慎嚴卻忽然起身擁了她的肩頭，隨即身子往前一擋，半遮了她。「祖母勿惱，整件事都再明白不過是兩后的謀算，只怕那麗嬪也是被算計在其中的。」

「算計？什麼算計能讓她恬不知恥的赤身裸體與三皇子交歡？難不成有人拿刀架著她嗎？」侯爺夫人厲聲質問，這個平時連吱一聲都懶的老夫人，這會兒卻精神抖擻的瞪著謝慎嚴。「你此時竟還幫著林家人說話，可知若不是此事壞在林家之上，我堂堂謝家怎麼會被人逼迫，留下這欺君騙世的把柄於兩后之手！」

侯爺夫人的話讓林熙打了個哆嗦，她完全理解此刻侯爺夫人的激動。

沒錯，這篡改詔書可是抄家滅族的重罪，這篡改的舉動，兩后雖是和謝家同乘一船，卻難保他日不會洗脫了自己，捏著這個把柄要脅謝家！何況還有莊貴妃，自己的兒子是不是被算計的，她會不清楚嗎？此一時就算她不露頭，日後呢？日後難道不會把這件事戳出來嗎？

一時間林熙覺得自己腿軟，畢竟這種事越想就越會意識到背後的可怕，那就好像一頭凶獸張著血盆大口蹲在那裡，而你的背後，火焰高漲，你除了往牠的口中逃跑以求暫時的存活外，別無選擇。

「有些刀看不見，兩后若要下一盤死棋給大伯，豈會不做到決絕？」謝慎嚴欠著身子同祖母言語。「沒人願意把自己的家族扯進這樁事來，平心而論，我相信麗嬪也有不得已的苦衷，或許她都是不知情的，又或者皇后許下了什麼，讓她不得不走上了這條路，畢竟這件事她可是要賠上性命的！」

侯爺夫人的唇角動了動，沒言語下去，謝鯤也抬了頭。「母親，謹哥兒所言不差，這半年多來，皇上從起意到安排，只見莊家動作，未見兩后舉止，其實人家早有應對，只在布局啊！仔細想想，皇上前腳召我立儲，後腳就出了這事，只怕皇上自以為信得過的人，早已另投了主！」

「可是如此一來，我謝家卻成了共犯！」侯爺夫人捏著謝鯤的胳膊，一臉怒色。

「好了，妳說這些有何意思？」忽而老侯爺開了口。「我們本就明白，風雨欲來，少不得有這陰謀算計，也在皇上把首輔暗指給鯤兒後分了家，不就是防著這一天嗎？這件事上，鯤兒你的選擇沒錯，起來吧！」

「是沒錯，可是日後出了事，我們最得意的兒子卻要搭進去，你於心何忍？還有，分了家就躲得過了嗎？這事裡有林家，他日舊帳翻出來時，和林家有姻親的是謹哥兒，是三房長子，這未來繼爵的世子夫人娘家摻和進來，謝家能無事？」

「娘，也不是那麼嚴重的！」謝鯤聞言立時跪得規整了些。「母親先請不必憂心，我已經分家單過，日後只要我不再踏進此宅半步，假以時日大家都知我們淡了，等到他日，發難而來時，謝家也必能從此事中脫身而出。畢竟麗嬪以於帝情深為名自求殉葬，這一步既讓皇后安心，也讓我們安心，這死無對證的，誰也不能再牽出林家來，那麼咱們謝家大宅，可保無憂！」

「無憂？你說得輕巧！除非、除非過了這風頭之後把林氏給休了，否則我不覺得能保了謝家大業！」侯爺夫人說著直直看向林熙，不過她對上的卻是謝慎嚴的目光。

「胡鬧！」老侯爺皺著眉頭言語。「有妳這般自亂陣腳的嗎？」

侯爺夫人昂了頭。「我這叫自亂陣腳？我這叫壯士斷腕！你能捨得了自己的兒子，卻連一個孫媳婦都捨不得嗎？」

「捨什麼捨？妳沒聽見麗嬪已經要自請殉葬嗎？這種舉止不但掩蓋了她的醜事，還能得個賢名封賞。皇后見她這麼知大體，自然會給她樹牌坊、加追封，林家此事之後也能得一輪風光，妳卻鬧著要謹哥兒休妻，莫不是怕人家抓不到把柄，聞不到味兒嗎？」

侯爺夫人一時語塞，昂著的頭顱也漸漸垂下，只是她瞧看著謝鯤的目光，怎麼看都透著母親對兒子的疼惜。站在謝慎嚴背後，偷眼瞧看到侯爺夫人此等神情的林熙卻清楚的知道，這一下她的安穩日子沒法子安穩了。

「病急亂投醫，虧妳跟了我這些年，見了多少事，怎麼今天卻坐不住了？我知道鯤兒能耐，是妳的心頭肉，可家訓祖訓妳不知道的嗎？我告訴妳，別說一個兒子，只要能保住我謝家，就是三個、四個我也捨得！」老侯爺說完這話，抬手就把手邊的茶杯給掃去了地上。

立時謝家廳內的人齊齊下跪，林熙也跟著跪了，就連侯爺夫人也都低著頭躬著身子，再不見方才的傲色。

「你們都給我記住！謝家能走到今日，不是一時的運氣，更不只是一代的犧牲！是世代相傳，世代共同守護才有今日之興！面對大難，有生，有死，有歡者，有悲者，可不論怎樣，心都在一處，都是為著謝家！」

廳中之人皆低頭點頭，無聲的回應著。

「宅中婦人聽著，妳們進了我謝家的門，就是我謝家的人，生死入在我謝家譜上，葬在我謝家墳塋之中，福可享，難同受，這才叫生死與共，都可知？」老侯爺說著這話，眼神已落在了林熙這裡。

廳中婦人皆應聲，林熙卻明白，侯爺的話是告訴她，倘若真有這麼一日，謝家發現端倪來，她必會被斷腕下堂！

心中噴薄著熱血，可卻難言骨頭裡透來的悲涼，那一刻她莫名的想到了葉嬤嬤叫她守住心的話，她忽而醒悟過來，守心不只是為了在夫婿的妻妾之事上傷不到自己，而是在大家族的利益算計中，對自己身為棋子最後的自持。

她捏了拳頭，昂起了頭顱，迎著老侯爺的目光，開口言語。「孫媳謝林氏，明白。」

站在院落裡仰頭看著灰濛濛的天色，林熙覺得眼角發疼。

老侯爺言有深意的教訓之後，便抬手叫婦人們都離開，留下了爺兒們在廳中。

林熙這一路昂頭前行而回，她明明感覺到背後的涼意，卻也努力的抬頭，她不想讓別人看到她的軟弱。

手中的信箋此刻被她揉成了團，此刻她覺得這封信完全沒有轉交給大伯的必要了，因為從某種意義上來說，這是罪證，是可以關係到一個家族興亡的東西。

從那邊回來，心中悲涼的她就從箱籠底下翻出了這封信來，她顧不上忌諱，便將信拆了，結果她看到的是讓她的心如墜深淵的字句——

「爹、娘，您們看到這封信的時候，女兒我應該已經是另一幅光景了。此刻執筆之時，人人羨慕道賀著我的留中，在他們描繪的日後風光裡，我卻心在滴血。女兒的錯，就是沈浸在父親言語的風花雪月中不能自拔，縱然傷心踏上這宮闈之路，也希冀著能活出一份驕傲來。可是，當我見到皇后，知道我會留中後，我才知道，一旦走錯一步，就無力回頭，就是拚盡所有的力氣掩埋著，也沒用，終到底是掩耳盜鈴罷了。

「葉嬤嬤對我說過，宮闈是吃人的地方，每個人的笑容裡都有一把刀，那時我聽不進去，可等我想聽時，她卻已經不與我言。爹，您要女兒盡孝，您要女兒成為您扶搖直上的青雲，可是您一定不會想到，我不是青雲，我是棋子，不單單是您的，還是皇后的。我此時才知道，再是母儀天下的女人，再是端莊高貴，她們的心也可以毒辣到比獸不如……而我明明不願，卻無力反抗，因為我反抗不起。

「爹、娘，女兒為自己的錯將付出的是生命，在您們痛罵我時，請想想我含淚臨死的心，便省了那些口舌吧。這一世，我只能用命糾錯，不讓爹娘受累，盡了我最好的孝，而下一世，我唯願活在農田鄉舍間，再不知風花雪月情深意濃，再不入宮門半步讓自己滴血而行。不孝女，佳兒留筆。」

林佳的這封信箋裡已經將皇后的算計隱約提及，依著時間來看，皇后這番謀劃竟在四年多前，想這樣深的潛藏，這樣的布局，怎能不叫人膽顫心寒？

她嘆了一口氣，把揉成團的信箋塞進了袖袋裡，她決定這封信要找個安全的地方藏好，如果真有一日皇后要把林家逼到絕路上，她至少也能憑藉此物讓大家明白誰才是始作俑者。

她轉了頭，準備回屋藏信，可是她卻看到了謝慎嚴的身影。

他捧著狐皮斗篷站在那裡望著她，看那樣子，似乎站在那裡也有些時候了。

林熙的唇動了動，不知該說什麼，謝慎嚴終於走到她身前，將斗篷罩住了她。「別怕，不論發生什麼事，我都不會丟下妳的。」

林熙聞言扭了頭。「是嗎？你不必這樣安慰我……」

「不是安慰，是承諾。」他的聲音柔中帶剛，用最平淡的句子和情緒表達著他的堅持。

林熙詫異地望向他。「承諾？你瘋了？你的祖母已有嫌隙之心，你的祖父更讓我明白他日的可能，你卻敢和我承諾這個？你是想不孝還是大逆不道？你可是未來的世子爺，是謝家的支撐，你與我承諾得起嗎？」

謝慎嚴盯著她，雙眼不挪，兩息之後，他忽而抬手撩起了衣衫，扯下了內袍之上的布片，而後直接咬破手指在上其書。

林熙呆滯地望著他的舉動，直到他把手中的血書塞進自己的手中。

「這是我的承諾。」他說著轉了身，大步離開。

林熙低頭看向手裡的布片，其上鮮紅的字只有四個——「不離不棄」。

這一刻林熙覺得那涼透了的身子，終於有了暖意。

「我與妳洞房之時交代妳的三句話是什麼？」主院的後堂內，老侯爺陰著一張臉坐在大椅上，他的面前側立著侯爺夫人，而房中無有一個伺候的人。

「你說這個做什麼？我還不是……」

「回答！」老侯爺的聲音陡然拔高，侯爺夫人當即哆嗦了一下，抽了抽嘴角，低頭言語。「少言，少事，不掌家。」

「妳做到了嗎？」

侯爺夫人扯了扯手中的帕子。「老爺何必這麼噎我？我跟著你幾十年，可做了半輩子的啞巴，咱們平心而論，府中大大小小的事，我開過口嗎？別說兒子討媳婦，就是孫子討孫媳婦，我都沒摻和上一句！今兒個我是發了話，多了嘴，可那也是我看著咱們被這麼牽連進去，惱那林家竟出這麼一個禍害而已！我氣不過才說了兩句罷了，你竟也與我算帳？試問有哪個侯爺夫人會同我這般，是個泥菩薩！」

侯爺夫人說著捏著帕子抹著眼角，十足的委屈樣兒，只是她這樣子卻讓老侯爺的眼裡閃過一抹厭惡。「她們是不會似妳這般做個擺設，成了泥菩薩，可是她們也不會像妳一樣，鼠目寸光，村婦行徑！」

侯爺夫人聞言立時抬頭，人跟被針扎了一般，尖著嗓子盯著老侯爺質問：「你，你怎麼能這麼說我？」

老侯爺挑了眉。「怎麼不能？何況我說錯妳了嗎？妳當真以為我不知道妳做下的事？」

「我、我做什麼了？」侯爺夫人仰著腦袋，十足的鬥雞架勢。

「做什麼了？妳依著我的話，老實了二十年，眼看著兒子娶妻生子，便開始坐不住想過威風的婆婆癮，只可惜進門的兒媳婦，個個名門貴女，妳鬥心眼鬥不過，妳玩手段也壓不住，只得老實著當妳的和善婆婆。如今瞧著孫媳婦們一個個的進了門，老毛病又犯了不是？」

「你胡說，我可是什麼都沒做！」

「沒做？沒做，翟嬤嬤帶人在林家陪莊上晃悠了兩年是個什麼意思？」

侯爺夫人低了頭。「那不是看她小，怕她不知如何經營，想叫人帶帶她嘛！」

「大言不慚！妳是想到人家莊子上撈些進項，補貼妳那不成器的弟弟吧！」

侯爺夫人立時梗了脖子。「沒有的事！你不能誣衊我！」

「我誣衊妳？哼，竹哥兒媳婦鄭氏陪嫁來的一百畝上等水田，那一年稻米、魚貨的能進項多少妳盯了很久吧，閉著眼叫著翟嬤嬤在人家莊田上晃蕩了一年，把莊頭拉攏著挖田變塘，養出的魚貨全送到妳弟弟處賤賣，一轉手這就分撥了多少？」

侯爺夫人變了臉。「你知道？」

「妳以為我不知道？我是想給妳留點臉！那鄭氏嫁妝雄厚，明知妳那心思，也樂得拿出一百畝地給妳由著妳折騰，不與妳費勁，妳卻得了好處上了癮，連林家那點田地也盤算上了。本來我想說妳，可林氏還算聰明，什麼都叫妳的那些人簽字畫押的，日後算起帳來，妳的人全都跑不掉。我見妳下不了手，也就沒吭聲，想著都這把年紀了，得過且過吧，妳卻今日又站出來多嘴，妳應承我的三件事，全都破了，妳是要我弄碗啞藥給妳不成？」

侯爺夫人晃蕩了身子。「我好歹和你夫妻一場，你怎能對我說這樣的話？你可別忘了，我是你八抬大轎抬進門的妻子，是你當年上門求著娶我的！」

老侯爺盯著侯爺夫人大笑，那笑聲讓侯爺夫人昂起的腦袋漸漸收斂，讓她的脖子縮了起來。

「沒錯，是我上門求娶的妳，可是為什麼娶妳，洞房那晚我沒說清楚嗎？論妳家的家世，也算高門，但妳卻沒妳姊姊一半的能耐和智慧，妳會的除了和那些名媛比吃比穿比戴外，又會什麼？我娶妳，是因為妳姊姊要我娶妳；我娶妳，是因為妳姊姊為了我，踏入了宮門！在我娶妳之前，我就知道妳諸多不配，更知道妳那弟弟是個扶不起的貨！但是為了妳姊，我娶了妳，洞房那日更與妳約定三言，只要妳少言、少事、不掌家，我就終生不納妾，讓妳無憂無慮的做侯爺夫人，做個富貴閒人，圓了妳姊姊的交代，妳難道要和我說，妳不知道嗎？」

侯爺夫人捏著拳頭淌著眼淚。「是，我知道，可我多麼想不知道！我能嫁給你，是因為姊姊，我能得到別人的豔羨、做著侯爺夫人也是因為姊姊，這我知道，可是、可是我活得這麼憋屈也還是因為姊姊，是她讓我一輩子都活在她的陰影裡，一輩子都不是一個堂堂正正的侯爺夫人！」

「堂堂正正？」老侯爺瞇縫了眼睛。「在妳眼裡是不是要掌著家業，才叫堂堂正正？難道妳沒誥命？妳沒金冠霞帔？」

「我有，可我要實實在在的感受到我是侯爺夫人，而不是穿著那些坐在那裡成天閉嘴的傻笑！」

「妳沒可能的！」老侯爺的眼裡閃過一抹冷色。「妳要是掌家，我謝家大業三代之內必亡！」

「你瞧不起我？」

「不是瞧不起，而是我瞭解妳，就看妳撇不下妳那嗜賭如命的弟弟，還費盡心計想拉巴著他，我就知道妳沒這個能力！」老侯爺說著站起身來。「妳聽著，把那三樣做好，我給足妳臉，但是妳若不知好歹，還鎮日的尋思，哼，我不介意早點做個鰥夫！」

第六十七章　有喜

二月初二，龍抬頭的好日子，也是百官大服喪結束的日子。

這一個月裡，群臣熬身，百官受累，有頭臉的命婦也得隔三差五的集體到宮裡陪著兩后哭幾聲嚎幾聲，是以到了這天，大家都吁了一口氣，雖然小服喪還得繼續，卻不用這麼受累的天天耗著了，因為四皇子要登基繼承大統了。

這一天，群臣身上的衰服已取，素服猶在，卻是冠換烏紗，腰束黑角帶。百官朝見，聽由內閣牽頭，禮部主持的喪禮以及新皇登基典儀安排。

諸事順下來後，已定初九日先皇出殯，四皇子攜領皇室親送至京郊，其他爵臣，依照身分動爵，分送至百里、五百里。而新皇繼位以及冊封大典則定在了二月二十九日。

這些日子一定下來，各處就忙活起來，尤其禮部，因忙著兩儀實在是分身乏術，少不得要從各處借調人手，於是向另外五部求借。兩儀開銷本就耗資巨大，戶部自己也夠忙的，吏部這邊也不輕鬆，有道是一朝天子一朝臣的，又正好是京察結束百官調配的時候，不可不謂大換血在即，所以各處文書歸檔也有得忙活。

還有兵部，此時正是全情戒備的時候，畢竟儲君已有卻尚未登基，這個時候也是最容易生變的時候，怎麼可能分出人手來幫忙？所以勉強能去幫手的其實也就是刑部了，因為工部的人也沒閒著，早跟著禮部一起，設亭建圍搭臺子呢！

於是百官不用耗在宮中哭號磕頭，卻也並不是在家閒著，得四處奔忙。像謝家這樣的勳爵人家，也是閒不下的，因為這個時候世家的能耐又得到了一次淋漓盡致的體現——有文人墨客們在哀詞懷先皇，唱頌迎新帝，給未來的皇上先把聲望立起來；有世家手中佃戶，雜傭去那禮部報到，或幫著工部搭臺子建圍帳，或去禮部下司幫襯紙錢銀錁的疊剪；有各大家族裡的名貴婦人，以家族為單位，集結起來，置備上祭奠賻之禮，繡製綾錦、幢幡，以備兩儀時，展現自家的盡心盡力……

總之一時間大家都忙碌起來，似乎無人記得那三皇子與莊貴妃，然而似乎忘記並非是真的忘記，只是聰明的人都明白成王敗寇的道理，所以更明白心照不宣著去裝聾作啞的必要。

初七這天，林熙還跟在徐氏的身邊忙著給綾錦萬壽福的紋路親手上銀線，忽而管家差人送來了林家的事帖，徐氏當即接過打開，看了看後丟給了林熙。「去看看吧，好歹在別人眼裡這是風光的事，仔細些，別露出馬腳來。」

林熙應聲告退了出去，這才看了那事帖，原來是林家得了准進宮與麗太妃道別——她本只是麗嬪而已，但因著她的自願殉葬，皇后大讚她的高德，不但給她晉升為妃子，還依著規矩提了麗太妃之號，只不過這個號相當於最後的送禮，能叫她葬得風光一點，陪在皇上棺槨隔壁的「配殿」裡罷了。當然此號並未正式啟用，要等到先皇出殯那天才會追封，只不過到了這個時候，誰也不會介意「錦上添花」一些給裝點下。

林熙換了一身整平的素服，著了簡單的一套銀飾，插上了六品安人所戴的花簪，這便乘了馬車回了林家。

她一入二門，就看到院中儲水臺前幾個丫頭小廝的捧抬著兩塊匾額，當即走過去瞧看，便是挑了眉。「《天下楷模》、《宮闈佳話》？」她當即轉身問著管家。「誰送來的？」

「前一個是宮裡送來的，那可是太后親題的，送來的那天好多人呢……」管家的臉上滿是驕傲，恍若這是他的功勳一般。

林熙聽得心中如同針刺，使勁地攥了拳頭。「還有個呢？」

「是景陽侯府送來的，據說是莊貴妃給題的。」

林熙的臉色白了三分，盯著那個匾額，只覺得渾身涼颼颼的。「這兩個匾額如此貴重，為何不是收供在祠堂，反倒捧在這裡？」

「哦，工部來了人知會，說是皇后懿旨表彰咱們林府上出了一位以身正貞的楷模，要在胡同口上建座牌坊，老爺的意思要把這兩個匾額給掛上去，這會兒正等著工部的人來丈量呢！」

管家的話讓林熙打了一個哆嗦，她當即衝著管家說道：「聽著，丈量免了，匾額速速捧到祠堂那邊收起，工部來人問起，就說這是盡本分的事情，用不著如此張揚，若要掛匾，且留下兩排正位，過些日子我求兩方『風調雨順』、『安樂自在』的匾額來掛就是。」

「啊？這……」管家詫異。

林熙沒工夫和他多言，只一臉凝重地說道：「按我說的做！」

林熙此刻到底是謝府上的人，又掛著六品安人的身分，大家都知道她夫婿未來將成謝家繼承之人，所以此刻縱然管家詫異不解，卻也不敢不聽，忙應著聲叫人把匾額抬捧去那祠堂，而林熙則急急的往內奔。

太后一掛匾，是要把林家逼在高處，叫林家再不能低頭，生死相陪，畢竟天下楷模，這世道還有幾個能敢論天下的？這和捧殺（注）有什麼區別？若他日紙中火燒出，這四個字就能把林家一把燒了；而莊貴妃一掛匾，卻無疑是宣告著他日的清算！宮闈佳話？害了她兒子的陰謀醜事，莊貴妃豈會不知？佳話還是醜陋，她最是清楚，卻用這四個字來讚美害她兒子失去帝位的人，這一份妥協的背後浮現的隱忍，林熙不用多想都能明白，以後要面對的是怎樣的報復。

隱忍是為了什麼，她深有體會。

「七姑娘來了！」陳氏跟前的章嬤嬤看到林熙自是招呼她進去。

林熙入了屋就看到祖母林賈氏也在此，正由陳氏給她規整著身上的素服。

「熙兒見過祖母和娘。」林熙急忙福身行禮。

林賈氏抬了手。「免了吧，妳快過來和祖母說說，這進宮要避諱什麼。」

林熙上前扶了林賈氏的胳膊，輕聲言語。「祖母不必問熙兒的，入宮時會有太監給咱們招呼講規矩的，與其您這會兒操心這個，倒不如聽熙兒和您說個事兒。」

林賈氏抬了頭。「什麼事？」

「我叫人把那方匾額攔下了，那匾額可掛不得牌坊上去，掛上了，咱們林家非福而延禍啊！」

林賈氏聞言一臉詫異。「這是為什麼？難得佳兒那孩子豁得出去為咱們林家爭一分光耀，咱們怎麼能不亮著？」

林熙眼掃了屋內伺候的人，陳氏見狀立時擺手，下人們都退了出去，留下這屋中祖孫三代三人。

「皇上大行那日，林府上發生了什麼，祖母和母親可還記得？」

「記得，官兵圍府，妳爹他被帶去了宮裡，彼時我和妳娘嚇得不輕。」林賈氏說著捂了把心口。「不過幸好沒事。」

「沒事？爹沒說為何被帶進宮嗎？」

「他說不清楚，只知道被帶進宮後見了首輔一面，連話都沒說上就被關在一個偏殿裡，到了後來放出來時，就知道皇上大行，麗嬪求告殉葬，想來他被帶過去，也是因為這個吧？」陳氏在旁說著這一個月來，大家的認知。

林熙聞言徹底無語，敢情這事背後叫人冷汗連連的算計，林家上下竟然無人察覺。她抬手抹了一把額頭，低聲說道：「其實事情不是妳們想得那麼簡單的，雖然爹爹沒受什麼罪，

注：捧殺，意指名為吹捧，實則打壓。

但其實我們這會兒已經牽連到一些事裡。」

「事？什麼事？」林賈氏瞪了眼。「妳不會告訴我，和、和佳兒有關吧？」

林熙點了點頭。「有件事，我得告訴妳們……」

林家這次得機會進宮與林佳告別，說的是全家，但實際上並不可能拖家帶口的都成，是以最後成行的人不過五人——林賈氏、林昌、陳氏、林長桓以及有著安人封號的林熙。

本來林家得進宮告別，林家上下還內心浮著一層驕傲，縱然是臨別之見，少不得傷感，但內心膨脹而起的榮耀卻讓他們把相見都當成了福祉，然而當林熙提及了背後的故事，當林賈氏聞言急急忙忙把林昌同林長桓召來言語後，榮耀、福祉全都消失了，屬於他們的是如坐針氈的不安。

「所以我們必須要低調，只有這樣才不至於在發生事情的時候，沒有半點轉圜的餘地，更不至於傻乎乎的把自己送進去。」這是林熙此時唯一能說的方針，畢竟他們在這件事上，只能是被動的一方。「這件事，只能我們五個知道，再多一個都不成，不管他是林家的誰。」

林賈氏回應著，更厲聲囑咐著林昌，她這個最不適合當官的二兒子再一次讓她體會到失望——危機不能察，防範不知思，若不是孫女告訴這背後的事，林家險些就被架上了高臺，而自己都還傻乎乎的樂著呢！

聽了講宣，遵了禮數，好不容易進了儲秀宮，一通叩拜之後一家人終於面對，林佳望著眾人，派頭十足。「你們來了？」

林賈氏嘴角抽了抽，看著素服卻濃妝的林佳，有火不能發，有怨不能訴，只能是應了聲。「是，林賈氏攜領林家大小前來相送麗太妃。」

林佳似笑非笑，她抬手把手邊的一個匣子推前一把。「我知道我爹娘是趕不上相見了，這是我在宮中三年裡得來的賞賜，留給他們吧，萬一日後想起我，還能翻一翻，興許還能給我那妹妹妝點一下嫁妝。」

林賈氏嘆了口氣，無聲的拿起，放進了陳氏的手裡。

林佳抬眼掃了下這五人，而後直接看向了林熙。「我生怕見不到妳，幸好妳來了。」

林熙抿著嘴角上前。「娘娘有何吩咐？」

林佳望著她，半晌才言。「吩咐，不至於，只是想妳幫我去見葉嬤嬤一回，問她一句話，至於答案嘛，不要也罷，我就只是想問問。」

林熙點了頭。「娘娘請言。」

「妳幫我問她，從一開始她是不是就把我當作代替七姑娘的棋？」林佳說著這話，雙眼死盯著林熙，但她的眼神裡沒有怨、沒有怒，有的只是一抹嘲意。

林熙抽了兩下嘴角，在家人詫異的眼神裡，不慌不忙地點了頭。「熙兒記住了，必然帶話到葉嬤嬤前。」

林佳笑了。「到底是未來的世子夫人，不一樣。」她說完閉上眼睛擺了手。「你們走吧，這一面足夠了，只是謝夫人請務必記得，那封信。」

林熙點點頭。「熙兒知道了。」

林佳擺了手，林家五人當即照著規矩行禮，當他們離開後，林佳抬頭望著藻井（注），眼裡無聲的湧著淚。

回去的路上，林賈氏不止一次的在馬車裡問及那封信，以及林佳那一問是個什麼意思。

林熙扶著有些犯暈的腦袋，斟酌了許久才遲遲作答。「別人沒有為我們搭上性命的義務。」

她這話有些沒頭沒腦，林賈氏自然不依不饒的追問，不過一直沈默的林長桓卻突然言語。「祖母就別問了，有些事不知比知道的好。」

林賈氏愣了好一會兒，才嘆了口氣不作聲了。

回到了林府，林熙說她會找謝慎嚴想辦法去翻兩幅歷代帝王留下的字打造匾額，好把那牌坊上的算計應付過去——畢竟以謝家的庫存來說，這種東西可真不少，弄點類似風調雨順的就足夠了。

說好了這些，林熙便告辭準備回往謝府，可在離開二門上轎子時，她卻莫名的有些腿軟，要不是身邊跟著的五福手腳利索，她幾乎就跪去了地上。

「姑娘，您這是……」

「這幾日就沒消停過，大約累了，我們回去吧，下午我多睡會兒。」林熙擺手說著上了轎子，五福嘆了口氣，急忙催著出府。

換了馬車回了謝府，林熙還準備依著規矩去徐氏跟前回話，可才走到徐氏主院的口子上，那種眩暈感就衝了上來，她身子一歪直接就倒在了五福身上，嚇得五福一面喊叫一面扶了她，繼而下人們聞聲出來，七手八腳的把她抬進了徐氏的主院裡。徐氏一瞧林熙昏厥過去的樣子，立時招呼著叫人去請太醫，等到林熙從昏沈中醒來時，就發現一堆人圍著她，那望著她的目光似乎跳躍著什麼。

「妳醒了？」徐氏的臉上閃過一抹笑容。「妳這孩子，怎麼就不知道顧著自己的身子，連自己有沒身子都不知道的嗎？」

徐氏的話讓林熙呆住了，好半天才一臉將信之色。「您是說，我、我懷孕了？」

「當然啊，太醫都號過了，妳已經兩個月的身子了，我說妳也是，自己這兩個月那信期耽擱也不上心啊！」徐氏雖是言語怪責，卻毫無不悅，只一臉的笑意滿滿，十足的歡喜婆婆樣兒。

這些日子她也是忙壞了，沒顧上林熙這邊的小情況，聽著太醫說出恭喜是喜脈時，徐氏愣了好半天，才急忙召了四喜、五福過去問話，這才知道人家這兩個月上就沒來。

面對徐氏的責備，林熙深感無奈，她半年前才初潮，依著她當年十四時的光景，時常有

注：藻井，即天井。

這種兩、三個月不來的情況，那時林家還找了郎中給她調補，結果人家說，這很正常，慢慢就好了。所以當她發現又面臨這種情況時，壓根兒就沒當回事，身邊的花嬤嬤和丫頭同她所思也沒差別，畢竟林熙幾天前也才剛剛十五而已。

誰承想，有些事就是那麼邪性，當年她被康正隆拉巴著兩天就一回的行房，生生一年沒動靜，如今謝慎嚴五天才碰她一回，除了那日瘋狂過一次之外，這才半年的光景，竟就有了，她怎能不意外呢！

當下她撐著身子坐了起來，伸手摸著肚子，一臉還沒緩過勁的樣兒，全然就那麼坐在那裡，不知是笑還是哭一般。

面對林熙這樣的表情，徐氏沒有多想，只當她還當自己小，一時沒法接受，便在一旁急的言語。「妳有了身子，日後做事行止都得小心些，若生的是個兒子，那可是我們這一房的長孫，雖然妳現下年紀是輕了些，但比妳小就生產的，我也知道那麼一、兩個，都是母子均安的，妳就不必憂心著。好歹妳是我這一房的長房媳婦，我定會把人手給妳安置夠，妥妥貼貼的伺候好妳！」

林熙聽著徐氏這些熱切的話，臉上露出一抹笑容來，真誠的衝著徐氏言語。「謝謝婆母一心待我。」

徐氏到底是人精，先前一時還沒多想，這話一出來，她挑了眉，隨即抓了林熙的手，人卻轉頭衝著身邊的人指派起來。轉眼間，屋裡剛才圍著她的那些人，紛紛被指使出了屋，立時只剩下她們婆媳二人。這個時候徐氏才看著林熙，語調柔和的言語起來——

「傻丫頭，人的眼睛是長在腦袋前頭的，可沒長在後腦勺上，那是要我們得時時刻刻向前看，縱然前方有豺狼虎豹等著，我們也並非是赤手空拳的；就算真是抵擋不過，拚過了，耗過了，輸了就輸了，有什麼呢？」

林熙聞言怔在那裡，不知自己應該說什麼。徐氏此時把林熙往自己的懷裡摟了一把，唇邊貼了她的耳，輕而快速的言語道：「沒分家前，是大嫂掌家，分家後，是我掌家，妳不用思量太多。」

林熙睜大了眼，她看著徐氏唇角幾番抽動，末了，只能趴伏在床榻上。「婆母待我如親生，熙兒大福！」

徐氏笑著摸摸她的頭髮。「妳是我的兒媳婦，就是我的半個閨女，我若和妳不是一條心，難為的只能是我的兒子，妳覺得我會是要害兒子的娘嗎？」

林熙心中暖熱，才要言語，外面卻傳來方姨娘的招呼聲——

「四少爺，您可回來了！」

「回來了，不知母親急急召我回來是何要緊的事？」屋外謝慎嚴的聲音由遠及近。

「好事，至於是什麼好事，四少爺進去就知道了！」

方姨娘話音才落下，棉簾子就被掀起，一股子冷風立時透過屏風散過來一些，徐氏便笑著輕摟了下林熙的肩頭，起身走了出去。

「兒子見過母親。」

「快免了吧，去內裡瞧瞧你媳婦吧！」

「熙兒？她怎麼了？」話音落時，謝慎嚴已經繞過了屏風，便看見林熙坐在那裡低著個腦袋，身上卻搭著一條被褥。

他先是一愣，臉上閃過一絲擔憂，隨即卻又釋然，轉頭看向了徐氏。「她，好事？」

徐氏點點頭。「沒錯，我的乖兒，你覺得是什麼好事？」

謝慎嚴眨眨眼睛轉頭又看林熙，見她依舊是低著腦袋的，便眼珠子一轉，隨即臉上騰起喜悅來。「該不會是，她、她有了？」

徐氏使勁的點頭。「沒錯，就是有了！」

謝慎嚴聞言兩步到了林熙的身前，想要去抓她的手，卻又想起母親就在身邊，手改抓為搓。「真的啊，多久的事？」

徐氏當下便在林熙面前把她如何昏倒、如何診治出來說了一遍，末了衝著謝慎嚴言語。「你這媳婦兒到底年輕，你縱然是忙，也務必上心些，多多留意，只不過你也知道此刻是什麼時候，加之這事到底還是小心些好，就別聲張了。待她起肚坐穩時，再去告知親家，到時謝、林兩家私下小用一頓家宴，也免得被人指點，就是要委屈一下兒媳婦了。」

林熙聞言急忙言語。「婆母不必這般言語，舉國齊哀，一切宴席能免皆免，兒媳省的，斷不會不講道理的說什麼委屈。」

徐氏點點頭，當下又衝謝慎嚴囑咐了幾句，這才叫著兩人回去。

林熙出了徐氏的主院，就有轎子到了跟前，當下坐回到自己院落，就看到花嬤嬤等人笑嘻嘻的上前來賀，便低著頭跟在謝慎嚴的身後，一言不發。

謝慎嚴心情大好，當即從袖袋裡翻出三吊錢來丟給了花嬤嬤等人，便回身牽了林熙的手入屋。待一進了屋子，他反手就把門給關上，在林熙詫異之時直接就把林熙給抱了起來，送抵內裡的床上。而後什麼也不說，就這麼擁著林熙，將唇一次次的印在她的額頭上，印得林熙覺得腦門子濕乎乎的，卻又不敢阻止他這奇怪的舉動。

慢慢的，林熙的手勾上了謝慎嚴的脖頸，她依偎著他，感受著他唇的溫度，眼淚盈於眶。

很快，謝慎嚴注意到了林熙的眼淚，他抬手擦抹著。「哭什麼？這是開心的事啊！」

「我知道。」林熙摟著他不放。「可我就是想哭。」

謝慎嚴的臉在她的臉上蹭了蹭，那鬍鬚掃弄著她，令她發癢而習慣性的縮了脖子，謝慎嚴此時一笑，輕聲說道：「他來得真是時候……」

林熙一愣，挑眉看他。

「希望會是個兒子，那妳就能安心了。」謝慎嚴說著摸了摸林熙的臉頰。

林熙的眼皮子耷拉了下去。「那要是個女兒呢？」

「那就抓緊些，爭取趕緊再有個……」

「可要是還是女兒呢？」林熙的手抓著他的頸後衣衫。

「那妳也是我謝慎嚴的嫡妻，雷打不動的世子夫人。」他說著唇在她的臉頰上印了一下。「妳夫君我雖然日後從政，少不得滿口瞎話，但我願意承諾，就必然做到。一個多月了，妳難道還不肯信我？」

「不是不信，是不想你為難。」林熙說著言不由衷的話語，謝慎嚴的承諾讓她暖，她也願意信。但，世家的意志、世家的殘酷卻不會因為他的承諾而更改，她就是再信也沒用。難道真的到了那一天，要謝慎嚴為了她而捨棄謝家不成？這根本不可能不是嗎？她只是林家的一個女兒，她只是謝家娶進門的一個媳婦，連長子都能捨的謝家，她算什麼？

「妳呀！」謝慎嚴嘆了一口氣。「算了，我說再多也沒用的，罷了，不去想了。」他說著將林熙鬆開，並取下了她環繞的胳膊。「妳先好好休息一會兒，我先前回來得急，吏部還有事要做，四殿下給吳大人列了名單，吳大人又在韓大人丁憂前把我們這些都接了過去，這個節骨眼上還得陪著他一起羅列，正是走不開的時候，稍晚些我回來再陪妳。」

林熙點點頭，乖乖地鬆手，心中自然想著謝慎嚴是不是惱了，而就在這個時候，謝慎嚴卻俯下身子在她的唇上嘬了一下，隨即說道：「什麼都不用想，我是妳的丈夫，許妳的，我自會做到。」說完便起了身，去了前面拉門招呼著下人進來伺候，而後便急急地離開了。

林熙轉了頭顱看了看帳頂，伸手摸上了小腹——

孩子啊，你來得真的是時候嗎？

因著考慮到現下的情況，林熙有孕的事並未張揚，也只是在謝府內通報了而已。

之後的一天夜裡，林熙和謝慎嚴提及了匾額的事，謝慎嚴想了想，去了老侯爺那裡，第二天一早，就告訴她安排好了，說有兩塊先皇賜書的匾額送到了工部去，同時還有一封信交落在工部尚書的手上。

於是等到三月匾額上了牌坊時，原本太后、皇后和莊貴妃間較勁的那兩塊匾額變為了歌頌和表彰先皇偉德的牌坊，因為這兩塊匾分別是——仁義天下，國泰民安。

而據後來林熙好奇這兩塊匾是因何賞到謝家時，謝慎嚴才拐著彎的告訴她，這兩塊匾其實是先皇當年登基前夜，夜拜謝府，離開時提筆寫給老侯爺的幾句話，然後老侯爺果斷抽出了這八個字來，要工部屬意打造。在林熙一再追問下，謝慎嚴才告訴林熙那幾句話是什麼——社稷江山何在手？瓚言仁義治天下；細說民心何所向？國泰民安是忠諫。一朝化龍飛九重，群臣助力掌乾坤，遙看前途雲與霧，不忘世家砥柱言。

林熙聽聞後咋舌，敢情先皇當年在老侯爺面前都是伏低做小討治國之方的啊！

謝慎嚴彼時看著林熙那瞠目結舌的樣子，低聲為她解釋。「這不過是籠絡臣下的手法而已，慣例罷了！」

到了初八的晚上，謝府內備齊了出殯的奠賻與行頭，規整著明日的規矩種種，老侯爺在一切囑咐結束後，叫下人送上一盒子藥丸給了林熙，說是專門要太醫給配的保胎養身的藥，免得這些日子折騰下來，傷著林熙。

林熙乖乖接了，當晚就聽話的吃了一丸，而後早早休息了。

將將懷孕最是危險的時候，謝家人小心，謝慎嚴更怕自己半夜才回來的驚著她，便自發的又搬去了書房，除非早歸，不然是不會歇在主房裡。

初九日，出殯，群臣依著規矩哭號相送，林熙是婦道人家，不用跟群臣那般長街相送，但也因為安人這個身分而在宮門外同那些命婦們一起哭嚎，完成她們的禮數。

棺槨車駕，四十九人抬出了宮，蜿蜒儀仗浩浩蕩蕩，整個京城只聞慟哭之聲。

當棺槨之後，身穿華美正裝、頭戴翟鳳冠的林佳坐著車輦出來時，儀官唸著皇后懿旨，宣告著麗嬪已為麗太妃，會在極樂世界伺候著先皇。

當下眾人便看到，麗太妃起身自取了身邊的白綾，交掛於頸部，而後規整的坐在車輦上，那一臉坦然赴死的模樣，令不知情的百姓大聲叫好，於哭聲裡訴說著什麼貞節、什麼楷模。可是林熙卻是不自覺的轉頭看向了在華蓋下，身披衰衣的皇后和莊貴妃，此刻她們兩個都是一臉的淚水，但林熙相信，她們兩個一個是真的傷心，一個則是開心。

再轉頭看著陪到陵寢就會被勒死的林佳，林熙卻只剩下唏噓。

那一日，謝家在四皇子送到京郊後，再相送了五十里，林熙則跟著徐氏在宮裡陪在太后的殿外聽了四個時辰的哭聲。

出殯大禮完成，林熙回到謝家便是倒頭就睡，這一日她有種身心疲憊的感覺。

二月二十三日，謝慎嚴同她言語，說四皇子交代的那些人，官位已經定下，新朝百官調配大體已成，他將康正隆也特意點了出來，直薦都察院經歷一職，吳大人新官上任時期，也樂得賣世家的面子，已經填報上去，只等新皇繼位朱批了。

二月二十九日，四皇子繼位，稱帝，原太后被恭封為太皇太后，而皇后則變成了皇太后。至於莊貴妃，因膝下三皇子深得先皇疼愛，她又是先皇最寵愛的妃子，簡單處置也不合適，便被稱淑貴太妃，留在宮中同皇太后作伴，延續姊妹情深。

至於三皇子，新皇念著兄弟情誼，又顧念著他是父皇也十分疼愛的兒子，便封他為安南王，指蜀地為其封地，十日後赴此為王。

當此詔書從司儀官的口裡宣讀出來時，群臣同賀，三皇子也下跪接旨。

然而當林熙在當夜從謝慎嚴口中聽到這一處時，便輕聲言語道：「我還以為太后要困住三皇子一輩子，卻沒想到她玩的是這一齣。」

謝慎嚴當即掃了她一眼。「困住，那是下策，這樣的封賞和流放有何不同？還能博得好名，至於那淑貴太妃，如今倒成了質子，被太后用來脅迫著三皇子好好地做他的『安』南王。」

林熙也是官家的女兒，縱然林昌在官學一路上沒什麼造詣，但林家的老太爺和大房林盛還是多多少少展現過他們的才華，作為當年的林可又跟在康正隆身邊，看過他家那些講究的為官之道，多少也算了解些，此刻聽到謝慎嚴這般直言不諱的點出皇后的手段來，登時心中一突，扭頭直直的看著他。

「怎麼？」謝慎嚴挑了眉。

林熙的嘴角抽了抽。「你可以如此的雲淡風輕，大約早習以為常了吧？」

天下烏鴉一般黑，他大約也是一樣，那和……

「夫人是在誇我嗎？」謝慎嚴的嘴角勾起，臉上的笑色有一點嘲諷的意味。「我不但習以為常還深以為然，且我這副皮囊下的心，可是黑色的。」

林熙一愣，隨即笑了，心裡那點生起的不安立時就散了——他不是康正隆，那傢伙從頭到腳都是虛偽的，對我都是假面一場，而他，卻在我的面前真實不假。

謝慎嚴看著林熙的笑容，眨眨眼。「為政者，利益為上，國之利，圈之利，族之利，小家之利等等，同那商者比，更加的無往不利。商賈，妳可以稱奸，但實際上他往往還有些底線，有些臉皮，而為政者，追名逐利，稱的不是奸，而是……黑！為著利益，可以不要臉皮，不要底線，最後的得利者便是贏家，至於你怎麼贏的，誰在乎？成王敗寇，看的不過結果耳！所以這裡沒有什麼道義可言、良心可談的！然而那些美好的辭藻、華美的讚譽卻都包裹在為政者的身上，使其華美，使其道貌岸然，裝點標榜著如此俊美的好皮囊，只為掩蓋這裡的黑心一顆！」謝慎嚴說著點了自己的臉皮和胸膛。

林熙望著他，笑也不是，說也不是。

謝慎嚴卻又衝她言道：「妳的夫君我，就是這樣一個黑心人，為著我所追逐的利益，道貌岸然而心安理得，明白了嗎？」

林熙心中再度升起不安，這一次她是怕謝慎嚴同她生氣分心，當下伸手抓了謝慎嚴的衣袖。「你是在惱我嗎？我只是……」

「不是惱，而是說給妳聽，我們兩個要過一輩子的話，無非是兩條路，一個是瞞著妳一輩子，給妳我最華美的一面，讓我在妳心中如琉璃明瓦璀璨光耀；還有一個便是告訴妳實話，讓妳知道我這皮囊下的心，這樣妳不用期望美好，只需知道我的黑暗、我的秘密。」

林熙望著他，他眼中充滿著柔色，真的不見半點陰與惱。

「為什麼會是第二種呢？是因為我們第一次的相識嗎？」林熙昂著頭瞧望著他的雙眼不挪一息。「如果我們的第一次相識就是在洞房花燭之夜，你還會告訴我這些嗎？」

「會！」他說著伸手摸上她的臉。「我告訴妳這些不是因為我們第一次相見，妳遇見的是我的所藏，更不是在船上妳撞破我的陰謀計策，而是因為，我想讓妳和我，心貼著心。所以唯有最真實的坦誠，才有可能心貼著心，因為只有把我最不願暴露的秘密同妳分享，妳才會知道，我和妳一路，才不會懷疑我，不信我！」

林熙搖搖頭。「我沒有不信你，我只是不想你在夾縫裡為難而已，我娘說過，兩個人在一起，本就是一個成全一個的，你身背家族大業，我怎敢讓你為我……」

手指按在她的唇上，謝慎嚴眉眼彎彎的衝她輕搖了腦袋。「妳錯了！不是妳讓我，而是我要如何。身為一個男人，若是連自己的妻子，連自己心愛的人都護衛不住，那還有什麼資格做家長，又還有什麼能力守住家業？就算守得一時，心也被擾，那固存的缺失會放大，終究有一天會吞噬了自己和家業，到時還不是什麼都失了？」

林熙的眼淚霎時充盈了眼眶。「為什麼，為什麼你會對我如此、如此好，如此的死心塌地，我、我實在不知自己有什麼值得你這般？」

她是學了禮儀，是看起來舉止有度，但永遠離不開那小心翼翼；論家世，她積弱；論相貌身姿，也非傾城；而論才華學識，她不敢和他比。她就不明白了，自己到底因為什麼得他這般推心置腹？是那一段被定下的婚約？是自己一時的撞破？還是別的什麼？

「妳真想知道？」謝慎嚴挑著眉，眼裡閃著不明的華彩。

林熙深吸了一口氣，使勁的點點頭。

「在杜家，就是我給妳那方印的那天，我給了之後本已離開，豈料回去路上遇上尋我的杜家人，我怕撞上後，讓他們閒話我和妳們女孩子一起，纏上誰的名頭對我來說都是麻煩，我索性退回去，躲在角上避諱，豈料倒聽到了妳同妳四姊姊的話。」

林熙眨眨眼，她完全記不得她同四姊姊當時說了什麼。

大約不是什麼好話吧……她才閃過這個念頭，就聽到謝慎嚴一句話——

「四姊姊，妳心裡就沒一個『怕』字嗎？」

林熙愣住。

「妳那時才幾歲，竟說出這樣的話來，就算是葉嬤嬤下本事教妳，我卻也不覺得這是妳那年歲能言語的話。何況，妳明明銜著我是一副小丫頭的模樣，轉頭說話卻又如此的深省，我又焉能不上心？畢竟物以類聚不是？何況我歸家時，又得知了我祖父和妳祖父其實早有約，便對妳多多留意，想來若是一樣真假兩面的人湊在一起，倒也有趣。當然幸得妳也沒叫我失望，在我母親相看時，順當的過了她的眼。」

謝慎嚴說著手指滑到林熙的下巴上，捏了一下後，輕輕的蹭著。

「我說過，我娶妻求強，妳能有那份認識，就斷不會是個扶不起的，所以我娶了妳，哪怕要花心思提攜教導也無所謂，畢竟能一心相扶走到一起，就得共同擔負著一切，不知夫人對這個答案可滿意？」

林熙垂了眼皮，謝慎嚴的坦白讓她從期許變成了無力——這個答案很真實，明顯的不帶一點虛假，但是她真的不快。

實話果然都是傷人的。

她想著，眼看著他的衣衽，小聲說道：「謝謝夫君的實話。」

謝慎嚴望著她，忽而呵呵的笑了起來，在林熙不悅挑眉的那一瞬間，他的唇在她的眉間一點。「不滿也沒法子，這就是起初。好了，不早了，快歇著吧，現在妳可是兩個人呢！」

——未完，待續，請看文創風125《錦繡芳華》5

華麗的宅門／攻心的教養／名門淑女的必殺絕技／粉筆琴

錦繡芳華

全套五冊

羨慕名媛淑女總能嫁入豪門當貴婦嗎？
名門閨秀教養守則，教妳一步步養成淑女，絕代芳華!!

文創風 121 1

她含冤而死，卻重生於小妹之身。
從此她不再是那個任性驕傲的林家嫡長女林可，
成了林府最小的嫡女林熙。
林家為她請來了堪稱傳奇的葉嬤嬤作為她的教養嬤嬤。
她暗自立誓——既然上天讓她再活一次，
她要活得光耀門楣，她要一步步踏出她的錦繡芳華……

文創風 122 2

嫁入侯門世家裡，哪個夫君是不納妾的？
看著母親與父親的妾室鬥著，她不只怕，光想心裡就不舒服。
可嬤嬤卻教她另一種心法——
只予情不予心，無傷無擾，才能淡泊平心，
才能在將來不為了妻妾之爭而累，不為了夫君移情而傷。
她該怎麼拿捏對夫君要情深義重，
但卻又要做到無心無傷、更讓夫君時刻都念她在心上呢？

文創風 123 3

沒想到在林府裡的嫡庶之爭，對她而言倒只是些小把戲了，
真正難的是，為了沖喜，她提早嫁入明陽侯府謝家，
之後，她除了得守著自己的心，
才成親就得操持為夫君找通房丫頭的事……
而她只是個月事都還沒來的小小媳婦，
該怎麼拿捏好分寸、瞻前顧後的誰都不得罪呢？

文創風 124 4

讓男人自己不要妾侍？這，可能嗎？
這道理她都還沒參透呢！
於是她小心翼翼地伺候公婆與夫君，小心翼翼地守著她的心，
然而夫君竟對她說：「我待妳以真，妳也得待我以真。」
他是在責怪自己對他無心，她究竟該怎麼做才好……
她真能將她藏在心裡的秘密都說與他聽嗎？

文創風 125 5 完

夫君竟不打算弄些姨娘、通房什麼的養著，
只願守著她一個，只生養她生的嫡子、嫡女。
她何其有幸，能得夫君如此真心相待！
面對謝家捲入皇位之爭及後宮的爭鬥，
她該如何成為夫君最得力的助手，成為當家主母，
為他撐起家務，同時開枝散葉，
她得更有擔當才行，並牢記夫妻永遠同心……

女人最不容錯過的一部作品，讓妳成為人生必勝組！

匠心獨具、妙筆生花／七星盟主

重生／宅門／言情／婚姻經營之雋永佳作！

庶女出頭天

全套五冊

人善可欺，天真與單純必須留在過去；
重生一回，計謀及陷阱都是為了自保。
這次，她要昂首闊步，走出屬於自己的另一片天！

文創風 109 **1**

若說她司徒錦真有什麼不可饒恕之處，就是身為庶女，
不僅不得父親喜愛，嫡母、姊妹更以欺負她為樂，
最後甚至落得遭砍頭處刑，連母親都因心碎而死在自己身邊！
她含冤受辱，走得不明不白，如何能甘心？!
幸而老天垂憐，給了她一次重生的機會，讓她能再返人間……

文創風 110 **2**

她司徒錦是招誰惹誰，為何重生了一回，命運依舊如此多舛？!
好在她頭腦冷靜、聰慧過人，不但逃出重重陷阱，
更將計就計、反將一軍，不但給足了教訓，
還讓那些惡人一個個啞巴吃黃連，有苦說不出，只能自認倒楣！
只不過，她的十八般武藝，在他面前全成了空氣，
他非但無視她的抗拒跟退縮，甚至得寸進尺，藉機吻了她！

文創風 111 **3**

原以為成親後能稍微喘口氣，享受片刻寧靜，
沒想到這王府裡除了有瞧不起自己的王妃婆婆，
還有備受王爺公公寵愛的勢利眼側妃、專門找碴的小姑跟大伯，
更過分的是，竟然住了個對夫君用情專一的小師妹！
天啊，難道她的考驗現在才正式開始？!

文創風 112 **4**

好不容易處理完這一團爛帳，也坐穩了當家的位置，
皇位爭奪之戰卻一觸即發，不僅王爺失蹤，世子也不知去向。
就在全府上下人心浮動之際，皇后竟下了道懿旨宣她進宮，
太子甚至親自來迎接她——這葫蘆裡賣的是什麼藥，
著實讓人丈二金剛摸不著頭腦……

文創風 113 **5** 完

當司徒錦準備迎接新生命到來時，卻傳來太師爹爹暴斃的消息，
母親也忽然病重，弟弟則是身體有恙。
看樣子，那些幕後黑手還不死心！這群傻瓜怎麼就是不懂，
跟她作對，就是跟她親愛的相公為敵，
膽敢打擾他們幸福過日子，挑戰冷情閻王隱世子的底限，
後果請自行負責！

錦繡芳華 4

國家圖書館出版品預行編目資料

錦繡芳華 / 粉筆琴著. --
初版. -- 臺北市 : 狗屋, 2013.10
冊 ; 公分. --（文創風）
ISBN 978-986-328-151-1（第4冊：平裝）. --

857.7　　　　102018256

著作者　粉筆琴
編輯　王佳薇
校對　黃薇霓　黃亭蓁
發行所　狗屋出版社有限公司
地址　台北市104中山區龍江路71巷15號1樓
電話　02-2776-5889～0
發行字號　局版台業字845號
法律顧問　蕭雄淋律師
總經銷　知遠文化事業有限公司
電話　02-2664-8800
初版　102年10月
國際書碼　ISBN-13　978-986-328-151-1
原著書名　《锦绣芳华》，由起點女生網〈www.qdmm.com〉授權出版

定價240元
狗屋劃撥帳號：19001626
網址：love.doghouse.com.tw　E-mail：love@doghouse.com.tw